LICOR DE DENTE-DE-LEÃO

LICOR DE DENTE-DE-LEÃO

RAY BRADBURY

tradução:
Adriano Scandolara

BIBLIOTECA AZUL

Título original: *Dandelion Wine*

Texto fixado conforme as regras do novo Acordo Ortográfico da Língua Portuguesa (Decreto Legislativo nº 54, de 1995).

Editora responsável: Amanda Orlando
Editora de produção: Viviane Rodrigues
Editores-assistentes: Renan Castro e Rodrigo Ramos
Assistente editorial: Camila Novaes
Preparação: Santiago Santos
Revisão: Marcela Isensee
Capa: Studio DelRey
Diagramação: Carolinne de Oliveira
Foto da orelha: Ray Bradbury em julho de 1978,
© Corbis Sygma / Stock Photos

CIP-BRASIL. CATALOGAÇÃO NA PUBLICAÇÃO
SINDICATO NACIONAL DOS EDITORES DE LIVROS, RJ

B79L
2. ed.

Bradbury, Ray, 1920-2012
Licor de dente-de-leão / Ray Bradbury ; tradução Adriano Scandolara. - 2. ed. - Rio de Janeiro : Biblioteca Azul, 2025.
288 p. ; 21 cm.

Tradução de: Dandelion wine
ISBN 978-65-5830-235-3

1. Romance americano. I. Scandolara, Adriano. II. Título.

CDD: 813
25-99440.0 CDU: 82-31(73)

Meri Gleice Rodrigues de Souza - Bibliotecária - CRB-7/6439

1ª edição, 2013 | 2ª edição, 2025

Direitos de edição em língua portuguesa para o Brasil
adquiridos por Editora Globo S. A.
Rua Marquês de Pombal, 25 – 20230-240 – Rio de Janeiro – RJ
www.globolivros.com.br

Para
Walter I. Bradbury,
nem tio, nem primo,
mas, com toda a certeza,
editor e amigo.

Do lado de cá de Bizâncio: uma introdução

Este livro, como a maioria dos meus livros e contos, foi uma surpresa. Comecei a entender a natureza dessas surpresas, graças a Deus, quando era um escritor ainda razoavelmente jovem. Antes disso, como todo iniciante, pensei que era capaz de trazer as ideias à existência à base de tapas, golpes e pancadas. Sob esse tratamento, claro, qualquer ideia decente guarda as suas garras, dá as costas, fixa o olhar na eternidade e morre.

Foi com grande alívio, então, que com os meus vinte e poucos anos esbarrei num processo de associação de palavras em que simplesmente saía da cama pela manhã, andava até a minha mesa e anotava qualquer palavra ou série de palavras que passasse pela minha cabeça.

Então eu pegava em armas contra a palavra, ou em sua defesa, trazendo uma variedade de personagens para pesá-la e me mostrarem o seu significado em minha própria vida. Uma ou duas horas depois, para o meu deslumbramento, um novo conto estava pronto.

Era uma surpresa total e maravilhosa. Logo percebi que teria que aplicar esse método pelo resto da vida.

Primeiro, eu revirava a cabeça atrás de palavras para descrever meus pesadelos pessoais, medos do escuro e do tempo da minha infância, moldando as histórias a partir daí.

Depois dava uma boa olhada nas macieiras de maçãs verdes, no velho casarão da minha infância, na casa vizinha onde moravam os meus avós e todos os gramados dos verões em que cresci, e comecei a experimentar palavras para tudo isso.

O que temos aqui neste livro, portanto, é uma coletânea dos dentes-de-leão de todos esses anos. A metáfora do licor que reaparece várias vezes nestas páginas é maravilhosamente adequada. Passei minha vida inteira reunindo imagens, armazenando-as e me esquecendo delas. De algum modo precisei me mandar de volta, usando palavras como catalisadoras para abrir as memórias e ver o que elas tinham a oferecer.

Assim, dos meus vinte e quatro até os trinta e seis anos, mal se passou um dia sem que eu fizesse uma caminhada em meio às recordações da grama dos meus avós, no norte de Illinois, com a esperança de encontrar alguma bombinha parcialmente queimada, um brinquedo enferrujado ou um fragmento de uma carta que eu teria escrito para mim mesmo em algum ano da juventude, na esperança de contatar a pessoa mais velha que viria a me tornar para lembrá-la do seu passado, do seu povo, suas alegrias e tristezas avassaladoras.

Virou um jogo em que me envolvia com imenso gosto: ver o quanto conseguia me lembrar dos próprios dentes-de-leão ou de como era colher cataúbas silvestres com meu pai e meu irmão, redescobrindo o criadouro de mosquitos que era o barril de água da chuva que ficava ao lado da janela saliente na lateral da casa ou farejando as abelhas de penugem dourada que se demoravam nas parreiras da varanda dos fundos. As abelhas têm cheiro, sabia? Se não têm, deveriam ter, pois suas patas são temperadas com o pólen de um milhão de flores.

E então quis recordar como era o desfiladeiro, ainda mais quando a gente voltava para a casa tarde da noite, andando pelo povoado, após assistir ao terror delicioso de *O fantasma da ópera*, de Lon Chaney, e meu irmão Skip corria adiante e se escondia na ponte do riacho do desfiladeiro, igual ao Solitário, para saltar na minha direção e me agarrar, gritando, e aí eu saía correndo, caía e corria de novo, tagarelando durante todo o trajeto de volta para casa. Era excelente.

Nesse meio-tempo, alcancei e esbarrei, por meio da associação de palavras, em amizades antigas e verdadeiras. Peguei emprestado o meu amigo John Huff, da minha infância no Arizona, e o despachei para o Leste, em Green Town, para poder me despedir dele direito.

Nesse meio-tempo, me sentei para os cafés da manhã, almoços e jantares com aqueles que se foram há muito e foram muito amados, pois fui um menino que amou, de fato, os seus pais, seus avós e seu irmão, mesmo quando o seu irmão o "dispensava".

Nesse meio-tempo, me flagrei no porão operando o lagar para o meu pai, ou na varanda na noite da Independência ajudando o tio Bion a carregar e disparar o seu canhão caseiro.

Fui surpreendido, portanto. Ninguém me falou que era para surpreender a mim mesmo, devo acrescentar. Cheguei aos melhores e mais antigos métodos de escrita por via da ignorância e da experimentação, por isso fiquei espantado quando as verdades saltaram dos arbustos como codornas antes do disparo. Tropecei na criatividade, tão cego quanto qualquer criança aprendendo a andar e a enxergar. Aprendi a deixar meus sentidos e o meu Passado me falarem tudo que, de alguma forma, fosse verdade.

Assim sendo, me vi transformado num menino que corria para retirar uma concha cheia de água cristalina da chuva daquele barril na lateral de casa. E é claro que quanto mais água você tira, mais água entra. O fluxo nunca parou. Depois que aprendi a revisitar repetidamente aqueles tempos, passei a ter muitas lembranças e impressões sensoriais com as quais brincar — não trabalhar, não —, brincar mesmo. *Licor de dente-de-leão* não é nada senão o menino-escondido-dentro-do-homem brincando nos campos do Senhor sobre a relva verdejante de outros agostos, no meio disso tudo de começar a crescer, envelhecer e perceber a escuridão que espreita sob as árvores para semear o sangue.

Achei graça e fiquei um tanto estarrecido quando um crítico, uns anos atrás, escrevendo um artigo que analisava *Licor de dente-de-leão*, além das obras mais realistas de Sinclair Lewis, se pergunta como é possível que eu fosse nascido e criado em Waukegan, que rebatizei de Green Town para o meu romance, sem reparar em como era feio o porto e como eram deprimentes as docas de carvão e pátios ferroviários lá nas regiões baixas da cidade.

Mas é claro que eu tinha reparado nisso e, sendo o encantador genético que eu era, fiquei fascinado pela beleza dessas coisas. Trens, vagões e o cheiro de carvão e fogo não são feios para crianças. A feiura é um conceito no qual esbarramos mais tarde e com o qual ficamos hipersensíveis. Contar vagões é uma das atividades favoritas dos meninos. Os adultos surtam, se estressam e xingam os trens que os puxam, mas os meninos alegremente contam e gritam os nomes dos vagões enquanto passam, vindos de lugares distantes.

E, de novo, o tal pátio ferroviário supostamente feio era onde chegavam circos e feiras, com elefantes que lavavam os tijolos das ruas com águas poderosamente ácidas e fumegantes às cinco horas da madrugada escura.

Quanto ao carvão das docas, eu descia ao porão todo outono para esperar a chegada do caminhão e sua calha de metal, que abaixava ruidosamente e liberava uma tonelada de lindos meteoros, que caíam do espaço sideral direto no meu porão e ameaçavam me soterrar sob seus tesouros obscuros.

Em outras palavras, se o seu menino é um poeta, estrume de cavalo só pode significar flores para ele; o que sempre foi, é claro, o propósito do estrume de cavalo.

Talvez um novo poema de minha autoria explique melhor do que esta introdução sobre como foi que todos os verões de minha vida germinaram um livro.

Aqui está o começo do poema:

Bizâncio não é de onde eu venho,
Mas de outro tempo e lugar
Cuja estirpe era simples, testada e comprovada;
Quando menino,
Eu dei as caras em Illinois.
Um nome sem amor, nem graciosidade
Era Waukegan; é de lá que eu venho
E não, bons amigos, de Bizâncio.

O poema prossegue, descrevendo a minha relação de toda a vida com meu local de nascimento:

Porém, em retrospecto, eu vejo
Do topo da árvore mais distante

Uma terra tão radiante, amada e azul
Quanto qualquer outra que Yeats julgou verdadeira.

Waukegan, que tenho visitado sempre desde então, não é nem mais agradável, nem mais bonita do que qualquer outra cidade pequena do Meio-Oeste. Boa parte dela é verde. As árvores, *de fato*, encostam uma na outra no meio das ruas. A rua na frente da minha antiga casa ainda é de tijolinhos vermelhos. Em que sentido essa cidade era especial, então? Ora, eu nasci lá. Era a minha vida. Precisei escrever a respeito dela conforme me pareceu apropriado:

Assim crescemos com os mortos míticos
Para passar no pão do Meio-Oeste
E espalhar a marmelada radiante dos velhos deuses
Para sorver a sombra de manteiga de amendoim,
Fingindo que ali embaixo do nosso céu
Estava a coxa de Afrodite...
Enquanto perto do guarda-corpo da varanda, calmo e audaz
Suas palavras eram pura sabedoria, seu olhar ouro puro,
Meu avô, um mito de fato,
Superava a todo Platão
Enquanto a Vó na cadeira de balanço
Costurava com cuidado a manga desfiada
Crochetava flocos gélidos de neve, raros e brancos
Para nos invernar nas noites de verão.
E os tios, reunidos com seu fumo
Emitiam sabedorias mascaradas de piada;
E tias tão sábias quanto donzelas délficas
Serviam limonadas proféticas
A meninos ajoelhados como acólitos

As varandas gregas em noites de verão;
Depois se iam deitar, onde lamentavam
Os males dos inocentes;
Os mosquitos-pecados fervendo nos ouvidos
Diziam, ao longo das noites e através dos anos
Nem Illinois, nem Waukegan
Mas o céu jovial e o sol ainda mais.
Embora medíocres fossem nossos Fados
E o Prefeito não tão esperto quanto Yeats
Ainda assim, conhecíamos a nós mesmos. A soma?
Bizâncio.
Bizâncio.

Waukegan/ Green Town/ Bizâncio.

Green Town existiu *de verdade*, então?

Sim. E, de novo, sim.

Houve um menino de verdade de nome John Huff?

Houve, sim. E esse era seu nome verdadeiro. Mas ele não se mudou para longe de mim, eu que me mudei para longe dele. Porém: final feliz, ainda está vivo, quarenta e dois anos depois, e se lembra do amor entre nós.

O Solitário existiu mesmo?

Existiu, e esse era o nome *dele*. Ele rondava pela minha cidade natal à noite quando eu tinha seis anos de idade, deixou todo mundo apavorado e nunca foi preso.

E o mais importante: existiu o casarão em si, com a vó e o vô, os pensionistas, tios e tias? Isso eu já respondi.

O desfiladeiro era real e também profundo e escuro à noite? Era e continua sendo. Levei minhas filhas lá alguns anos atrás, com medo de que o desfiladeiro pudesse ter se tornado raso com o tempo. Fiquei aliviado e feliz em descobrir que ele está mais fundo, mais escuro e mais misterioso do que nunca. Nunca, nem hoje, que eu passaria por lá a caminho de casa depois de assistir ao *Fantasma da ópera*.

Então, é isso. Waukegan foi Green Town que foi Bizâncio, com toda a felicidade que isso acarreta e toda a tristeza que esses nomes sugerem. As pessoas lá eram deuses e anões que se sabiam mortais, de modo que os anões andavam altivos para não constranger os deuses e os deuses andavam agachados para que os pequenos se sentissem confortáveis. E, afinal de contas, não é isso a vida? A capacidade de acessar as pessoas, entrar na cabeça delas para olhar o diabo do milagre lá fora e dizer: ah, então é assim que você vê!? Bem, agora vou precisar me lembrar disso.

Aqui está a minha celebração, portanto, da morte tanto quanto da vida, da escuridão tanto quanto da luz, dos velhos tanto quanto dos jovens, combinando inteligência e burrice, pura alegria com completo terror, tudo escrito por um menino que se pendurava de ponta-cabeça nas árvores, que se fantasiava de morcego com dentes de doce na boca, que finalmente caiu das árvores aos doze anos e foi lá comprar uma máquina de escrever de brinquedo e redigiu seu primeiro "romance".

Uma última lembrança.

Balões de papel.

É raro vê-los hoje em dia, embora em alguns países, ouvi falar, ainda sejam feitos e preenchidos com o ar quente de um fogo de palha pendurado embaixo.

Mas, na Illinois de 1925, ainda brincávamos disso, e uma das últimas lembranças que tenho do meu avô é a da hora final de uma noite de 4 de Julho, quarenta e oito anos atrás, quando o vô e eu fomos até o gramado e acendemos uma pequena fogueira para encher de ar quente o balão de papel em formato de pera, listrado de vermelho, branco e azul, e seguramos aquela presença bruxuleante de um anjo iluminado em nossas mãos por um último momento diante de uma varanda repleta de tios e tias, primos e primas, mães e pais. Depois, muito delicadamente, deixamos que aquela coisa que era a vida, a luz e o mistério se desvencilhasse de nossos dedos para subir pela atmosfera do verão e passasse acima das casas que começavam a pegar no sono, entre as estrelas, tão frágil, tão maravilhosa, tão vulnerável e linda quanto a própria vida.

Vejo o meu avô ali, olhando para cima, para aquela estranha luz à deriva, pensando os seus próprios pensamentos imóveis. Vejo a mim mesmo, com os olhos cheios de lágrimas, porque tudo terminara, a noite chegara ao fim, e eu sabia que jamais haveria outra noite como aquela.

Ninguém disse nada. Todos ficamos só olhando para o céu, inspirando e expirando, e todos pensamos as mesmas coisas, mas ninguém as disse. Alguém finalmente precisava falar, não é? E esse alguém sou eu.

O licor ainda aguarda lá embaixo, no porão.

Minha amada família ainda se senta na varanda, no escuro.

O balão de papel ainda arde, à deriva, no céu noturno de mais um verão por enterrar.

Por quê? Como?

Porque eu digo que é assim.

RAY BRADBURY
Verão de 1974

Era uma manhã silenciosa, a cidadezinha toda envolta pela escuridão e tranquila em seus lençóis. Pairava o verão na atmosfera, o vento tinha o toque certo, a respiração do mundo era demorada, lenta e calorosa. A gente só precisava se levantar e se inclinar para fora da janela para saber que essa era, mesmo, a primeira verdadeira época da vida e da liberdade, a primeira manhã do verão.

Douglas Spaulding, aos doze, recém-desperto, se permitiu um momento de ócio estival no fluxo do começo da manhã. Deitado em seu quarto abobadado no segundo andar, ele sentiu o poder altivo que esse espaço lhe conferia, cavalgando lá em cima o vento de junho, a mais grandiosa torre da cidade. À noite, quando as árvores se aninhavam juntas, ele lançava seu olhar como um clarão deste faroleiro em todas as direções sobre os mares de olmos, carvalhos e bordos ao redor. Agora…

— Rapaz — sussurrou Douglas.

Um verão inteiro à frente para riscar do calendário, dia após dia. Assim como a deusa Siva nos livros de viagem, ele via suas próprias mãos saltarem por toda parte, colhendo maçãs verdes, pêssegos e ameixas madrugueiras. Via-se trajado de árvores, arbustos e rios. Congelava feliz diante da porta da casa de gelo coberta de geada. Cozinhava contente junto de dez mil galinhas na cozinha da vó.

Mas agora — uma empreitada conhecida o aguardava.

Uma noite a cada semana ele tinha permissão de deixar para trás o seu pai, sua mãe e seu irmão caçula, o Tom, adormecidos na casinha ao lado e subir correndo até ali, pela obscura escadaria em espiral, até a abóbada dos seus avós, e dormir nessa torre de feiticeiros, com relâmpagos e visões, até acordar com o tilintar cristalino das garrafas de leite e encenar o seu ritual mágico.

Ele parou diante da janela aberta no escuro, inspirou fundo e expirou.

As luzes dos postes, como velas em cima de um bolo escuro, se apagaram. Ele exalou outra vez, depois mais outra, e as estrelas começaram a sumir.

Douglas sorriu. Apontou com o dedo.

Ali e ali. Agora aqui e aqui...

Quadrados amarelos iam sendo recortados a partir da terra obscura da manhã conforme as luzes das casas se acendiam devagar. Um salpicar de janelas se iluminou de repente a quilômetros de distância no país matinal.

— Todo mundo bocejando. Todo mundo em pé.

O casarão se agitou lá embaixo.

— Vô, tire os dentes do copo d'água! — Ele esperou um intervalo de tempo digno. — Vó e bisa, fritem os bolinhos!

O cheiro quente de massa frita subiu pelo ar encanado dos corredores, agitando os habitantes da casa, as tias, os tios, os primos que estavam de visita, cada um em seu quarto.

— Rua onde moram os Velhos, acorde! Srta. Helen Loomis, coronel Freeleigh, dona Bentley! Podem ir tossindo, levantando, tomando os comprimidos, se mexendo! Sr. Jonas, arreie o seu cavalo e bote a sua carroça de tralhas pra circular na rua!

As mansões inóspitas do outro lado do desfiladeiro da cidade abriram olhos funestos de dragão. Logo, nas avenidas matinais lá embaixo, duas senhorinhas passariam deslizando em sua Máquina Verde de motor elétrico, acenando para os cães.

— Sr. Tridden, corra lá até a garagem do bonde!

E, logo, espalhando para cima faíscas azuis e quentes, o bonde da cidade velejaria as sinuosas ruas de tijolinhos.

— Prontos, John Huff, Charlie Woodman? — sussurrou Douglas à Rua das Crianças. — Tudo pronto! — sussurrou às bolas de beisebol que se esponjavam fundo nos gramados úmidos, às cordas dos balanços vazios pendurados nas árvores.

— Mãe, pai, Tom, acordem.

Os despertadores tocaram com um vago repique. O relógio do fórum retumbou. Passarinhos saltaram das árvores como uma rede arremessada pela sua mão, a cantar. Douglas, conduzindo uma orquestra, apontou para o céu oriental.

O sol começava a nascer.

Ele cruzou os braços e sorriu o sorriso de um mágico. Sim, senhor, ele pensou, todo mundo levanta, todo mundo sai correndo assim que eu grito. Vai ser uma bela estação.

Ele deu à cidade um último estalar de dedos.

Portas se abriram de súbito; as gentes saíram para a rua.

Foi inaugurado o verão de 1928.

* * *

Ao atravessar o gramado naquela manhã, Douglas Spaulding partiu a teia de uma aranha com o rosto. Uma única linha invisível no ar tocou a sua testa e se rompeu sem emitir ruído.

Foi assim, com um incidente dos mais sutis, que soube que aquele seria um dia diferente. Seria diferente também, porque, como explicou seu pai, enquanto saía da cidade e levava até a zona rural Douglas e seu irmão Tom, de dez anos de idade, havia dias que eram completamente constituídos de odores, nada além do mundo puxando o ar por uma narina e soltando pela outra. E alguns dias, ele prosseguiu, eram dias de ouvir cada trunfo e trinado do universo. Alguns dias eram bons para sentir gosto e outros para o toque. E alguns dias eram bons para todos os sentidos ao mesmo tempo. Este dia agora, ele gesticulou com a cabeça, tinha um cheiro como se um pomar grande e sem nome tivesse crescido da noite para o dia, além das colinas, para preencher toda a paisagem visível com seu frescor caloroso. A julgar pelo ar, parecia que ia chover, mas não havia nuvens. Por um momento, era capaz que um estranho soltasse uma risada no mato, mas o que se ouvia era um silêncio...

Douglas observava a paisagem viajante. Não sentia cheiro de pomar algum, nem pressentia chuva, pois sem macieiras ou nuvens ele sabia que nenhuma dessas duas coisas poderia sequer existir. E quanto ao estranho que dava risada nas profundezas do mato...?

Porém o fato permanecia — Douglas estremeceu — aquele dia, sem qualquer motivo, era especial.

O carro parou bem no centro da floresta calada.

— Certo, rapazes, comportem-se.

Os dois tinham vindo trocando cotoveladas.

— Sim, senhor.

Saíram do carro levando os baldes azuis de lata para longe da estrada de terra solitária, na direção do cheiro de chuva.

— Procurem abelhas — disse o pai. — As abelhas se demoram perto das parreiras, que nem meninos perto da cozinha, Doug?

Douglas olhou para cima de repente.

— Você está no mundo da Lua, a um milhão de quilômetros — disse o pai. — Volta pra Terra. Caminhe com a gente.

— Sim, senhor.

E eles caminharam pela floresta, o pai muito alto, Douglas avançando em sua sombra e Tom, miudinho, trotando na sombra do irmão. Chegaram a um morrinho e olharam adiante. Ali, ali, estão vendo? O pai apontava. Ali era onde viviam os grandes ventos calados do verão que passeavam pelas escuridões verdejantes, como baleias fantasmas, invisíveis.

Douglas olhou de soslaio, não viu nada e se sentiu enganado pelo pai que, assim como o vô, vivia à base de charadas. Mas… Mas, ainda assim… Douglas parou e ficou ouvindo.

Sim, alguma coisa está para acontecer, ele pensou, eu sei!

— Aqui tem avencas. — O pai caminhava com o balde de lata tilintando no punho. — Sente isso? — Ele arranhou a terra com o pé. — Um milhão de anos formando um húmus bom e valoroso. Pense nos outonos que foram necessários para formar isso.

— Rapaz, eu estou andando que nem índio — disse Tom. — Sem fazer nenhum barulho.

Douglas sentia, mas não sentia de verdade, a terra escura e carregada de húmus, ouvindo, atento. Estamos cercados!, pensou. Vai acontecer! Mas o quê? Ele parou. Saiam de onde quer que estejam, seja lá o que forem!, ele clamou em silêncio.

Tom e o pai passeavam sobre a terra muda mais adiante.

— A renda mais fina que existe — disse o pai, com a voz baixa.

E gesticulou para cima, na direção das árvores no alto, para lhes mostrar como elas se viam entretecidas com o céu ou como o céu se via entretecido com as árvores, não tinha certeza qual. Mas lá estava, ele sorriu, e a tecitura continuava, verde e azul, se você ficasse olhando e visse a floresta mexer o seu tear zumbidor. O pai estava parado em pé, confortável em dizer isso e aquilo, as palavras macias em sua boca. E ele suavizava tudo dando risada das próprias declarações de quando em quando. Gostava de ouvir o silêncio, dizia, se o silêncio fosse algo que desse para ouvir, pois naquele silêncio, ele prosseguiu, dava para escutar o pólen das flores silvestres se acomodando no ar frito pelas abelhas, por Deus, o ar frito pelas abelhas! Escutem! A cachoeira de gorjeios além daquelas árvores!

Agora, pensou, Douglas, lá vem! Correndo! Não estou vendo! Correndo! Quase em cima de mim!

— Cataúbas! — disse o pai. — Demos sorte, olhem só!

Não! Douglas suspirou.

Mas Tom e o pai se abaixaram para cravar as mãos no fundo de um arbusto que se sacodia. O feitiço se quebrou. O espreitador terrível, o corredor magnífico, o saltador, o abalador das almas, desapareceu.

Douglas, perdido e vazio, caiu de joelhos. Viu seus dedos mergulharem na sombra verdejante e saírem manchados de uma cor tal que parecia, de algum modo, que ele tinha cortado a floresta e afundado a mão na ferida aberta.

— Hora do almoço, rapazes!

Com os baldes cheios pela metade de cataúbas e morangos silvestres, seguidos por abelhas que, segundo o pai, eram nada mais, nada menos do que o próprio mundo a cantarolar com a boca fechada, eles se sentaram num tronco verde coberto de musgo, mastigando sanduíches e tentando escutar a floresta do mesmo modo como o pai a escutava. Douglas sentia o pai a observá-lo, achando graça dele em silêncio. O pai até fez que ia falar algo que lhe passava pela cabeça, mas acabou, em vez disso, dando outra mordida no sanduíche. Ficou refletindo.

— Um sanduíche ao ar livre não é mais um sanduíche. O gosto é diferente do que dentro de casa, repararam? Tem mais tempero. Tem gosto de hortelã e flores. Faz maravilhas para o apetite.

A língua de Douglas hesitava na textura do pão e pasta de presunto. Não... não... era só um sanduíche.

Tom mastigou e assentiu.

— Sei bem o que você quer dizer, pai!

Quase aconteceu, Douglas pensou. Fosse lá o que fosse, era Grande, minha nossa, era Grande! Alguma coisa o espantou. Onde estaria agora? Atrás do arbusto! Não, atrás de mim! Não aqui... quase *aqui*... Ele amassava a barriga contra o joelho em segredo.

Se eu esperar, ele vai voltar. Não vai fazer mal; de algum modo eu sei que não está aqui para me fazer mal. Mas então o quê? O quê? O quê?

— Sabe quantas partidas de beisebol nós jogamos este ano? E no ano passado? E no outro ano? — disse Tom, sem motivo.

Douglas observou os lábios de Tom mexendo-se rapidamente.

— Eu anotei! Mil quinhentos e sessenta e oito partidas! Quantas vezes escovei os dentes em dez anos? Seis mil! Lavei as mãos: quinze mil! Dormi: quatro mil e tantas vezes, sem contar cochilos. Comi seiscentos pêssegos, oitocentas maçãs. Peras: duzentas, não sou muito de peras. Pode falar qualquer coisa que eu tenho os números! Chega até os bilhões de milhões, tudo que eu fiz, se somar, em dez anos.

Agora, pensou Douglas, a coisa está se aproximando de novo. Por quê? É por que o Tom não para de falar? Mas por que Tom? Tom tagarelante, com a boca cheia de sanduíche, o pai ali, alerta feito um puma sobre o tronco, e Tom deixando as palavras borbulharem que nem uma bebida gaseificada na sua boca.

— Livros que eu li: quatrocentos. Matinês a que assisti: quarenta do Buck Jones, trinta do Jack Hoxie, quarenta e cinco do Tom Mix, trinta e nove do Hoot Gibson, cento e noventa e dois episódios avulsos e separados do desenho do Gato Félix, dez do Douglas Fairbanks, oito reprises do Lon Chaney em *Fantasma da Ópera*, quatro do Milton Sills e um negócio do Adolph Menjou sobre o amor que passei noventa horas no banheiro do cinema esperando passar a melação para poder assistir *O gato e o canário* ou *O morcego*, onde todo mundo se agarrava em alguém e ficava duas horas se esgoelando sem parar. Durante esse período, suponho que foram quatrocentos pirulitos, trezentos Tootsie Rolls, setecentas casquinhas de sorvete…

Tom continuou elencando as coisas tranquilamente por uns cinco minutos, quando então o pai disse:

— Quantas frutinhas você já catou até agora, Tom?

— Exatas duzentas e cinquenta e seis! — disse Tom na mesma hora.

O pai deu risada e o almoço terminou, depois eles passaram de novo para as sombras a fim de encontrar cataúbas e os minúsculos morangos silvestres, abaixados, todos os três, com as mãos indo e vindo, os baldes ficando pesados e Douglas prendendo a respiração, pensando, isso, isso, está perto de novo! Quase baforando na minha nuca, quase! Não olhe! Trabalhe. Continue catando as frutinhas, enchendo o balde. Se olhar, vai espantar o bicho. Não deixe que ele fuja desta vez! Mas como fazer para trazê-lo até aqui onde dá para ver, encará-lo olho no olho? Como? Como?

— Já peguei um floco de neve numa caixa de fósforo — disse Tom, sorrindo para a luva de vinho que era sua mão.

Cale a boca!, Douglas queria gritar. Mas não, gritar espantaria os ecos e faria a Coisa fugir!

E, espera só... quanto mais Tom falava, mais perto a Coisa vinha, não tinha medo de Tom, Tom a atraía com sua respiração, Tom era parte dela!

— Foi em fevereiro — disse Tom, com um risinho. — Fui com uma caixa de fósforos numa tempestade de neve, deixei um floco cair, fechei, corri até em casa e guardei na geladeira!

Perto, muito perto. Douglas encarava os lábios matraqueantes de Tom. Queria sair pulando, pois sentia um vasto tsunami erguer-se por detrás da floresta. Num instante ele iria rebentar e esmagá-los para sempre...

— Sim, senhor — refletiu Tom, catando as cataúbas —, eu sou o único sujeito em todo o estado de Illinois que tem um floco de neve em pleno verão. Precioso feito diamantes, caramba. Amanhã vou abrir a caixa. Doug, você pode olhar também...

Em qualquer outro dia, Douglas teria bufado de deboche, reclamado, negado tudo. Mas agora, com a grande Coisa se aproximando rapidamente, tombando no ar puro acima deles, ele só conseguia fazer que sim com a cabeça, de olhos fechados.

Tom, intrigado, parou de catar frutinhas e se virou para encarar o irmão.

Douglas, abaixado, era um alvo ideal. Tom saltou, com um berro, e tocou o solo. Os dois caíram, debateram-se, e saíram rolando.

Não! Douglas espremeu sua mente até trancá-la. Não! Mas de repente... Sim, está tudo bem! Sim! O enrosco, o contato dos corpos, o tombo, nada disso espantou o tsunami que rebentava agora, inundando e banhando os dois ao longo da costa do matagal no seio da floresta. Um punho acertou-lhe a boca. Ele sentiu o gosto enferrujado de sangue quente, agarrou Tom com força e o segurou firme, e assim em silêncio os dois ficaram deitados, com o coração acelerado, as narinas chiando. E enfim, devagar, com medo de que fosse encontrar apenas um vazio, Douglas abriu um dos olhos.

E tudo, absolutamente tudo, estava lá.

O mundo, como a grande íris de um olho ainda mais gigantesco, que também acabara de se abrir e se estender para abranger todas as coisas, o encarava de volta.

E ele soube o que era que havia saltado em cima dele para ficar, sem fugir desta vez.

Estou vivo, pensou.

Seus dedos tremiam, com a cor forte do sangue, como pedaços de uma estranha bandeira recém-encontrada e até então despercebida, e ele se perguntando de que país era, que tipo de lealdade ele lhe devia jurar. Segurando Tom, mas sem saber dele ali, levou sua mão livre para tocar aquele sangue, como se pudesse descascá-lo, detê-lo no ar, revirá-lo. Depois soltou Tom e deitou de costas com a mão erguida para o céu e ele mesmo era uma cabeça de onde seus olhos espiavam feito sentinelas através do rastrilho de um estranho castelo do outro lado de uma ponte, olhando seu braço, aqueles dedos onde a flâmula berrante do sangue esvoaçava sob a luz.

— Tudo bem, Doug? — perguntou Tom.

Sua voz vinha do fundo de um poço de musgo verde em algum lugar embaixo d'água, um lugar secreto e remoto.

A relva sussurrava embaixo do seu corpo. Ele abaixou o braço, sentindo a bainha de penugem em torno dele e, ao longe, lá embaixo, os dedos dos pés rangendo nos sapatos. O vento suspirava nas conchas das orelhas. O mundo deslizava, radiante, sobre a curva de vidro de suas órbitas oculares como imagens projetadas numa esfera de cristal. As flores eram o sol e manchas ígneas do céu espalhadas pelo arvoredo. Pássaros ondeavam como pedrinhas quicando na água ao longo daquele lago invertido do céu. Sua respiração arranhava os dentes, era gelo ao entrar, fogo ao sair. Insetos davam choques no ar com uma clareza elétrica. Dez mil pelos individuais cresciam um milionésimo de centímetro na sua cabeça. Ele ouvia os corações gêmeos batendo em cada ouvido, um terceiro na garganta, os dois corações latejando em seus pulsos, o de verdade batendo no peito. Os milhões de poros no seu corpo se abriram.

Estou vivo *de verdade!*, ele pensou. Nunca percebi antes ou, se percebi, não lembro!

Ele não berrou isso em voz alta, mas em silêncio, uma dezena de vezes! Pense nisso, pense nisso! Doze anos de idade e só agora! Só agora descobrindo esse relógio raro, esse aparelho dourado e reluzente com a garantia de que vai ter corda para o resto da vida, esquecido embaixo de uma árvore e encontrado enquanto brincavam de lutinha.

— Doug, tudo bem?

Douglas berrou, agarrou Tom e os dois saíram rolando.

— Doug, você é doido!

— Doido!

Os dois caíram barranco abaixo, o sol em suas bocas, nos seus olhos como vidros estilhaçados cor de limão-siciliano, arquejando como trutas jogadas à margem do rio, rindo até chorar.

— Doug, você não está maluco?

— Não, não, não, não, não!

Douglas, olhos fechados, viu leopardos sarapintados rondando no escuro.

— Tom! — E então com a voz mais baixa. — Tom... será que todo mundo no mundo... sabe que está vivo?

— Com certeza. Pô, sim!

Os leopardos trotaram em silêncio rumo a terras mais obscuras onde os globos oculares não conseguiam se mexer para acompanhá-los.

— Espero que sim — Douglas sussurrou. — Ah, espero que saibam mesmo.

Douglas abriu os olhos. O pai estava ali, parado em pé bem acima deles, contra o céu verde de folhas, dando risada, com as mãos na cintura. Seus olhares se cruzaram. Douglas se espertou. O pai sabe, pensou. Era tudo planejado. Ele nos trouxe aqui de propósito, para que isso pudesse me acontecer! Ele está por dentro, sabe de tudo. E agora sabe que eu sei.

Veio uma mão e o apanhou pelo ar. Posto em pé ao lado de Tom e do pai, ainda amassado e coberto de arranhões, intrigado e deslumbrado, Douglas segurou com ternura seus cotovelos de ossos estranhos e lambeu o corte fininho nos lábios, satisfeito. Depois olhou para o pai e para Tom.

— Deixa que eu levo todos os baldes — disse ele. — Desta vez, deixa que eu levo tudo.

Entregaram-lhe os baldes com um sorrisinho curioso.

Ele ficou ali, balançando de leve, a floresta condensada, carregada e densa de tanto xarope, apertada com força entre suas mãos pendentes. Quero sentir tudo que há para sentir, pensou. Me deixem sentir esse cansaço agora, me deixem sentir esse cansaço.

Não devo esquecer, estou vivo, sei que estou vivo, não devo esquecer disso nem hoje à noite, nem amanhã, nem depois.

As abelhas o seguiram e o cheiro de cataúbas e do verão amarelo o seguiram enquanto caminhava sobrecarregado e meio inebriado, seus dedos maravilhosamente calejados, os braços dormentes, os pés tropeçando até o pai segurá-lo pelo ombro.

— Não — murmurou Douglas. — Tudo bem. Estou bem...

Demorou meia hora até a sensação da relva, das raízes, das pedras, da casca do tronco coberto de musgo, desaparecer dos pontos onde haviam deixado impressos seus padrões nos braços, pernas e costas. Enquanto ele refletia a respeito e deixava tudo fugir, escapulir, dissolver-se, seu irmão e seu pai calado seguiam-no, permitindo-lhe encontrar sozinho seu caminho pela floresta rumo àquela rodovia inacreditável que os conduziria de volta à cidade...

A CIDADE, depois, mais tarde naquele dia.

E ainda outra colheita.

O vô estava parado na varanda larga como um capitão examinando as calmarias vastas e imóveis de uma estação no nascedouro. Questionava o vento, o céu intocável e o gramado no qual estavam Douglas e Tom, que vinham questionar o vô e o vô apenas.

— Vovô, já está pronto? Agora?

O vô beliscou o queixo.

— Quinhentos, mil, dois mil fácil. Sim, sim, um bom estoque. Peguem muitas, peguem tudo. Dou dez centavos para cada saco entregue ao lagar!

— Ei!

Os meninos se abaixaram, sorridentes. Apanharam as flores douradas. As flores que inundavam o mundo, pingavam dos gramados sobre as ruas de tijolos, batiam de leve nas janelas cristalinas dos porões e se agitavam de modo que, para todos os lados, repousava a cintilância e o deslumbre do sol derretido.

— Todos os anos — disse o vô. — Elas tomam tudo de assalto; e eu deixo. Uma alcateia de leões no quintal. Se olhar por muito tempo, queimam um buraco na retina. Uma flor comum, uma erva daninha em que ninguém repara, sim. Mas que coisa nobre é, para nós, o dente-de-leão.

E assim, colhidos com cuidado, nos sacos, os dentes-de-leão foram conduzidos até lá embaixo. O porão obscuro se acendeu com a sua chegada. O lagar estava aberto e frio. Uma onda de flores o aqueceu. O lagar, reposicionado, com o parafuso rotacionando, movido pelo vô, espremia delicadamente a safra.

— Assim… desse jeito…

A onda dourada, a essência deste belo mês, escorria, depois jorrava da biqueira abaixo, para ser levada à panela, ter o fermento extraído e ser engarrafada em frascos de ketchup limpos, depois disposta em fileiras reluzentes no escuro do porão.

Licor de dente-de-leão.

As palavras eram puro verão na língua. O licor era o verão engarrafado e arrolhado. E agora que Douglas sabia, sabia de verdade que estava vivo e se deslocava pelo mundo para tocar e ver tudo que há, era natural que parte desse novo conhecimento, parte desse dia especial de vindima fosse fechado para ser reaberto num dia de janeiro com a neve caindo rapidamente, depois de semanas ou meses sem ver o sol, quando talvez, a essa altura, já tivesse esquecido parte daquele milagre e precisasse ser renovado. Já que este seria um verão de maravilhas insuspeitas, ele queria tudo guardado e rotulado, para que, quando desejasse, pudesse descer na pontinha do pé até esse úmido crepúsculo e tocá-lo com as pontas dos dedos.

E lá estaria, fileiras e fileiras dele, com a cintilância suave de flores que se abrem de manhã, com a luz daquele sol de junho a brilhar através de uma leve película de pó, o licor de dente-de-leão. Era só perscrutá-lo num dia de inverno — a neve derretia para revelar a relva, as árvores eram reabitadas por aves, folhas e florescências como um continente de borboletas soprando o vento. E ao perscrutá-lo, o céu mudava de cor, de ferro para azul.

Segure o verão na mão, derrame o verão num copo, um copinho minúsculo, claro, o menor golinho ardido para as crianças; mude a estação nas suas veias levando um copo aos lábios e virando o verão para dentro.

— Pronto, agora o barril de água da chuva!

Nenhuma outra coisa no mundo serviria, senão as águas puras convocadas dos lagos distantes e doces campinas de orvalho relvado do alvorecer, alçadas ao céu aberto, carregadas em agregados lavados por mil e quinhentos quilômetros, escovadas pelo vento, eletrificadas com alta voltagem e condensadas no ar frio. Essa água, ao cair, em chuva, reunia ainda mais dos céus em seus cristais. Tomando algo do vento leste e do vento oeste, do vento norte e do sul, a água fazia chuva, e a chuva, ao cabo desta hora de rituais, estava perfeitamente encaminhada para virar licor.

Douglas correu com a concha. Mergulhou-a fundo no barril de água de chuva.

— Lá vamos nós!

A água era seda no copo; uma seda cristalina e levemente azulada. Acalmava o lábio, a garganta e o coração, se bebida. Essa água devia ser levada de concha e balde até o porão, deixada ali para fermentar nas cheias provenientes do derretimento súbito da neve, nas fontes das montanhas, na colheita de dente-de-leão.

Mesmo a vó, quando caía neve e mais neve rodopiando e deixando o mundo tonto, cegando as janelas, roubando o alento das bocas abertas, mesmo a vó, em algum dia de fevereiro, desaparecia porão adentro.

Acima, no vasto casarão, havia tosses, espirros, chiados e resmungos, febres infantis, gargantas ardidas em carne viva como a do açougue, narizes como cerejas engarrafadas, aquele micróbio sorrateiro em toda parte.

Depois, subindo do porão como uma deusa junina, aparecia a vó, trazendo algo escondido, ainda que óbvio, sob o seu xale tricotado. Aquilo que, levado a cada cômodo lastimável nos andares de cima e de baixo se dispersaria com aroma e clareza em copos puros, para ser tragado puro. Os remédios de um outro tempo, o bálsamo do sol e tardes ociosas de agosto, os sons longínquos de caminhões de sorvete flagrados ao passar em avenidas de tijolos, o disparo de foguetes de prata e o jorro de cortadores de grama atravessando os países das formigas, tudo isso, tudo isso num copo.

Sim, até a vó, levada ao porão do inverno para uma aventura junina, era capaz de se ver sozinha e em silêncio, em algum conclave secreto com sua própria alma e espírito, como faziam o vô, o pai e o tio Bert, ou algum dos pensionistas, comungando com um toque final de um calendário há muito descartado, com os piqueniques e chuvas cálidas e o cheiro de trigais, pipoca nova e palha curvada. Até a vó, repetindo e repetindo aquelas palavras belas e douradas, assim como eram ditas agora no momento em que as flores caíam no lagar, do modo como seriam repetidas a cada inverno até o fim dos invernos brancos com o tempo. Dizendo-as repetidamente nos lábios, como um sorriso, como um fragmento súbito de luz do sol na escuridão.

Licor de dente-de-leão. Licor de dente-de-leão. Licor de dente-de-leão.

NEM DEU PARA ESCUTAR QUANDO CHEGARAM. Mal deu para escutar quando foram embora. A relva se curvou, levantou-se de novo. Passaram como sombras de nuvens ladeira abaixo... os meninos do verão, numa correria.

Douglas, que ficara para trás, estava perdido. Ofegante, parou perto da beirada do desfiladeiro, às margens daquele abismo de onde ventava suavemente. Aqui, com os ouvidos aguçados feito um cervo, ele farejou um perigo que tinha um bilhão de anos de idade. Aqui a cidade, cindida, tombava em duas metades. Aqui cessava a civilização. Aqui havia apenas a terra a crescer e um milhão de mortes e renascimentos a cada hora.

E aqui os caminhos, já trilhados ou por trilhar, falavam da necessidade dos rapazes viajantes, sempre viajantes, de se tornarem homens.

Douglas deu meia-volta. Este caminho era uma imensa cobra poeirenta que dava na casa de gelo onde nos dias amarelos habitava o inverno. Outro caminho disparava atrás das areias de fornalha que eram as margens do lago em julho. Outro para árvores onde podiam brotar meninos como as maçãs verdes e azedas que se escondiam entre as folhas. Outro para o pomar de pêssegos, as parreiras das uvas, melancias deitadas como gatos-tartarugas dormindo sob o sol. Aquele caminho, abandonado, mas loucamente rotatório, até a escola! Este, reto como uma flecha, para as matinês de sábado de filmes de caubói. E este aqui para as águas do riacho, a natureza além da cidade...

Douglas apertou os olhos.

Quem era capaz de dizer onde começava a cidade ou a natureza? Quem era capaz de dizer o que pertencia ao quê e o que era dono de quê? Havia sempre, eternamente, aquele lugar indefinível onde cidade e natureza pelejavam e uma delas ganhava, por uma estação, a posse de uma certa avenida, um vale, uma baixada, uma árvore, um arbusto. O contorno tênue daquele grande mar continental de relva e flor, começando ao longe na solitária zona rural e avançando para dentro com a estocada das estações. A cada noite, a natureza, os prados, as campinas distantes escoavam desfiladeiro abaixo e se acumulavam na cidade com um cheiro de água e capim, e a cidade se via desabitada, morta e devolvida à terra. E a cada manhã um pouco mais do desfiladeiro se aproximava da cidade, ameaçando inundar garagens como caiaques furados, devorar carros antigos entregues à mercê da chuva que lasca a pintura e, portanto, à ferrugem.

— Ei! Ei! — John Huff e Charlie Woodman corriam pelo mistério do desfiladeiro, da cidade e do tempo. — Ei!

Douglas avançou devagar pela trilha. O desfiladeiro era de fato o lugar onde você vinha admirar as duas coisas da vida, os costumes do homem e os costumes do mundo natural. A cidade era, afinal de contas, apenas um grande navio cheio de sobreviventes em constante movimento, tirando de balde a grama que penetrava pelo casco, lascando a ferrugem. Volta e meia um bote salva-vidas, uma choupana, saída do grande navio, perdida na procela calada das estações, naufragava em ondas silenciosas de cupins e formigas no meio do desfiladeiro voraz para sentir o tremular dos gafanhotos chocalhando como papel seco contra ervas daninhas esturricadas, criar isolamento acústico com pó de aranhas e, por fim, numa avalanche de cascalho e piche, desabar como um santuário de lenha numa fogueira que as tempestades acendiam com raios azuis enquanto fotografavam com flashes o triunfo da natureza.

Era isso então, o mistério do homem tomando da terra e a terra tomando de volta, ano após ano, que atraíra Douglas, ciente de que as cidades nunca obtinham uma vitória verdadeira, que elas meramente existiam num estado sereno de perigo, plenamente paramentadas com cortador de grama, inseticida e tesouras de jardinagem, nadando constantemente enquanto a civilização mandasse nadar, porém cada casa se via prestes a afundar em ondas verdejantes, enterradas para sempre assim que cessasse o último homem, e suas trolhas e cortadores se estilhaçassem em flocos de ferrugem feito cereal matinal.

A cidade. A natureza. As casas. O desfiladeiro. Douglas piscava os olhos, indo e voltando. Mas como ligar as duas coisas, encontrar sentido nesse intercâmbio quando…

Seus olhos desceram ao solo.

O primeiro rito estival, a colheita de dentes-de-leão, a preparação do licor, terminara. Agora o segundo rito aguardava que ele o iniciasse, mas continuava perfeitamente imóvel.

— Doug… vamos lá… Doug…! — Os meninos que corriam desapareceram.

— Estou vivo — disse Douglas. — Mas de que serve? Eles estão mais vivos do que eu. Como? Como?

E, parado ali em pé, sozinho, ele soube a resposta, enquanto fitava os seus pés imóveis…

* * *

Mais tarde àquela noite, ao voltar para casa do cinema com sua mãe, seu pai e o irmão Tom, Douglas viu os tênis na vitrine iluminada da loja. Rapidamente desviou o olhar, mas seus tornozelos foram capturados, seus pés suspensos e tragados. A terra rodopiou; o toldo da loja bateu as asas de lona acima dele com o impulso de seu corpo correndo. Sua mãe, seu pai, seu irmão caminhavam tranquilamente dos dois lados dele. Douglas andava de costas, observando os tênis na vitrine noturna deixada para trás.

— Foi um filme batuta — disse a mãe.

Douglas murmurou:

— Foi sim…

Era junho e passava há muito da hora de comprar aqueles calçados especiais que eram tão silenciosos quanto uma chuva de verão caindo nas calçadas. Junho e a terra repleta de puro poder e todas as coisas em todos os lugares em movimento. A grama ainda se derramava do campo, cercando as calçadas, sitiando as casas. A qualquer momento a cidade ia emborcar e afundar, sem deixar nem mesmo uma ondinha entre os trevos e ervas daninhas. E aqui estava Douglas, preso no cimento duro e nas ruas de tijolinhos vermelhos, quase incapaz de se mexer.

— Pai! — ele soltou. — Lá atrás naquela vitrine, os tênis Cream-Sponge Para Litefoot…

Seu pai nem se virou.

— Que tal você me explicar o porquê de precisar de um novo par de tênis. Consegue fazer isso?

— Bem…

Era porque a sensação deles era como a sensação que você tem a cada verão quando tira os sapatos pela primeira vez e corre na grama. Era a sensação de meter os pés para fora das cobertas quentes no inverno a fim de deixar o vento frio da janela aberta soprar neles de repente e aí você os deixa ali por um tempão até puxá-los de volta para debaixo das cobertas e sente-as de novo, como neve compactada. A sensação daqueles tênis era como aquela que você sempre tem na primeira vez, todo ano, em que anda mergulhado até a cintura nas águas lentas do riacho e vê os seus pés lá embaixo, um centímetro para a frente na corrente, dada a refração, em comparação com a parte real do seu corpo fora d'água.

— Pai — disse Douglas —, é difícil explicar.

De algum modo, as pessoas que faziam os tênis sabiam o que era que os meninos precisavam e queriam. Colocavam marshmallows e molas nas solas e o resto eles teciam a partir da relva descolorida e cozida no mato. Em algum lugar no fundo da terra macia dos calçados se escondiam os tendões rígidos dos cervos. Essa gente que fazia os calçados devia ter ficado um tempão vendo os ventos soprarem as árvores e um tempão vendo os rios desaguarem nos lagos. Fosse o que fosse, isso tudo estava nos calçados, e era verão.

Douglas tentou expressar tudo isso em palavras.

— Sim — disse o pai —, mas o que tem de errado com os tênis do ano passado? Por que você não tira *esses* tênis do armário?

Bem, ele sentia pena dos meninos que moravam na Califórnia, onde usavam tênis o ano inteiro e desconheciam a sensação de tirar o inverno dos pés, descascar aqueles sapatos de couro todos cheios de neve e chuva para correrem descalços por um dia e depois amarrarem os cadarços do tênis novo da estação, que era melhor do que ficar descalço. A magia repousava sempre no novo par de calçados. Era capaz de essa magia morrer no primeiro de setembro, mas agora, no fim de junho, havia magia ainda a dar com o pé, e com calçados como esses dava para pular por cima de árvores, rios e casas. E, se quisesse, dava para pular com eles por cima de cercas, calçadas e cães.

— Não vê? — disse Douglas. — Simplesmente *não posso* usar o par do ano passado.

Pois o par do ano passado estava morto por dentro. Estavam ótimos quando ele os estreou, no ano passado. Ainda assim, por volta do fim do verão, a cada ano, você sempre descobria, sempre ficava sabendo que não dava, de verdade, para pular com eles por sobre rios, árvores e casas, e que estavam mortos. Mas este era um novo ano, e ele sentia que, desta vez, com o novo par de tênis, ele era capaz de fazer qualquer coisa, absolutamente qualquer coisa.

Eles subiram os degraus até em casa.

— Guarde seu dinheiro — disse o pai. — Daqui a cinco ou seis semanas...

— O verão já vai ter acabado!

Luzes apagadas, enquanto Tom dormia, Douglas estava deitado, observando os pés, lá longe no fim da cama sob o luar, livres dos sapatos pesados de ferro, após se desfazerem daqueles pedações do inverno.

— Motivos. Preciso pensar em motivos para os tênis.

Bem, como qualquer um sabia, as colinas ao redor da cidade estavam fervilhando desses amigos que botam pra quebrar, brincando de barômetro com as mudanças atmosféricas, pegando sol, descascando igual as folhas do calendário a cada dia para pegarem mais sol. Para alcançar esses amigos, é preciso correr mais rápido do que a raposa, mais rápido do que o esquilo. Quanto à cidade, ela fervia com inimigos irritadiços por causa do calor, recordando cada discussão e insulto feito durante o inverno. *Encontrar amigos, dispensar inimigos!* Esse era o lema do Cream-Sponge Para Litefoot. *Por acaso o mundo corre rápido demais? Quer alcançá-lo? Quer estar alerta e manter-se alerta? É o Litefoot, então! Litefoot!*

Ele ergueu o seu cofrinho no ar e ouviu um vago e mínimo tilintar, o peso aerado das moedas.

Para o que você quiser, ele pensou, é preciso abrir o seu próprio caminho. Durante a noite agora, vamos encontrar esse caminho pela floresta...

No centro, as luzes da loja foram se apagando, uma por uma. Um vento entrava pela janela. Era como um rio descendo a correnteza e os seus pés querendo segui-la.

Em seus sonhos, ele ouviu um coelho correndo correndo correndo no fundo da grama quentinha.

O velho sr. Sanderson andava pela sua sapataria como o proprietário de uma loja de animais deve andar pela sua loja, onde há canis com bichos do mundo inteiro, tocando cada um deles brevemente no caminho. O sr. Sanderson passava as mãos nos calçados da vitrine e alguns deles eram como gatos para ele e outros como cães; tocava preocupado cada par, ajustando cadarços, arrumando as línguas. Depois ficava parado no exato centro do carpete e olhava ao redor, gesticulando com a cabeça.

Fez-se o estrondo de um trovão cada vez mais alto.

Num momento, o Empório dos Calçados de Sanderson estava vazio. No outro, Douglas Spaulding estava parado lá dentro, desajeitadamente, fitando os seus sapatos de couro como se fossem coisas pesadas que não podiam ser descoladas do cimento. O trovão parou quando pararam os seus sapatos. Agora, com uma lentidão dolorosa, ousando olhar apenas para o dinheiro em suas mãos em concha, Douglas saiu de baixo do ofuscante raio de sol a pino do meio-dia de sábado. Fez uma pilha cuidadosa das moedas de cinco, dez e vinte e cinco centavos em cima do balcão, como um enxadrista preocupado se o próximo lance iria conduzi-lo ao sol ou às profundezas da sombra.

— Não diga uma só palavra — falou o sr. Sanderson.

Douglas ficou paralisado.

— Em primeiro lugar, sei exatamente o que você quer comprar — disse o sr. Sanderson. — Em segundo lugar, eu o vejo todas as tardes na minha vitrine; acha que não reparo? Está equivocado. Em terceiro lugar, para chamá-lo pelo nome completo, você quer o tênis Royal Crown Cream-Sponge Para Litefoot: "Feito Mentol Para os Pés!". Em quarto lugar, você precisa de crédito.

— Não! — clamou Douglas, respirando com dificuldade, como se tivesse passado a noite toda correndo em seus sonhos. — Tenho algo melhor do que crédito para oferecer! — Ele parou para pegar ar. — Antes de eu contar, sr. Sanderson, o senhor precisa me fazer um favorzinho. O senhor se lembra da última vez que usou um par de tênis Litefoot?

O rosto do sr. Sanderson escureceu.

— Ah, dez, vinte, talvez trinta anos atrás. Por quê...?

— Sr. Sanderson, o senhor não acha que deve isso aos seus clientes, de pelo menos experimentar os tênis que o senhor vende, nem que seja por um só minuto, só para saber a sensação? As pessoas esquecem das coisas se não ficarem testando. O homem da Tabacaria United fuma charutos, não é? O homem da doceria prova os próprios doces, eu penso. Então...

— Você deve ter reparado — disse o velho — que eu estou de sapatos.

— Mas não são tênis, senhor! Como vai vender tênis se não puder elogiá-los e como que vai elogiá-los se o senhor não conhecê-los em pessoa?

Com uma mão no queixo, o sr. Sanderson recuou um pouco diante daquele menino febril.

— Bem...

— Sr. Sanderson — disse Douglas —, o senhor me vende uma coisa e eu lhe vendo algo de igual valor.

— É absolutamente necessário para essa venda que eu calce os tênis, menino? — disse o velho.

— Eu queria muito, senhor!

O velho suspirou. Um minuto depois, sentado e um pouco arfante, ele amarrou os cadarços do tênis nos seus pés longos e estreitos. Pareciam uma coisa à parte, alienígena, sob as barras escuras da calça do seu terno. O sr. Sanderson se levantou.

— Qual é a *sensação* deles? — perguntou o menino.

— Qual é a sensação deles, ele me pergunta. A sensação é agradável. — Ele começou a se sentar.

— Por favor! — Douglas estendeu a mão. — Sr. Sanderson, agora será que o senhor pode meio que se balançar para frente e para trás um pouco, se sacudir, meio que dar uns pulos, enquanto explico o resto? É assim: eu lhe dou o meu dinheiro, o senhor me dá os tênis, eu fico lhe devendo um dólar. Mas, sr. Sanderson, *mas*... assim que eu calçar esses tênis, sabe o que *acontece*?

— O quê?

— Bum! Eu entrego suas encomendas, pego encomendas, trago café, queimo o seu lixo, corro até o correio, o telégrafo, a biblioteca! O senhor vai ver uma dúzia de Douglas, entrando e saindo, entrando e saindo, a cada minuto. Sinta esses tênis, sr. Sanderson, dá para *sentir* a rapidez que eles terão nos meus pés? Todas essas molas dentro? Sente toda a corrida aí dentro? Sente como eles, assim, agarram e não soltam e não gostam que o senhor fique só aí *parado*? Sente a rapidez com que eu faria as coisas que o senhor prefere não se dar ao trabalho de fazer? Pode só ficar aí no fresquinho na sua loja enquanto eu saio pulando pela cidade toda! Mas não sou eu na verdade, são os tênis. Eles estão correndo que nem loucos pelos becos, atravessando esquinas e voltando! Lá vão eles!

O sr. Sanderson ficou maravilhado com esse jorro de palavras. Quando as palavras pegaram embalo, seu fluxo o levou junto; ele começou a afundar nos tênis, a mexer os dedos dos pés, a arquear a sola, testar os tornozelos. Balançou suavemente, em segredo, para frente e para trás, contra a leve brisa da porta aberta. Os tênis se calaram, em silêncio, no fundo do carpete, afundados como se no mato da selva, na terra e argila resiliente. Ele deu um salto solene com os calcanhares sobre aquela massa de pão, sobre a terra fofa e receptiva. As emoções afluíram às pressas ao seu rosto como se muitas luzinhas coloridas estivessem piscando. Ele ficou um tanto boquiaberto. Devagar, suavizou o balanço até parar, e a voz do menino desapareceu e eles se viram parados, um olhando para a cara do outro no meio daquele tremendo silêncio natural.

Passavam umas poucas pessoas à deriva pela calçada lá fora, sob o sol quente.

Ainda assim o homem e o menino continuaram ali parados, o menino radiante, e o homem com uma revelação no rosto.

— Rapaz — disse enfim o velho —, daqui a cinco anos, que tal você trabalhar vendendo calçados neste empório?

— Nossa, obrigado, sr. Sanderson, mas eu não sei o que eu quero ser ainda.

— O que você quiser, filho — disse o velho —, você será. Ninguém poderá nunca impedi-lo.

O velho atravessou a loja com passos leves até a parede com dez mil caixas e voltou com alguns pares para o menino, e escreveu uma lista em um papel enquanto ele amarrava os cadarços nos pés e depois ficou ali parado, à espera.

O velho entregou a lista.

— Uma dúzia de coisas para você fazer para mim esta tarde. Quando terminar, estaremos quites e você estará demitido.

— Obrigado, sr. Sanderson! — Douglas tomou seu rumo.

— Parado! — clamou o velho.

Douglas parou e deu meia-volta.

O sr. Sanderson se inclinou para a frente:

— Qual é a *sensação* deles?

O menino olhou para baixo, para os seus pés no fundo dos rios e trigais, no vento que já o soprava rumo aos limites da cidade. Ele olhou para cima, para o velho, com fogo nos olhos, a boca se mexendo, mas som nenhum saía dela.

— Antílopes? — disse o velho, desviando o olhar do rosto do menino para os tênis. — Gazelas?

O menino pensou a respeito, hesitou e fez que sim com a cabeça, rapidinho. Desapareceu quase de imediato. Simplesmente rodopiou com um sussurro e partiu. A porta estava vazia. O som dos tênis evanesceu no calor da selva.

O sr. Sanderson ficou parado à porta iluminada pelo sol, à escuta. De muito tempo atrás, dos sonhos de infância, ele se lembrou daquele ruído. Lindas criaturas saltando sob o céu, desaparecendo no mato, debaixo das árvores, ao longe, deixando para trás apenas o eco suave de sua corrida.

— Antílopes — disse o sr. Sanderson. — Gazelas.

Ele se abaixou para apanhar os sapatos de inverno do menino, abandonados e pesados com chuvas olvidadas e neves há muito derretidas. Ao sair debaixo do sol ardido, caminhando com delicadeza, o passo leve e devagar, ele se encaminhou de volta à civilização…

* * *

Ele pegou um bloco de notas amarelo barato. Pegou um lápis amarelo Ticonderoga. Abriu o bloco. Lambeu o lápis.

— Tom — disse ele —, você e as suas estatísticas me deram uma ideia. Vou fazer a mesma coisa, manter uma conta de tudo. Por exemplo: você percebeu que, todos os verões, a gente faz, de novo e de novo, tudo que a gente fez no verão anterior?

— Como o quê, Doug?

— Como preparar licor de dente-de-leão, comprar tênis novos, soltar a primeira bombinha do ano, fazer limonada, pegar farpa no pé, colher cataúbas silvestres. Todos os anos fazemos as mesmas coisas, sem mudança, sem diferença. Isso já é metade do verão, Tom.

— E qual a outra metade?

— As coisas que fazemos pela primeira vez na vida.

— Como comer azeitona?

— Maior do que isso. Como descobrir, talvez, que o vô ou o pai não sabem de tudo a respeito do mundo.

— Eles sabem sim de cada coisinha que tem para saber. Nem vem!

— Tom, não discuta, eu já anotei aqui em Descobertas e Revelações. Eles não sabem de tudo. Mas não é crime isso. Foi o que eu também descobri.

— Que outras doideiras novas tem aí?

— Eu estou vivo.

— Puxa vida, essa é velha!

— *Pensar* nisso, *reparar* nisso é novidade. A gente faz as coisas e não observa. Aí de repente a gente olha e vê que está fazendo e é a primeira vez, na verdade. Vou repartir o verão em duas partes. A parte de cima deste bloco diz: Ritos e Cerimônias. A primeira *root beer* que a gente abre no ano. A primeira corrida descalço na grama do ano. A primeira vez que a gente quase se afoga no lago do ano. A primeira melancia. O primeiro mosquito. A primeira colheita de dentes-de-leão. São essas as coisas que a gente faz de novo e de novo e de novo, sem nunca pensar a respeito. Agora aqui no verso, como eu disse, tem Descobertas e Revelações ou talvez Iluminações, essa é uma palavra batuta, ou Intuições, pode ser? Em outras palavras, você faz uma coisa velha de sempre, como engarrafar o licor de dente-de-leão, e aí coloca embaixo de Ritos e Cerimônias. E aí você pensa a respeito e o que você pensa, seja doideira ou não, você coloca em Descobertas e Revelações. E eis aqui o que eu descobri sobre o licor: *Toda vez que você engarrafa ele, você guarda um pedaço de 1928 ali, em segurança*. Que tal, Tom?

— Eu me perdi aí já faz mais de um quilômetro.

— Deixa eu te mostrar outro exemplo. Na frente, em Cerimônias, eu coloquei: *Primeira bronca e palmadas do pai do verão de 1928, manhã de 24 de junho*. No verso, em Revelações, coloquei: *O motivo que faz os adultos e crianças brigarem é os dois pertencerem a estirpes distintas. Olhe só para eles, diferentes de nós. Olhe só para nós, diferentes deles. Estirpes diferentes, e "que nunca os dois se cruzem"*. Pode botar no seu cachimbo e fumar, Tom!

— Doug, você acertou, acertou! É isso! É exatamente por isso que a gente não se dá com a mãe ou o pai. Encrenca, encrenca, do nascer do sol até a janta! Rapaz, você é um gênio!

— A qualquer momento durante os próximos três meses que você notar algo que está sendo feito repetidamente, me conte.

Pense nisso e aí me conte o que *pensou*. Quando chegar o Dia do Trabalho, vamos contabilizar o verão e ver o que saiu disso tudo!

— Tenho umas estatísticas para você agora mesmo. Pegue aí o lápis, Doug. Tem cinco bilhões de árvores no mundo. Eu conferi. Embaixo de cada árvore tem uma sombra, certo? Então, o que é que faz a noite? Vou contar pra você: são as sombras que saem rastejando debaixo de cinco bilhões de árvores! Pense nisso! Sombras correndo pelo ar, turvando as águas, como se diz. Se déssemos um jeito de manter essas malditas cinco bilhões de sombras embaixo daquelas árvores, poderíamos ficar acordados metade da noite, Doug, porque não ia ter noite! Prontinho; algo velho, algo novo.

— É velho e novo mesmo. — Douglas lambeu o lápis amarelo Ticonderoga, um nome que ele adorava. — Repete.

— *Tem sombras embaixo de cinco bilhões de árvores...*

Sim, o verão era os rituais, cada um com o seu momento e lugar natural. O ritual de fazer limonada ou chá gelado, o ritual do licor, o calçar-se ou descalçar-se, e por fim, vindo ligeiro no rastro dos outros, com uma dignidade tranquila, o ritual do balanço na varanda.

No terceiro dia do verão, no fim de tarde, o vô reapareceu na varanda para contemplar, em sua serenidade, as duas argolas vazias no teto. Deslocando-se até o guarda-corpo coberto de vasos de gerânios, como um capitão Ahab a avaliar o dia brando, brando, e o céu de aspecto brando, ele molhou o dedo para testar o vento e despiu o casaco para ver qual era a sensação das mangas de camisa nessa hora poente. Reconheceu as saudações dos outros capitães nas outras varandas floridas, eles mesmos recém-saídos para discernir aquela suave onda sísmica da atmosfera, sem darem ouvidos aos chiados e matracas das esposas, que eram como aqueles cães de colo que parecem bolinhas de pelo, escondidas atrás das telas pretas das portas.

— Certo, Douglas, vamos montar tudo.

Na garagem encontraram, espanaram e resgataram o *howdah*, como se diz, para os festivais tranquilos das noites de verão, a cadeira de balanço que o vô prendia nas argolas do teto da varanda.

Douglas, sendo mais leve, foi o primeiro a se sentar no balanço. Depois, após um momento, o vô timidamente acomodou o seu peso pontifício ao lado do garoto. E assim ficaram sentados, sorrindo um para o outro, acenando com a cabeça, enquanto balançavam para frente e para trás, em silêncio, para frente e para trás.

Dez minutos depois, a vó apareceu com baldes d'água e vassouras para lavar e varrer a varanda. Outras cadeiras, de balanço e de encosto reto, foram convocadas de dentro da casa.

— Sempre gosto de começar a sentada cedo nesta estação — disse o vô —, antes de começar a dar muito mosquito.

Por volta das sete horas dava para ouvir o arrastar das cadeiras sendo recolocadas debaixo das mesas, alguém experimentando com um piano de dentes amarelados, se você ficasse parado do lado de fora da janela da sala de jantar e escutasse. O acender de fósforos, o borbulhar dos primeiros pratos mergulhados na água com sabão para depois tilintarem, pendurados nos suportes das paredes, e em algum lugar, vagamente, um fonógrafo tocando. E então, conforme a noitinha ia mudando a hora, em casa atrás de casa pelas ruas crepusculares, sob os carvalhos e olmos imensos, nas varandas escuras, as pessoas começavam a aparecer, como aqueles bonequinhos que predizem chuva ou sol nas casinhas do tempo.

O tio Bert ou talvez o vô, depois o pai e alguns dos primos; os homens todos saíam primeiro para a tardinha cremosa, soprando fumaça, deixando as vozes das mulheres para trás para endireitarem seus universos na cozinha quente que arrefecia. Depois as primeiras vozes masculinas sob o beiral da varanda, os pés para cima, os meninos empoleirados nas margens dos degraus desgastados ou nos guarda-corpos de madeira de onde às vezes, durante a noite, alguma coisa, seja um menino ou vaso de gerânio, despencava.

Por fim, como fantasmas pairando momentaneamente atrás da tela da porta, a vó, a bisa e a mãe apareciam, e os homens se mexiam, saíam do lugar e ofereciam para elas sentarem. As mulheres traziam uma variedade de leques consigo, jornais dobrados, batedores de massa feitos de bambu ou lenços perfumados, para movimentar o ar diante de seus rostos enquanto falavam.

Do que essa gente falava a noite inteira, ninguém lembrava no dia seguinte. O que os adultos discutiam não era importante para ninguém; só o que importava era que os sons pudessem ir e vir sobre as samambaias delicadas que cercavam a varanda nos três lados; só o que importava era que a escuridão preenchesse a cidade como água negra sendo derramada sobre as casas, e que os charutos brilhassem e as conversas nunca, nunca parassem. Saíam as fofocas femininas, perturbando os primeiros mosquitos, de modo que eles dançavam em frenesis pelo ar. As vozes masculinas invadiam as vigas da velha casa; se você fechasse os olhos e apoiasse a cabeça contra o assoalho, dava para ouvir as vozes dos homens rumorejando como um terremoto político ao longe, constante, incessante, o tom subindo ou descendo.

Douglas se recostou nas tábuas da varanda seca, completamente contente e reconfortado por essas vozes, que continuariam falando eternidade afora, derramando-se num fluxo de murmúrios pelo seu corpo, suas pálpebras fechadas, entrando em seus ouvidos sonolentos, até o fim dos tempos. As cadeiras de balanço soavam como grilos, os grilos como cadeiras de balanço, e o barril de água de chuva coberto de musgo perto da janela da sala de jantar produzia mais uma geração de mosquitos para fornecer um assunto a ser discutido pelos infinitos verões futuros.

Era tão bom, tão gostoso e tão reconfortante sentar-se na varanda nas noites de verão que nunca seria possível abrir mão disso. São os rituais que são corretos e duradouros: o acender dos cachimbos, as mãos pálidas que movem agulhas de tricô no escuro, o comer de *Eskimo Pies* geladas e embrulhadas em papel alumínio, o ir e vir de toda gente. Pois, vez ou outra, durante a noite, todo mundo fazia uma visita; os vizinhos, gente do outro lado da rua; as senhoritas Fern e Roberta zumbindo em seu cupê elétrico, dando uma carona para Tom ou Douglas num passeio pela quadra para depois voltarem ali e se sentarem, para abanar a febre em suas bochechas; ou o sr. Jonas, o carroceiro, após deixar seu cavalo e carroça escondidos no beco, e transbordando de tantas palavras, subiria os degraus com uma aparência tão revigorada como se nada do que ele dizia jamais tivesse sido dito antes, o que de algum modo era verdade. E, por fim, as crianças, que forçavam as vistas por aí numa última brincadeira de esconde-esconde ou de chutar a latinha, ofegantes, radiantes, gadanhariam de volta quietinhas como bumerangues pelo gramado mudo, a fim de afundarem embaixo da falação, falação e falação das vozes da varanda que recairia sob elas e as acalmaria...

Ah, o luxo de se deitar na noite das samambaias e na noite da relva e na noite das vozes sussurrantes e sonolentas entretecendo juntas a escuridão. Os adultos haviam se esquecido de que ele estava lá, de tão quietinho, tão quietinho que estava Douglas, deitado, reparando nos planos que eles faziam para o futuro de todo mundo, o seu próprio futuro e o deles. E as vozes cantavam, pairavam, em nuvens enluaradas de fumaça de cigarro enquanto as mariposas, como flores tardias de macieiras que ganhavam vida, batiam de leve nas luzes distantes dos postes, e as vozes prosseguiam rumo aos anos vindouros...

NA FRENTE DA TABACARIA UNITED naquela noite os homens se reuniram para queimar dirigíveis, afundar navios de guerra, estourar dinamites e, no geral, sentir o sabor das próprias bactérias em suas bocas de porcelana que um dia acabariam com eles. Nuvens de aniquilação espreitavam e iam embora em sua fumaça de charutos, em torno de uma figura nervosa que podia ser avistada ouvindo de longe o som das pás quadradas e pás de bico, com a ladainha "cinzas às cinzas, pó ao pó". Essa figura era Leo Auffmann, o joalheiro da cidade que, arregalando os grandes olhos de escuridão líquida, enfim jogou as mãos infantis para cima e clamou de aflição:

— Parem! Em nome de Deus, saiam desse cemitério!

— Leo, você tem toda razão — disse o vô Spaulding, aproximando-se em seu passeio noturno com seus netos, Douglas e Tom. — Mas, Leo, só você poderá calar esses profetas do fim dos tempos. Invente alguma coisa que possa fazer do futuro algo mais feliz, mais ajustado, infinitamente jubilante. Foi você que inventou as bicicletas, que consertou as geringonças do salão de jogos, que foi o nosso projecionista dos filmes aqui na cidade, não é?

— Isso — disse Douglas. — Invente para nós uma máquina da felicidade!

Os homens deram risada.

— Não — disse Leo Auffmann. — Como temos usado as máquinas até agora, para fazer as pessoas chorarem? Sim! Cada vez que parece que o homem e a máquina vão se dar bem... Bum! Alguém acrescenta uma engrenagem, os aviões soltam bombas na gente, os carros caem de penhascos. Então, por acaso o menino está errado em pedir isso? Não! Não...

A voz desaparecia enquanto Leo Auffmann avançava até o meio-fio para tocar a sua bicicleta como se fosse um animal.

— O que tenho a perder? — murmurou. — Umas pelinhas dos dedos, alguns quilos de metal, um pouco de sono? Deixem que eu faço, valha-me!

— Leo — disse o vô —, a gente não pensou que...

Mas Leo Auffmann tinha desaparecido, pedalando pela noite quente de verão, enquanto sua voz retornava pelo ar.

— ...deixem que eu faço.

— Sabe — disse Tom, deslumbrado —, eu aposto que ele *consegue*.

Só DE OBSERVÁ-LO ANDAR DE BICICLETA pelas ruas de tijolinhos à noite, dava para ver que Leo Auffmann era um homem de vida mansa, que admirava o modo como os cardos se curvavam no capim quente quando o vento soprava quente que nem uma fornalha ou o modo como zumbia a eletricidade nos postes molhados de chuva. Era um homem que não sofria, mas sim sentia prazer com as noites insones refletindo sobre o grande relógio do universo — se ele corria ou se dava corda, quem é que vai saber? Mas durante muitas noites, auscultando, ele decidia primeiro que era um, depois que era o outro...

Os choques da vida, ele pensou, enquanto andava de bicicleta, quais são? Nascer, crescer, envelhecer, morrer. A respeito do primeiro item, não tem muito o que dê para fazer. Mas — e os outros três?

As rodas da Máquina da Felicidade rodavam, fazendo girar os aros de luz dourada pelo teto de sua cabeça. Uma máquina agora para ajudar os meninos a transformarem sua penugem de pêssego em arbustos espinhosos, e as meninas, de cogumelinhos em nectarinas. E nos anos em que a sua sombra se inclinava desobstruída sobre a terra enquanto você se deitava de noite com os batimentos somando bilhões, a invenção dele deveria permitir que o homem pegasse no sono fácil com as folhas cadentes, como os meninos no outono que se contentam, confortavelmente atirados sobre as pilhas secas, em ser parte da morte do mundo...

— Papai!

Seus seis filhos, Saul, Marshall, Joseph, Rebecca, Ruth, Naomi, todos de idade entre cinco e quinze, vieram correndo pelo gramado para pegar a sua bicicleta, todos encostando nele ao mesmo tempo.

— Nós ficamos esperando. Compramos sorvete!

Ao avançar na direção da varanda, ele conseguia sentir o sorriso de sua esposa ali no escuro.

Cinco minutos se passaram no silêncio confortável de quem está comendo, depois, segurando uma colherada cheia de sorvete cor-de-lua como se fosse a totalidade dos segredos do universo para ser degustado cuidadosamente, ele disse:

— Lena? O que você acharia se eu tentasse inventar uma Máquina da Felicidade?

— Tem algo errado? — ela rapidamente respondeu.

* * *

O vô levava Douglas e Tom para casa. Na metade do caminho, Charlie Woodman, John Huff e alguns dos outros meninos passaram correndo como uma chuva de meteoros, sua gravidade tão imensa que puxaram Douglas de perto do vô e de Tom, levando-o na direção do desfiladeiro.

— Não se perca, filho!

— Não vou... Não vou...

Os meninos mergulharam na escuridão.

Tom e o vô caminharam o restante do caminho em silêncio, exceto quando entraram em casa e Tom disse:

— Rapaz, uma Máquina da Felicidade... carambola!

— Melhor esperar sentado — disse o vô.

O relógio do fórum bateu oito horas.

O relógio do fórum bateu nove, e estava ficando tarde, e era noite de verdade naquela ruazinha de uma cidade pequena num estado grande em um vasto continente num planeta Terra arremessado pelo buraco do espaço rumo a lugar nenhum ou algum lugar e Tom sentia cada quilômetro dessa longa queda. Estava sentado perto da porta telada da frente, olhando para fora, aquela escuridão que avançava e parecia tão inocente, como se estivesse se segurando. Só quando fechava os olhos e deitava é que dava para sentir o mundo rodopiando embaixo da cama e entupindo seus ouvidos com um mar negro que entrava e rebentava nos penhascos que não estavam lá.

Fez-se um cheiro de chuva. A mãe estava passando roupa e espargindo água de um frasco de ketchup arrolhado sobre as roupas secas e quebradiças atrás de Tom.

Uma loja ainda estava aberta, a cerca de uma quadra de distância — a da dona Singer.

Por fim, pouco antes de dar a hora de a dona Singer fechar a loja, a mãe cedeu e falou para Tom:

— Corre lá e pega um pote de sorvete. Pede para ela deixar bem compacto.

Ele perguntou se podia colocar uma bola de chocolate em cima, porque não gostava de baunilha, e a mãe concordou. Pegou o dinheiro e saiu correndo descalço sobre o cimento quente da calçada noturna, sob as macieiras e carvalhos, na direção da loja. A cidade estava tão quieta e distante que só dava para ouvir os grilos cricrilando em espaços além do índigo quente das árvores que seguram as estrelas.

Seus pés descalços batiam no asfalto. Ele atravessou a rua e encontrou a dona Singer andando a passos pesados pela loja, cantando melodias em iídiche.

— Pote de sorvete? — disse ela. — Com chocolate por cima? Sim!

Ele a observou enquanto ela se atrapalhava para tirar a tampa de metal no congelador de sorvete e manipular o pegador, enchendo a caixinha de papelão até a borda com "chocolate por cima, sim!". Ele entregou o dinheiro, recebeu o pacote frio e gelado e, esfregando-o na testa e bochecha, aos risos, saiu pisando descalço na direção de casa. Atrás dele, as luzes da lojinha solitária se apagaram e havia apenas um único poste cintilando na esquina, e a cidade inteira parecia estar indo dormir.

Ao abrir a porta telada, ele encontrou a mãe ainda passando roupa. Ela parecia irritada, com calor, mas sorriu mesmo assim.

— Quando que o pai volta para casa da reunião da associação? — perguntou.

— Perto das onze ou onze e meia — respondeu a mãe. Ela levou o sorvete até a cozinha e o dividiu. Entregando-lhe sua porção especial de chocolate, ela separou um pouco para si e o resto foi guardado. — Para Douglas e o seu pai quando voltarem.

Os dois ficaram sentados, deliciando-se com o sorvete, embrulhados no âmago da noite profundamente quieta de verão. Sua mãe e ele e a noite ao redor da sua casinha naquela ruazinha. Ele lambeu cada colherada de sorvete minuciosamente antes de escavá-lo atrás da próxima, e a mãe guardou a tábua de passar e o ferro quente em sua caixa aberta para esfriar, e se sentou em sua poltrona perto do fonógrafo, tomando sua sobremesa e dizendo:

— Homessa, que calor que fez hoje. A terra absorve todo o calor e devolve de noite. A gente vai dormir empapado.

Os dois ficaram sentados, escutando a noite, sob a pressão feita por todas as janelas, por todas as portas e pelo silêncio completo, porque o rádio precisava de uma bateria nova, e eles haviam tocado já todos os discos do quarteto Knickerbocker, do Al Jolson e Two Black Crows até cansar; por isso Tom ficou só sentado no assoalho de madeira, olhando aquele breu breu breu, apertando o nariz contra a tela até a pele na ponta ficar toda repartida em quadradinhos escuros.

— Onde será que está o Doug? São quase nove e meia.

— Ele vai chegar — disse Tom, bem ciente de que Douglas chegaria.

Ele seguiu a mãe quando ela foi lavar a louça. Cada som, cada raspada da colher ou do prato era amplificada naquela noite de bafo. Foram em silêncio até a sala de estar, tiraram as almofadas do sofá e o abriram juntos, de modo que, estendido, ele se tornou a cama dupla que era, secretamente. A mãe fez a cama, esmurrando os travesseiros e os afofando para eles apoiarem a cabeça. Depois, enquanto ele desabotoava a camisa, ela disse:

— Espere um pouco, Tom.

— Por quê?

— Porque eu falei para esperar.

— Você está com uma cara engraçada, mãe.

A mãe ficou sentada por um momento, depois se levantou, foi até a porta e chamou. Ele a ouviu chamar e chamar: "Douglas, Douglas, ôu Doug! Douglasssssss!" repetidamente. A voz dela saiu flutuando pela noite escura de verão e jamais voltou. Os ecos não prestavam qualquer atenção.

Douglas. Douglas. Douglas.

Douglas!

E enquanto ele ficava sentado no assoalho, um frio que não era sorvete, nem inverno, nem parte do calor do verão, atravessou Tom. Ele reparou nos olhos da mãe, deslizando, piscando; o modo como ela ficava ali parada em pé, indecisa e nervosa. Essas coisas todas.

Ela abriu a porta telada. Saindo para a noite, ela desceu os degraus e foi até a calçada da frente, sob o arbusto dos lilases. Ele ficou ouvindo os passos dela.

Ela chamou outra vez.

Silêncio.

Chamou mais duas vezes. Tom ficou sentado na sala. A qualquer momento agora, Douglas iria respondê-la de lá do fim da longa, longa e estreita rua: "Tudo bem, mãe! Tudo bem, mãe! Ei!".

Mas ele não respondeu. E, durante dois minutos, Tom ficou sentado olhando a cama feita, o rádio calado, o fonógrafo em silêncio, o lustre com as bobinas de cristal reluzindo em silêncio acima do tapete com os arabescos em púrpura e escarlate. Ele topou com o dedão na quina da cama de propósito para ver se ia doer. Doeu.

Com um choro, a porta telada se abriu e a mãe disse:

— Venha, Tom. Vamos dar um passeio.

— Para onde?

— Só uma volta na quadra. Vamos.

Ele pegou a mão dela. Juntos, caminharam pela St. James Street. Sob os pés, o concreto ainda estava quente e os grilos soavam mais barulhentos contra o escuro cada vez mais escuro. Chegaram à esquina, viraram e foram caminhando na direção do lado oeste do desfiladeiro.

Passou um carro em algum lugar, piscando as luzes ao longe. Havia uma completa ausência de vida, luz e atividade. Aqui e ali, no caminho de volta de onde vinham caminhando, brilhavam vagos quadrados de luz onde ainda tinha gente acordada. A maioria das casas, no entanto, escurecida, já dormia, e havia alguns lugares sem luz onde os ocupantes da moradia estavam sentados, batendo em meio à escuridão seu papo noturno nas varandas. Dava para ouvir o ranger de um balanço ao passar.

— Queria que seu pai estivesse em casa — disse a mãe. Sua mãozona apertava a mãozinha dele. — Espere só até eu pegar aquele menino. O Solitário tem rondado por aí de novo. Matando gente. Ninguém está a salvo mais. Você nunca sabe quando O Solitário vai aparecer, nem onde. Deus que me ajude, quando Doug chegar em casa eu vou lhe dar um safanão que vai acabar com ele.

Agora haviam passado mais uma quadra e estavam parados perto da silhueta escura e santificada da Igreja Batista Alemã da esquina da Chapel Street com Glen Rock. Nos fundos da igreja, a cem metros, começava o desfiladeiro. Dava para sentir seu cheiro. Tinha um odor de esgoto escuro, de folhagem podre, um verde denso. Era um desfiladeiro largo que cortava a cidade, contorcendo-se

— uma selva durante o dia, um lugar para deixar quieto à noite, como a mãe muitas vezes declarara.

Ele devia ter se sentido encorajado pela proximidade da Igreja Batista Alemã, mas não se sentiu, porque a construção não estava iluminada, era tudo tão frio e inútil quanto uma pilha de ruínas na beirada do desfiladeiro.

Tinha apenas dez anos de idade. Pouco sabia da morte, do medo, do pavor. A morte era a efígie de cera no caixão quando ele tinha seis anos e o biso morreu, parecendo um grande abutre tombado em seu féretro, calado, retraído, de onde nunca mais lhe diria como se comportar, nunca mais faria seus comentários sucintos sobre política. A morte era sua irmãzinha certa manhã quando acordou às margens dos sete anos, olhou para o berço dela e a viu olhando para ele com um olhar cego, azul, fixo e congelado até que vieram os homens com um cestinho de vime para a levarem embora. A morte era quando ele estava parado do lado da cadeirinha elevada dela, quatro semanas depois, e de repente se deu conta de que ela jamais se sentaria ali outra vez, rindo e chorando e lhe fazendo ciúmes por ter nascido. Isso era a morte. E a Morte era O Solitário, invisível, a caminhar e parar atrás das árvores, esperando na zona rural para adentrar, uma ou duas vezes por ano, esta cidade, passar por essas ruas, esses muitos lugares onde havia pouca luz, para matar uma, duas, três mulheres nos últimos três anos. Isso era a Morte…

Mas isso era mais que a Morte. Essa noite de verão profunda sob as estrelas eram todas as coisas que você iria sentir, ver ou ouvir na vida, afogando você todas de uma vez.

Deixando a calçada para trás, os dois andaram por um caminho batido, cheio de pedrinhas e ladeado de matinhos enquanto os grilos faziam subir um coral completo, barulhento e tamborilante.

Ele seguiu, obediente, a mãe alta, bela e corajosa — a defensora do universo. Juntos, pois, aproximaram-se, chegaram e pararam bem na beirada da civilização.

O Desfiladeiro.

Aqui e agora, naquele fosso de breu selvagem estavam, de repente, todas as coisas que ele jamais poderia saber ou compreender; todas as coisas anônimas viviam na sombra amontoada das árvores, no odor da podridão.

Ele se deu conta de que ele e sua mãe estavam a sós.

A mão dela *tremeu*.

Ele a sentiu tremer... Por quê? Mas ela era maior, mais forte, mais inteligente do que ele, não era? Será que ela também sentia aquela ameaça intangível, aquele tatear que saía da escuridão, aquela malignidade rastejante de lá de baixo? Acaso não havia, então, força em crescer? Nenhuma consolação em ser adulto? Nenhum santuário na vida? Nenhuma cidadela de carne forte o suficiente para suportar a investida desesperada das meias-noites? Dúvidas o assolaram. O sorvete voltou à vida em sua garganta, seu estômago, coluna e membros; num instante estava gélido como um vento de dezembro passado.

Ele se deu conta de que todos os homens eram assim; que cada pessoa era ela mesma individual, sozinha. Uma individualidade, uma unidade em sociedade, mas sempre temerosa. Que nem aqui, parado. Se ele gritasse, se ele berrasse por socorro, será que ia adiantar?

O breu poderia vir ligeiro e engolidor; num único momento titanicamente congelante, tudo estaria concluído. Muito antes da alvorada, muito antes de chegar a polícia com lanternas para sondar aquele caminho escuro e revirado, muito antes de homens com cérebros trêmulos conseguirem vencer as pedrinhas para lhe prestar socorro. Mesmo que estivessem a quinhentos metros dele agora, e *com certeza* havia socorro dentro dessa distância, uma maré de breu poderia, em apenas três segundos, subir e arrancar todos os seus dez anos de idade e…

O impacto essencial da solidão da vida esmagou seu corpo que começava a tremer. A mãe estava sozinha também. Ela não podia recorrer à santidade do casamento, à proteção do amor familiar, não poderia recorrer à Constituição dos Estados Unidos, nem à Polícia Municipal, não poderia recorrer a lugar nenhum, naquele exato instante, exceto ao seu coração, e lá tudo que ela encontraria seria uma repugnância incontrolável e uma vontade de medo. Naquele instante, era um problema individual buscando uma solução individual. Ele deveria aceitar que estava só e continuar a partir daí.

Ele engoliu em seco e se agarrou nela. *Ó, Senhor, não deixe que ela morra, por favor*, pensou. *Não faça nada com a gente. O pai vai chegar da reunião da associação daqui uma hora e se a casa estiver vazia…*

A mãe avançou pelo caminho rumo à selva primordial. Sua voz tremia.

— Mãe, o Doug está bem. O Doug está bem. Ele está bem. O Doug está bem!

A voz da mãe era tensa e estridente.

— Ele sempre passa por aqui. Eu mando não fazer isso, mas essas malditas crianças, elas vêm por aqui mesmo assim. Vai chegar a noite em que ele vai passar por aqui e não sair nunca mais…

Não sair nunca mais. Poderia significar qualquer coisa. Vagabundos. Criminosos. A escuridão. Acidente. O principal de tudo — a morte!

Sozinho no universo.

Havia um milhão de cidadezinhas como esta em todo o mundo. Cada uma delas igualmente escura, solitária, distante e repleta de tremor e maravilha. O som agudo de violinos em tonalidade menor era a trilha sonora das cidadezinhas, sem luzes, mas com muitas sombras. Ah, a vasta e crescente solidão delas. Seus úmidos e secretos desfiladeiros. A vida era um horror que habitava nelas à noite, quando de todos os lados a sanidade, o casamento, os filhos, a felicidade eram ameaçados por um ogro de nome Morte.

A mãe ergueu a voz na escuridão:

— Doug! Douglas!

De repente os dois se deram conta de que havia alguma coisa errada.

Os grilos haviam parado de cantar.

O silêncio estava completo.

Nunca em sua vida houve um silêncio como aquele. Um silêncio tão plenamente completo. Por que os grilos parariam? Por quê? Por qual motivo? Jamais haviam parado antes. Jamais.

A não ser. A não ser...

Alguma coisa estava para acontecer.

Era como se o desfiladeiro inteiro estivesse se tensionando, apertando suas fibras negras, amealhando força do campo adormecido ao seu redor, por quilômetros e quilômetros. Da floresta, vales e colinas ensopadas de carvalho onde cães inclinavam as cabeças para as luas, de toda parte o grande silêncio foi tragado para um único centro e eles estavam em seu cerne. Dali a dez segundos, algo estava para acontecer, algo iria acontecer. Os grilos mantiveram sua trégua, as estrelas estavam tão baixas que ele quase conseguia esbarrar nos seus ouropéis. Havia enxames delas, quentes e pontiagudas.

Crescente, crescente, o silêncio. Crescente, crescente, a tensão. Ah, era tudo tão escuro, tão longe de tudo. Ai, Deus!

E então, lá, lá do outro lado do desfiladeiro:

— Tudo bem, mãe! Estou chegando, mãe!

E de novo:

— Oi, mãe! Chegando, mãe!

E aí o rápido rumorejo dos tênis pisoteando o fosso do desfiladeiro enquanto três meninos chegavam correndo e dando risadinhas. Seu irmão Douglas, Chuck Woodman e John Huff. Correndo e dando risadinhas…

As estrelas se retraíram como as antenas ferroadas de dez milhões de caracóis.

Os grilos cantaram!

A escuridão recuou, assustada, em choque, raivosa. Recuou, perdendo o seu apetite por ter sido interrompida de forma tão grosseira, bem quando se preparava para se alimentar. Conforme a escuridão recuou como uma onda na praia, três meninos brotaram dela, às gargalhadas.

— Oi, mãe! Oi, Tom! Ei!

Era o cheiro do Douglas mesmo. Suor, grama e o odor de árvores, galhos e do riacho nele.

— Jovenzinho, você vai levar uma sova — declarou a mãe. Ela guardou seu medo na hora. Tom sabia que ela nunca ia contar isso para ninguém, nunca. Ficaria em seu coração, porém, para todo o sempre, como ficaria no dele também para todo o sempre.

Eles foram caminhando para casa, para a cama, tarde daquela noite de verão. Ele estava contente por Douglas estar vivo. Muito contente. Por um momento ele chegou a pensar que…

* * *

Muito ao longe, na zona rural parcamente iluminada pela lua, sobre um viaduto e descendo um vale, um trem corria assoviando como uma coisa de metal perdida, anônima e fugidia. Tom foi se deitar tremendo, do lado do irmão, ouvindo o trem assoviar e pensando no primo que morava em algum lugar remoto do campo por onde aquele trem corria agora; um primo que havia morrido de pneumonia tarde da noite, anos e anos atrás...

Ele sentia o cheiro do suor de Doug ao seu lado. Era mágico. Tom parou de tremer.

— Tem só duas coisas de que eu tenho certeza, Doug — sussurrou ele.

— O quê?

— Que faz um escuro tenebroso de noite. A primeira delas.

— E qual a outra?

— O desfiladeiro de noite não tem lugar na Máquina da Felicidade do sr. Auffmann, se um dia ele construir uma.

Douglas ficou refletindo nisso por um tempo.

— Bem verdade.

Pararam de falar. Enquanto escutavam, de repente ouviram passos vindo da rua, sob as árvores, do lado de fora de casa agora, na calçada. Da cama, a mãe chamou, com a voz baixa.

— É o pai de vocês.

E era mesmo.

Tarde da noite, na varanda, Leo Auffmann escrevia uma lista que não conseguia enxergar no escuro, exclamando "Ah" ou "Esse é outro!" quando esbarrava num belo componente. Então a tela da porta da frente fez um som de mariposa, uma batida.

— Lena? — sussurrou ele.

Ela se sentou do lado dele no balanço, de camisola, não magra do jeito que ficam as meninas quando não são amadas aos dezessete, nem gorda do jeito que ficam as mulheres quando não são amadas aos cinquenta, mas na medida absolutamente certa, fornida, uma firmeza, do jeito que as mulheres são a qualquer idade, ele pensou, quando não há qualquer questão.

Ela era milagrosa. Seu corpo, como o dele, sempre pensava por ela, mas de um jeito diferente, moldando as crianças ou indo na frente dele em qualquer cômodo a fim de mudar a atmosfera ali para que combinasse com qualquer que fosse o humor particular em que ele estivesse. Não parecia que ela padecesse de longos períodos de reflexão; o pensar e o fazer saíam da cabeça dela para sua mão e de lá voltavam num circuito natural e delicado que ele não era capaz de esboçar, nem gostaria.

— Essa máquina… — disse ela, enfim. — Nós não precisamos dela.

— Não — disse ele —, mas às vezes é preciso construir algo para os outros. Ando pensando, o que botar nela. Películas? Rádios? Visores estereoscópicos? Tudo isso num lugar só para que qualquer homem possa passar a mão em cima dela, sorrir e dizer: "Sim, senhor, isso é a felicidade".

Sim, ele pensou, construir uma geringonça que, a contrapelo dos pés molhados, seios da face entupidos, camas desfeitas e aquelas horas às três da madrugada quando os monstros comem a sua alma, fosse capaz de fabricar a felicidade, como aquele moedor de sal mágico que, uma vez arremessado no oceano, produziria sal para sempre e transformaria o mar em salmoura. Quem não iria querer suar a alma pelos poros para inventar uma máquina dessas?, ele perguntava ao mundo, perguntava à cidade, perguntava à sua esposa!

No balanço da varanda ao seu lado, o silêncio desconfortável de Lena era por si só uma opinião.

Em silêncio também, com a cabeça para trás, ele escutava as folhas dos olmos acima sibilando no vento.

Não se esqueça, ele disse a si mesmo, que esse som também deve entrar na máquina.

Um minuto depois, o balanço da varanda e a varanda em si se viam vazios na escuridão.

O VÔ SORRIA DORMINDO.

Ao sentir o sorriso e se perguntar o porquê de ele estar lá, ele acabou despertando. Estava deitado em silêncio, ouvindo, e o sorriso se explicou.

Pois ele ouvira um ruído que era muito mais importante do que o dos pássaros ou o farfalhar de folhas novas. Uma vez a cada ano ele acordava daquele jeito e ficava deitado, esperando pelo ruído que sinalizava o início oficial do verão. E começava numa manhã como aquela, quando algum pensionista, um sobrinho, um primo, filho ou neto vinha até o gramado lá embaixo, andando em quadrângulos consecutivamente menores a norte, leste, sul e oeste com o clangor do metal giratório em meio à doce relva de verão. Flores de trevos, alguns fogos de dente-de-leão por colher, formigas, gravetos, cascalhos, resquícios dos rojões e varas do feriado de 4 de Julho do ano passado, mas um predomínio de verde cristalino, uma fonte que salta do cortador de grama tagarelante. Uma fonte suave e fresca; o vô a imaginava fazendo cócegas nas suas pernas, espirrando no seu rosto morno, preenchendo suas narinas com o cheiro atemporal de uma recém-inaugurada nova estação, com a promessa de que, sim, vamos *todos* viver mais doze meses.

Deus abençoe o cortador de grama, ele pensou. Quem foi o otário que fez do 1º de janeiro o dia de Ano Novo? Não, deviam botar alguém para ficar de olho na grama de um milhão de gramados de Illinois, Ohio e Iowa e aí na manhã em que ela estivesse comprida o suficiente para cortar, em vez de matracas, cornetas e gritaria, haveria o grande *crescendo* de uma sinfonia de cortadores de grama sevando a relva fresca sobre a pradaria. Em vez de confete e serpentinas, as pessoas jogariam grama cortada umas nas outras naquele único dia de cada ano que representa o Começo de verdade!

Contemporizar tão longamente essa questão o fez bufar, então foi até a janela e se inclinou contra o sol suave e, como esperado, lá havia um pensionista, um jovem jornalista de nome Forrester, acabando de terminar uma fileira.

— Bom dia, sr. Spaulding!

— Manda brasa, Bill! — bradou o vô, entusiasmado, e logo estava no andar inferior, comendo o café da manhã da vó, com o janelão saliente aberto, de modo que o zumbido chacoalhante do cortador pairava sobre a sua refeição.

— É algo que transmite confiança — disse o vô. — O cortador de grama. Só *escutem*!

— Não vamos usar o cortador de grama por muito mais tempo. — A vó depositou uma pilha de fatias de bolo de trigo. — Arranjaram um novo tipo de grama que o Bill Forrester andou pondo aí esta manhã, que nunca precisa cortar. Não sei como chamam, mas ela só cresce até um ponto e aí para.

O vô ficou encarando a mulher.

— Vê se isso é gracinha que se faça comigo.

— Pode ir ver pessoalmente. Macacos me mordam — disse a vó —, foi ideia do Bill Forrester. A grama nova está esperando em quadradinhos do lado da casa. Você cava pequenos buracos aqui e ali e planta a grama nova nos pontos. Por volta do fim do ano, a grama nova mata a velha e você vende o seu cortador de grama.

O vô já tinha levantado da cadeira, atravessado o corredor e saído pela porta da frente em dez segundos.

Bill Forrester deixou a sua máquina e se aproximou, sorrindo, apertando os olhos debaixo do sol.

— É isso mesmo — disse. — Comprei a grama ontem. Pensei, já que estou de férias, posso plantar para você.

— Por que não me consultaram a respeito disso? É *meu* gramado! — clamou o vô.

— Pensei que fosse gostar, sr. Spaulding.

— Bem, não acho que eu goste. Vamos ver essa maldita grama sua.

Os dois pararam do lado dos tapetes quadrados de grama nova. O vô cutucou uma com a ponta do sapato, desconfiado.

— Parece só a mesma grama de sempre para mim. Tem certeza que não foi algum pilantra que pegou você de manhã cedo, antes de terminar de acordar?

— Já vi essa grama crescendo na Califórnia. Só chega até um ponto e aí para. Se sobreviver no nosso clima, vai nos poupar de sair aqui ano que vem, uma vez por semana, só para manter esse diacho aparado.

— Esse é o problema da sua geração — disse o vô. — Bill, você me dá vergonha, logo você que é jornalista. Todas as coisas na vida que foram colocadas aqui para a gente saborear, vocês eliminam. Poupa tempo, poupa trabalho, você diz. — Ele cutucou a grama com desrespeito. — Bill, quando você tiver a minha idade, vai descobrir que são as pequenas coisinhas, os pequenos sabores que contam, mais do que os grandes. Uma caminhada numa manhã de primavera é melhor do que um passeio de mais de cem quilômetros numa caranga, e sabe por quê? Porque está repleto de sabores, repleto de tantas coisas crescendo. Você tem tempo de ir atrás e encontrar. Eu sei... você está atrás dos efeitos mais grandiosos agora e imagino que seja isso mesmo. Mas para um jovem que trabalha num jornal, você tem que procurar pelas uvas também, não só as melancias. Você tem muita admiração por esqueletos e eu gosto de impressões digitais; tudo certo. No momento essas coisas são incômodas para você e eu me pergunto se não é porque você nunca aprendeu a usá-las. Se tudo fosse como você quer que seja, ia passar uma lei para abolir todos os pequenos trabalhos, as pequenas coisas. Mas aí vocês não iam ter nada para fazer entre os trabalhos grandes e seria um inferno pensar em coisas para fazer e não enlouquecer. Em vez disso, por que não deixar que a natureza lhe mostre algumas dessas coisas? Cortar grama e arrancar mato pode ser um modo de vida, filho.

Bill Forrester sorria para ele em silêncio.

— Eu sei — disse o vô. — Eu falo demais.

— Não tem ninguém que eu preferiria ouvir no seu lugar.

— Continuando a palestra, então. Os lilases em arbustos são melhores do que orquídeas. E dentes-de-leão e grama bermuda são melhores ainda! Sabe por quê? Porque eles fazem você se curvar e dar as costas para todas as pessoas e para a cidade por um tempinho e fazem você suar e ficar ali abaixado, até você lembrar de novo que tem um nariz. E quando se está sozinho assim é que você é você mesmo por um tempinho; você pensa as coisas do começo ao fim, sozinho. A jardinagem é a melhor desculpa para filosofar. Ninguém imagina, ninguém acusa, ninguém sabe, mas lá está você, Platão entre as peônias, Sócrates cultivando sua própria cicuta fora de época. Um homem atravessando o seu quintal com um saco de adubo farinha de sangue é como Atlas deixando o mundo girar tranquilo nos seus ombros. Como disse outrora o doutor Samuel Spaulding: "Cavar na terra, cavoucar a alma". Faça girar essas lâminas do cortador de grama, Bill, e caminhe pelo borrifar da Fonte da Juventude. Fim da palestra. Além do mais, uma salada de dente-de-leão faz bem de vez em quando.

— Faz quantos anos que o senhor comeu salada de dente-de-leão na janta?

— Não vamos entrar nesse assunto!

Bill chutou um dos tapetes de grama e apontou com a cabeça.

— Toda essa grama agora. Eu nem terminei de contar. Ela cresce tão rente que é garantia de matar os trevos e dentes-de-leão...

— Meu Deus do céu! O que significa que não vai ter licor de dente-de-leão no ano que vem! Significa que não vão vir abelhas no nosso terreno! Você está tresloucado, meu filho! Olha aqui, quanto tudo isso lhe custou?

— Um dólar cada tapete. Comprei dez tapetes, para fazer surpresa.

O vô meteu a mão no bolso, tirou sua velha e funda carteira, abriu o fecho de prata e tirou dali três notas de cinco dólares.

— Bill, você acabou de tirar um lucro de cinco dólares dessa transação. Quero que pegue essa carga de grama desenxabida e a entregue ao desfiladeiro, ao lixão, a qualquer lugar, mas lhe peço com um tom de voz civilizado e humilde para não plantar no meu quintal. Sua motivação é imaculada, mas sinto que as minhas motivações, já que meus anos mais delicados se aproximam, devem ter precedência.

— Sim, senhor. — Bill guardou as notas no bolso com relutância.

— Bill, pode plantar essa grama nova em algum outro ano. No dia que eu morrer, Bill, você está livre para arrancar todo esse maldito gramado. Acha que pode esperar mais uns cinco anos, mais ou menos, para este velho orador bater as botas?

— O senhor sabe muito bem que eu posso esperar — disse Bill.

— Tem algo a respeito do cortador de grama que eu não consigo nem falar, mas que para mim é o som mais lindo do mundo, o puro frescor da temporada em forma de som, o som do verão, e eu sentiria uma baita falta dele se não estivesse aí mais, sentiria falta do cheiro da grama cortada.

Bill se abaixou para pegar um tapete.

— Lá vou eu para o desfiladeiro.

— Você é um jovem bom e compreensivo. Será um repórter brilhante e sensível um dia — disse o vô, ajudando. — Isso eu prevejo!

PASSOU-SE A MANHÃ, chegou o meio-dia, o vô se retirou depois do almoço, leu um pouco de Whittier e passou o restante do dia tirando uma boa soneca. Quando acordou às três, o sol derramava-se das janelas, fresco e radiante. Ele ficou deitado na cama e ficou surpreso ao ouvir aquele ruído já conhecido de longa data, o ruído memorável.

— Ora — disse ele —, tem alguém usando o cortador de grama! Mas a grama foi cortada de manhã!

Tentou ouvir de novo. E, sim, lá estava, aquele zumbido sem fim, tagarelando para cima e para baixo, para cima e para baixo.

Ele se inclinou para fora da janela e ficou boquiaberto.

— Ora, é o Bill. Bill Forrester, você aí! Está com insolação? Está cortando a grama *de novo*!

Bill olhou para cima, abriu um sorriso branco e acenou.

— Eu sei! Acho que faltaram uns trechos!

E enquanto o vô passava os próximos cinco minutos deitado na cama, sorrindo e tranquilo, Bill Forrester foi cortando a grama, norte, depois oeste, depois sul e, no fim, num grande borrifo verde, na direção do leste.

No domingo de manhã, Leo Auffmann ia andando devagar pela sua garagem, com a expectativa de que algum pedaço de pau, um rolo de fio, um martelo ou chave inglesa saltasse, com um clamor: "Comece por aqui!". Mas nada saltou, nada clamou por um começo.

Será que uma Máquina da Felicidade, ele se perguntou, deveria ser algo para se carregar no bolso?

Ou, prosseguindo, deveria ela ser algo que carrega você no bolso?

— Uma coisa que eu *sei* com absoluta certeza — disse ele em voz alta. — É que ela deve ter uma cor *forte*!

Ele colocou uma lata de tinta laranja no meio da bancada de trabalho, pegou um dicionário e foi entrando em casa.

— Lena? — Ele deu uma olhada de relance no dicionário. — Você está "contente, bem-disposta, faceira, jubilosa"? Sente-se "bem-aventurada, ditosa"? As coisas são "benfazejas e favoráveis", "promissoras e propícias" para você?

Lena parou de cortar os legumes e fechou os olhos.

— Leia essa sequência de novo, por favor — disse ela.

Ele fechou o livro.

— O que foi que eu fiz, que você precisa parar e ficar uma hora pensando antes de me responder. Só o que eu peço é um simples sim ou não! Você *não está* bem-disposta, faceira, jubilosa?

— As vacas ficam bem-dispostas, bebês e velhos na segunda infância ficam faceiros, Deus ajude — disse ela. — Quanto a "jubilosa", Leo? Olha só como eu dou risada esfregando a pia...

Ele olhou de perto para ela e seu rosto relaxou.

— Lena, é verdade. O homem não dá valor. No mês que vem, talvez, a gente possa dar uma fugidinha.

— *Eu* não estou reclamando — clamou ela. — Não sou *eu* quem chega com uma lista dizendo: "Bote a língua para fora". Leo, você pergunta o que faz o seu coração bater a noite inteira? Não! Só o que falta agora é perguntar, O que é o casamento? Quem é que sabe, Leo? Não pergunte. Um homem que pensa assim, como as coisas andam, como funcionam, cai do trapézio no circo, se engasga imaginando como os músculos funcionam na garganta. Coma, durma, respire, Leo, e pare de me encarar como se eu tivesse brotado no meio na casa!

Lena Auffmann estava paralisada. Cheirou o ar.

— Ai, meu Deus, o que foi que você fez!

Ela abriu a porta do forno com um puxão. Uma grande nuvem de fumaça inundou a cozinha.

— A felicidade aí! — ululou ela. — E nossa primeira briga em seis meses. A felicidade. E pela primeira vez em vinte anos é carvão em vez de pão que vamos jantar!

Quando a fumaça baixou, Leo Auffmann tinha desaparecido.

O CLANGOR TEMEROSO, a colisão do homem e sua inspiração, o arremessar aleatório de metal, madeira, martelos e pregos, réguas T e chaves de fenda continuou durante muitos dias. Houve ocasiões em que, derrotado, Leo Auffmann ficou vadiando pelas ruas, nervoso, apreensivo, virando a cabeça ao menor som de risadas distantes, atento às piadas das crianças, vendo o que as fazia sorrir. À noite ele se sentava nas varandas lotadas dos vizinhos, escutando os velhos pesarem e equilibrarem a vida, e a cada explosão de alegria Leo Auffmann se espertava, como um general que via as forças das trevas serem repelidas e cuja estratégia era reafirmada. A caminho de casa, ele se sentia triunfante até estar na sua garagem com as ferramentas mortas e a madeira inanimada. Então seu rosto radiante sucumbia a uma depressão pálida e, a fim de encobrir sua sensação de fracasso, ele batia e vergastava partes da máquina a esmo como se aquilo fizesse sentido de verdade. Enfim ela começou a tomar forma e, ao término de dez dias e noites, tremendo de fadiga e autodedicação, meio morto de fome, atrapalhado e com cara de quem havia sido atingido por um raio, Leo Auffmann se arrastou para dentro de casa.

As crianças, que estavam numa gritaria horrível, se calaram, como se a Morte Vermelha tivesse chegado com o bater do relógio.

— A Máquina da Felicidade — pronunciou, rouco, Leo Auffmann — está pronta.

— Leo Auffmann — disse a sua esposa — perdeu sete quilos. Não conversa com os filhos há duas semanas, eles ficam nervosos e brincam, escuta só! Sua esposa está nervosa, ganhou quatro quilos, vai precisar de roupas novas, olha só! Claro... a máquina está pronta. Mas feliz? Quem pode dizer? Leo, abandone o relógio que você está construindo. Nunca vai encontrar um cuco grande o suficiente para entrar nele! O homem não foi feito para brincar com essas coisas. Não é uma coisa que vá contra Deus, não, mas com certeza parece que vai contra Leo Auffmann. Mais uma semana disso e a sua máquina será o seu caixão!

Mas Leo Auffmann estava ocupado demais notando que o cômodo estava rapidamente caindo para cima.

Que interessante, ele pensou, deitado no chão.

A escuridão o encerrou num grande piscar de olhos enquanto alguém berrava alguma coisa sobre aquela Máquina da Felicidade, três vezes.

A PRIMEIRA COISA EM QUE ELE REPAROU na manhã seguinte foram dúzias de pássaros em revoada pelo ar, movimentando ôndulas como pedrinhas coloridas arremessadas num riacho incrivelmente límpido, fazendo de gongo o telhado de zinco da garagem, delicadamente.

Uma matilha de cães de várias raças veio pisando, um por um, o quintal a fim de espiarem e chorarem suavemente pela porta da garagem; quatro meninos, duas meninas e alguns homens hesitaram na entrada e depois foram contornando as cerejeiras.

Leo Auffmann, na escuta, sabia o que era que havia chamado todo mundo para o quintal.

O som da Máquina da Felicidade.

Era o tipo de som que daria para ouvir da cozinha de uma giganta num dia de verão. Havia todo tipo de zumbido, grave e agudo, constante e então variável. Comidas incríveis eram assadas ali por uma multidão de abelhas douradas sibilantes do tamanho de xícaras de chá. A giganta em si, cantarolando contente com a voz baixa, podia deslizar até a porta, vasta como o verão, seu rosto uma imensa lua cor de pêssego, a contemplar calmamente os cães sorridentes lá fora, os meninos de cabelo de palha de milho e os velhos de cabelo de farinha.

— Espera — disse Leo Auffmann em voz alta. — Não liguei a máquina esta manhã! Saul!

Saul, parado no quintal lá embaixo, olhou para cima.

— Saul, você a ligou?

— Você me mandou aquecer ela faz meia hora!

— Certo, Saul, esqueci. Ainda não acordei. — Ele caiu de volta na cama.

Sua esposa, trazendo o café, parou perto da janela, olhando para baixo, para a garagem.

— Me diga — disse ela, com a voz baixa. — Se aquela máquina é como você falou, será que tem uma alternativa em algum lugar ali a fazer bebês? Essa máquina é capaz de fazer gente de setenta anos voltar a ter vinte? Além do mais, como fica a morte quando você a esconde lá no meio de toda aquela felicidade?

— Esconde!

— Se você morresse de tanto trabalhar, o que eu deveria fazer hoje, entrar naquele caixotão lá e ser feliz? Além disso, me fale, Leo, como está a nossa vida? Você sabe como está a nossa casa. Sete da manhã, café, crianças; todo mundo desaparece às oito e meia e ficam só eu e a lavagem dos pratos, eu e o fogão e as meias para cerzir, ervas daninhas para arrancar, ou então vou até a loja ou fico polindo a prataria. Ninguém está reclamando. É só para lembrá-lo de como a nossa casa fica em pé, Leo, o que tem nela! Agora responda: como você enfia todas as coisas que eu falei numa única máquina?

— Não é assim que ela é feita!

— Sinto muito. Não tenho tempo para olhar, então.

E ela lhe deu um beijo na bochecha e se retirou, enquanto ele ficou deitado sentindo o cheiro do vento que soprava da máquina escondida lá embaixo, carregado com o odor daquelas castanhas assadas que vendiam nas ruas outonais de uma Paris que ele jamais conhecera...

Um gato se deslocou, invisível, entre os cães e meninos hipnotizados, para ronronar contra a porta da garagem, ao som das ondas de neve desmoronando numa praia distante que respirava ritmicamente.

Amanhã, pensou Leo Auffmann, vamos experimentar a máquina, todos nós, juntos.

Tarde naquela noite, ele acordou e tomou consciência de que algo o despertara. Longe, num outro quarto, ele ouviu alguém chorando.

— Saul? — sussurrou ele, levantando-se da cama.

Em seu quarto, Saul chorava, com a cabeça enterrada no travesseiro.

— Não... não... — soluçava ele. — O fim... o fim...

— Saul, você teve um pesadelo? Me conta, filho.

Mas o menino só chorava.

E, sentado ali na cama do menino, Leo Auffmann de repente pensou em olhar pela janela. Lá embaixo, as portas da garagem estavam abertas.

Ele sentiu os pelos da nuca se eriçarem.

Quando Saul pegou no sono de novo, com dificuldade, choramingando, seu pai desceu as escadas e foi até a garagem, onde, prendendo a respiração, ele estendeu a mão.

Na noite fresca, o metal da Máquina da Felicidade estava quente demais para encostar.

Então, ele pensou, Saul esteve aqui esta noite.

Por quê? Será que Saul estava infeliz, precisando da máquina? Não, feliz, mas querendo agarrar-se àquela felicidade para sempre. Será que dava para culpar um menino inteligente o bastante para reconhecer sua situação e que se esforçou para mantê-la daquele jeito? Não! E, no entanto...

Lá em cima, bem de repente, a janela de Saul exalou alguma coisa branca. O coração de Leo Auffmann fez um estrondo. Então ele se deu conta de que o vento tinha puxado a cortina para fora, para o céu aberto da noite. Mas parecera uma coisa tão íntima e cintilante como se a alma do menino tivesse fugido do quarto. E Leo Auffmann havia jogado as mãos para cima, como se para detê-la, empurrá-la de volta para a casa adormecida.

Gelado e trêmulo, ele voltou para dentro da casa e subiu até o quarto de Saul, onde agarrou a cortina esvoaçante e trancou bem a janela, para que aquela coisa pálida não fugisse de novo. Depois se sentou na cama e passou a mão nas costas de Saul.

— UM *CONTO DE DUAS CIDADES*? Meu. *A velha loja de curiosidades*? Ah, esse é bem a cara de Leo Auffmann! *Grandes esperanças*? Esse *era* meu. Mas deixa *Grandes esperanças* ser dele agora!

— O que é isso? — perguntou Leo Auffmann, ao entrar.

— Isso — disse sua esposa — é uma separação dos bens comuns! Quando um pai assusta o filho à noite, é hora de cortar tudo ao meio! Sai da frente, sr. *A casa soturna*, *A velha loja de curiosidades*. Em todos esses livros, não tem nenhum cientista maluco que vive que nem Leo Auffmann, nenhum!

— Você vai embora e nem quis testar a máquina! — protestou ele. — Experimente uma vez só e você vai desfazer as malas, vai querer ficar!

— *Tom Swift e seu aniquilador elétrico*... de quem é esse? — perguntou ela. — Preciso *adivinhar*?

Bufando, ela deu o *Tom Swift* para Leo Auffmann.

* * *

Mais tarde, bem tarde naquele dia, todos os livros, pratos, peças de roupa, roupas de cama haviam sido empilhados, um item aqui, outro ali, quatro aqui, quatro acolá, dez aqui, dez ali. Lena Auffmann, tonta de contar coisas, precisou se sentar.

— Certo — disse ela, ofegante. — Antes de eu ir, Leo, prove que você não causa pesadelos nos seus filhos inocentes!

Em silêncio, Leo Auffmann conduziu sua esposa até o crepúsculo. Ela parou diante da caixa de dois metros e meio de altura pintada de laranja.

— Isso é a *felicidade*? — disse ela. — Que botão eu aperto para transbordar de alegria, gratidão, contentamento e muito obrigadas?

As crianças haviam se reunido a essa altura.

— Mamãe — disse Saul —, não vá!

— Preciso saber o motivo de toda essa minha gritaria, Saul. — Ela entrou na máquina, se sentou e olhou para o marido lá fora, balançando a cabeça. — Não sou eu que preciso disso, é você, que está uma pilha de nervos, berrando.

— Por favor — ele disse —, você vai ver!

Ele fechou a porta.

— Aperte o botão — gritou ele para sua esposa, escondida lá dentro.

Fez-se um clique. A máquina estremeceu, em silêncio, como um cão imenso sonhando, adormecido.

— Papai! — disse Saul, preocupado.

— Escuta! — disse Leo Auffmann.

A princípio não houve nada a não ser o tremor das rodas e engrenagens da própria máquina, que se mexiam em segredo.

— A mamãe está bem? — perguntou Naomi.

— Tudo certo, ela está bem! Pronto, agora... pronto!

E, de dentro da máquina, era possível ouvir Lena Auffmann dizendo: "Oh!" e depois de novo: "Ah!" com uma voz espantada. "Olha só isso!", dizia sua esposa absconsa. "Paris!" e depois: "Londres! Olha lá Roma! As Pirâmides! A Esfinge!".

— A Esfinge, ouviram, crianças? — sussurrou Leo Auffmann, dando risada.

— Perfume! — gritou Lena Auffmann, surpresa.

Em algum lugar, um fonógrafo tocava o "O Danúbio azul", vagamente.

— Música! Estou dançando!

— Ela só *pensa* que está dançando — o pai confidenciou ao mundo.

— Incrível! — disse a mulher escondida.

Leo Auffmann ruborizou-se

— Que esposa mais compreensiva.

E então, dentro da Máquina da Felicidade, Lena Auffmann começou a chorar.

O sorriso do inventor desapareceu.

— Ela está chorando — disse Naomi.

— Não é possível!

— Está, sim — disse Saul.

— Simplesmente não é possível ela estar chorando! — Leo Auffmann, piscando os olhos, levou o ouvido até a máquina. — Mas... sim... como um bebê...

Só restava a ele abrir a porta.

— Esperem. — Ali estava sentada sua esposa, com lágrimas escorrendo pelas bochechas. — Deixem-me terminar. — Ela chorou mais um pouco.

Leo Auffmann desligou a máquina, estarrecido.

— Ai, é a coisa mais triste do mundo! — lamuriou-se ela. — Me sinto péssima, terrível. — Ela saiu pela porta. — Primeiro, teve Paris...

— O que há de errado com Paris?

— Eu nunca nem *pensei* em ir para Paris minha vida toda. Mas agora você me fez pensar: Paris! De repente quero estar em Paris e sei que não estou!

— É quase tão boa quanto, a máquina.

— Não. Sentada ali, eu soube. Pensei, não é de verdade!

— Pare de chorar, mamãe.

Ela olhou para ele com grandes olhos escuros e molhados.

— Você me botou para dançar. Não dançamos faz vinte anos.

— Vou levar você para dançar amanhã à noite!

— Não, não! Não é importante, não *devia* ser importante. Mas sua máquina diz que é! Aí eu acredito! Vai ficar tudo bem, Leo, depois que eu chorar mais um pouco.

— O que mais?

— O que mais? A máquina diz: "Você é jovem". Não sou. Ela mente, essa Máquina da Tristeza!

— Tristeza em que sentido?

Sua esposa estava mais tranquila agora.

— Leo, o erro que você cometeu é esquecer que, uma hora, um dia, todos vamos ter que sair de dentro dessa coisa e voltar para a louça suja e as camas por fazer. Enquanto você está lá dentro, ótimo, um pôr do sol dura quase para sempre, o cheiro do ar é ótimo, a temperatura é agradável. Todas as coisas que você quer que demorem demoram. Mas, do lado de fora, as crianças esperam para almoçar, as roupas precisam de botão. E aí, sejamos francos, Leo, por quanto tempo você consegue *olhar* para um pôr do sol?

Quem *quer* que um pôr do sol demore? Quem quer a temperatura perfeita? Quem quer que o ar tenha sempre um cheiro bom? Então, depois de um tempo, quem ia reparar? Melhor, um ou dois minutos para o pôr do sol. Depois disso, partimos para outra coisa. As pessoas são assim, Leo. Como pôde esquecer?

— Eu esqueci?

— As pessoas sempre gostaram do pôr do sol porque ele acontece uma vez só e depois vai embora.

— Mas, Lena, isso é triste.

— Não, se o pôr do sol ficasse e a gente se entediasse, isso sim seria uma tristeza de verdade. Então são duas coisas que você fez e não devia. Fez com que as coisas rápidas se demorassem e ficassem. E trouxe coisas distantes para o nosso quintal, onde elas não pertencem, onde elas só podem lhe dizer: "Não, você nunca vai viajar, Lena Auffmann, nunca verá Paris! *Nunca* visitará Roma!". Mas eu *sempre* soube disso, então por que me dizer? Melhor esquecer e se virar, Leo. Se virar, hein?

Leo Auffmann se apoiou contra a máquina, para se equilibrar. Teve que tirar a mão queimada, surpreso.

— E agora, Lena? — disse ele.

— Não cabe a mim dizer. Só sei que, enquanto essa coisa estiver aqui, eu vou querer sair ou Saul vai querer sair, igual fez ontem à noite, e vamos nos sentar aqui dentro, a contrapelo de nosso juízo, e olhar todos esses lugares tão distantes e toda vez vamos chorar e assim não seremos uma família digna para você.

— Não entendo — disse ele — como pude me equivocar tanto. Me deixe só dar uma olhada para ver se o que você diz é verdade. — Ele se sentou dentro da máquina. — Vocês não vão embora?

Sua esposa assentiu.

— Vamos esperar, Leo.

Ele fechou a porta. Na escuridão calorosa, hesitou, apertou o botão e ficou apenas relaxando no meio da cor e da música, quando ouviu alguém dar um grito.

— Fogo, papai! A máquina está pegando fogo!

Alguém bateu na porta. Ele se levantou de sobressalto, topou com a cabeça e caiu no que a porta cedeu e os meninos o arrastaram para fora. Ouviu uma explosão abafada atrás. A família inteira corria agora. Leo Auffmann se virou, assustado:

— Saul, chame os bombeiros!

Lena Auffmann pegou Saul enquanto ele corria.

— Saul — disse ela. — Espere.

Uma labareda subiu, outra explosão abafada. Quando a máquina já estava queimando forte mesmo, Lena Auffmann fez que sim com a cabeça.

— Certo, Saul — disse ela. — Pode ir correndo chamar os bombeiros.

Todo mundo que era alguém foi até o incêndio. Lá estavam o vô Spaulding, Douglas e Tom, a maioria dos pensionistas e alguns dos velhos do outro lado do desfiladeiro e todas as crianças de um raio de seis quarteirões ao redor. E os filhos de Leo Auffmann ficaram parados na frente, orgulhosos da beleza das chamas que saltavam do telhado da garagem.

O vô Spaulding analisou a bola de fumaça no céu e disse, com a voz baixa:

— Leo, foi isso? A sua Máquina da Felicidade?

— Chegará o ano — disse Leo Auffmann — em que eu vou entender e contar para vocês.

Lena Auffmann, agora parada em pé no escuro, ficou observando os bombeiros correndo pelo quintal; a garagem, rugindo, desabou sobre si mesma.

— Leo — disse ela —, não vai demorar um ano para entender. Olhe ao seu redor. Pense. Cale-se por um minuto. Depois venha me contar. Estarei dentro de casa, colocando os livros de volta nas prateleiras e as roupas de volta nos armários, fazendo a janta, que já está atrasada, olha só como está escuro. Venham, crianças, ajudem a mamãe.

Após os bombeiros e vizinhos irem embora, Leo Auffmann ficou com o vô Spaulding, junto com Douglas e Tom, lamentando-se diante das ruínas fumegantes. Ele mexeu com o pé as cinzas molhadas e disse devagar o que precisava dizer:

— A primeira coisa que se aprende na vida é que a gente é idiota. A última coisa que se aprende é que a gente continua sendo o mesmo idiota. Pensei muito no espaço de uma hora. Pensei: Leo Auffmann é cego!... Quer ver a *verdadeira* Máquina da Felicidade? Aquela que patentearam há uns milhares de anos, que ainda funciona, não é boa o tempo inteiro, não!, mas funciona. Está aqui desde sempre.

— Mas o incêndio... — disse Douglas.

— Claro, o incêndio, a garagem! Mas, como disse Lena, não vai demorar um ano para entender; o que queimou na garagem não conta!

Eles o acompanharam, subindo os degraus da varanda.

— Aqui — sussurrou Leo Auffmann —, a janela da frente. Se vocês se calarem, vão conseguir enxergar.

E lá, nas poças mornas da luz dos postes, dava para ver o que Leo Auffmann queria que vissem. Lá estavam sentados Saul e Marshall, jogando xadrez na mesinha de centro. Na sala de jantar, Rebecca organizava os talheres. Naomi cortava os vestidos de bonecas de papel. Ruth pintava aquarelas. Joseph fazia correr o seu trem elétrico. Do outro lado da porta da cozinha, Lena Auffmann tirava uma travessa de carne assada do forno fumegante. Todas as mãos, todas as cabeças, todas as bocas faziam grandes ou pequenos movimentos. Dava para ouvir suas vozes distantes do outro lado do vidro. Dava para ouvir alguém cantando com uma voz doce e aguda. Dava para sentir o cheiro do pão assando também e saber que era pão de verdade, que logo seria coberto por manteiga de verdade. Tudo estava ali e funcionava.

O vô, Douglas e Tom se viraram para olhar para Leo Auffmann, que admirava serenamente pela janela, uma luz rosada sobre suas bochechas.

— Claro — murmurou ele. — Aí está. — E ele ficou observando com uma melancolia já apaziguada, um deleite avivado e enfim um sentimento calado de aceitação, conforme todas as pequenas peças de sua casa se misturavam, mexiam, se acomodavam, se armavam e voltavam a correr constantemente. — A Máquina da Felicidade — disse ele. — A Máquina da Felicidade.

No momento seguinte, ele desaparecera.

Lá dentro, o vô, Douglas e Tom o viram mexer em alguma coisa, fazendo um pequeno ajuste aqui, eliminando a fricção ali, ocupado no meio daquelas peças quentes, maravilhosas, infinitamente delicadas e eternamente misteriosas que nunca paravam.

Depois, sorridentes, eles desceram os degraus rumo à noite fresca de verão.

* * *

Duas vezes por ano, tiravam os grandes tapetes para serem desenrolados no quintal, estendidos num lugar onde pareciam deslocados, solitários, ali no gramado. Depois a vó e a mãe saíam de casa com o que pareciam ser os encostos daquelas lindas cadeiras de arame entortado que tem no centro, no lugar que servia refrigerantes e sorvetes. Iam passando aquelas grandes varas de arame, de modo que todos ficavam, Douglas, Tom, a vó, a bisa e a mãe, posicionados como um grupo de bruxas e seus familiares diante dos padrões empoeirados da velha Armênia. Então, em resposta ao sinal dado pela bisa, um piscar de olhos ou o morder dos lábios, eram erguidos os manguais e os arames harpejantes golpeavam repetidamente os tapetes.

— Tome esta! E mais esta! — disse a bisa. — Matem as moscas, meninos, matem os piolhos!

— Só a senhora mesmo! — disse a vó para sua mãe.

Todos deram risada. A tempestade de poeira se armou ao redor deles. Os risos viraram engasgos.

Chuvas de fiapos, marés de areia, flocos dourados de tabaco de cachimbo pairavam, estremecendo sobre aquele ar estourado e reestourado. Numa pausa, os rapazes puderam ver as solas de seus sapatos e dos sapatos dos mais velhos gravados em um bilhão de pisadas na urdidura e na trama do tapete, que agora estava sendo alisado e limpo conforme a maré das pancadas varria de novo e de novo a sua costa oriental.

— Aqui foi onde o seu marido derramou aquele café! — E a vó deu uma pancada no tapete.

— Aqui foi onde você derrubou o creme! — A bisa com uma pancada fez subir um grande tornado de poeira.

— Olhem as marcas das derrapadas. Meninos, meninos!

— Dupla-vó, aqui está a tinta da sua caneta!

— Rá! A minha era de tinta roxa. Essa é azul comum!

Pof!

— Olha só esse trajeto, desgastado, entre as portas do hall aqui e da cozinha. Comida. É o que leva os leões até o lago. Vamos virar, colocar do lado contrário.

— Melhor ainda, vamos trancar os homens pra fora de casa.

— Fazer eles deixarem os sapatos pra fora da porta.

Pof, pof!

Eles então penduraram os tapetes no varal para terminar o serviço. Tom olhou as complexas voltas e remoinhos, as flores, as figuras misteriosas, os padrões em vaivém.

— Tom, não fique parado aí. Bate, menino!

— É divertido ver as coisas — disse Tom.

Douglas olhou para cima de relance, desconfiado.

— O que você vê?

— O diacho da cidade toda, pessoas, casas, ali a nossa casa! — Pof! — Nossa rua! — Pof! — Aquela parte preta é o desfiladeiro! — Pof! — Ali a escola! — Pof! — Esse desenho engraçado aqui é você, Doug! — Pof! — Aqui está a bisa, a vó, a mãe. — Pof! — Há quantos anos esse tapete ficou ali?

— Quinze.

— Quinze anos de gente pisando nele; vejo cada marca de sola — arquejou Tom.

— Homessa, que língua a sua, menino — disse a bisa.

— Vejo todas as coisas que aconteceram na casa, ao longo de todos esses anos, bem ali! — Pof! — Todo o passado, com certeza, mas vejo o futuro também. Só espremer um pouco os olhos e espiar os padrões, ali, para ver onde estaremos andando e correndo amanhã.

Douglas parou de brandir a raquete.

— O que mais vocês veem no tapete?

— Fios, na maior parte — disse a bisa. — Não restou muita coisa além da base. Olha só como o tecelão fez.

— Certo! — disse Tom, misteriosamente. — Fios para um lado, fios para o outro. Vejo tudo. Diabos temerosos. Pecadores mortíferos. Tem tempo ruim, tem tempo bom. Piqueniques. Banquetes. Festivais do morango. — Ele batia com a raquete de ponto em ponto, portentosamente.

— É uma pensão e tanto que eu tenho tocado de acordo com você — disse a vó, brilhando de cansaço.

— Está tudo ali, meio bagunçado. Incline a cabeça para o lado, Doug, e deixe um dos olhos quase fechar. É melhor de noite, claro, dentro de casa, com o tapete no chão, abajur aceso e tudo. Aí você pega sombras que são todas elas de formas, luz e escuridão, e observa os fios desfiando, sente a superfície, passa a mão na pelagem. Tem cheiro de deserto, aposto. Todo quente e cheio de areia, que nem dentro da caixa de uma múmia, talvez. Olha, aquele ponto vermelho, é o incêndio da Máquina da Felicidade!

— Ketchup do sanduíche de alguém, sem dúvida — disse a mãe.

— Não, a Máquina da Felicidade — disse Douglas, triste por vê-la ali pegando fogo. Ele contava com Leo Auffmann para manter as coisas em ordem, todo mundo sorridente, manter o pequeno giroscópio que ele volta e meia sentia dentro de si inclinando-se na direção do sol toda vez que a terra se inclinasse na direção do espaço sideral e da escuridão. Mas, não, ali estava a sandice de Auffmann, cinzas e brasas. Pof! Pof! Douglas batia.

— Olha, ali está o cupê verde elétrico! Senhorita Fern! Senhorita Roberta! — disse Tom. — Fonfom! — Pof!

Todos riram.

— Ali estão as suas linhas da vida, Doug, correndo por aqueles nós. Excesso de maçãs azedas. Picles na hora de deitar!

— Qual, onde? — gritou Douglas, tentando espiar.

— Aquela ali, daqui a um ano, essa aqui, daqui a dois anos, e essa aqui, daqui a três, quatro, cinco anos!

Pof! A raquete de arame sibilava feito uma cobra no céu cego.

— E uma para crescer nela! — disse Tom.

Ele bateu no tapete com tanta força que a poeira toda de cinco mil séculos saltou da textura abalada e fez uma pausa no ar por um momento terrível. Mesmo enquanto Douglas se via ali parado, com os olhos apertados para enxergar a urdidura e a trama, o padrão trêmulo, a avalanche armênia de poeira veio rugindo em silêncio para cima dele, acima, abaixo e à volta, soterrando-o eternamente diante dos olhos de todos...

Como foi que começou isso com as crianças, a velha dona Bentley nunca nem soube. Com frequência ela as via, como mariposas ou macacos, no hortifrúti, em meio aos repolhos e bananas penduradas; sorria para elas e elas sorriam de volta. A dona Bentley as observava fazendo pegadas na neve do inverno, enchendo os pulmões com a fumaça do outono, sacodindo-se das nevascas de flores de macieira primaveris, mas nunca teve medo delas. Da sua parte, sua casa estava em excelente estado, tudo no lugar, os assoalhos perfeitamente varridos, os alimentos organizadamente enlatados, os alfinetes de chapéu cravados nas almofadas, e as gavetas das cômodas do quarto preenchidas delicadamente com a parafernália dos anos.

A dona Bentley era de guardar coisas. Guardava bilhetes e velhos programas de teatro, recortes de renda, echarpes, baldeações de trem; todos os rótulos e lembretes da existência.

— Tenho uma pilha de discos — dizia sempre. — Aqui tem o Caruso. Aquele foi em 1916, em Nova York; eu tinha sessenta anos e John ainda era vivo. Aqui tem June Moon, de 1924, acho, logo depois que John morreu.

Era o grande arrependimento de sua vida, de certo modo. Aquilo que ela mais gostara de tocar, de ouvir e olhar que não tinha guardado. John estava lá longe, na região das pradarias, datado e encaixotado e escondido embaixo do capim, e nada restava dele a não ser sua cartola de seda, sua bengala e seu terno bom no armário. Muito do que restava dele fora devorado pelas traças.

Mas o que dava para guardar, ela guardou. Seus vestidos rosa de florzinha esmagados entre as bolas de naftalina nos vastos baús pretos, e pratos de cristal lapidado da infância — tudo fora trazido quando ela se mudou para esta cidadezinha faz cinco anos. Seu marido alugava algumas propriedades em alguns municípios. Assim, como uma peça de xadrez de marfim amarelado, ela foi se mudando e vendendo uma atrás da outra, até agora se ver ali numa cidade estranha, tendo consigo apenas os baús e a mobília, tudo escuro e feio, atarracado ao seu redor como as criaturas de um zoológico primordial.

A coisa com as crianças aconteceu no meio do verão. A dona Bentley, ao sair para molhar as trepadeiras da varanda, viu duas meninas de pele fria esparramadas e um menininho deitado em cima do gramado dela, aproveitando aquelas cócegas imensas da grama.

Naquele momento em que a dona Bentley sorria para eles com seu rosto de máscara amarelado, do outro lado da esquina, como uma banda de duendes, vinha um caminhão de sorvete. Ele vinha trincolejando melodias geladas, tão vivazes e chamativas como uma taça de cristal tocada por um especialista, convocando a todos. As crianças se sentaram, virando a cabeça, como girassóis na direção do sol.

A dona Bentley chamou:

— Vocês querem? Aqui!

O caminhão de sorvete parou e ela trocou dinheiro por pedacinhos resgatados da Era do Gelo original. As crianças agradeceram a senhora, com neve nas bocas, seus olhos disparando dos seus sapatos de botão para o cabelo branco dela.

— Não quer dar uma lambida? — perguntou o menino.

— Não, filho. Estou velha o bastante e já me basta de frio; nem o dia mais quente pode me descongelar — riu-se a dona Bentley.

Eles levaram as geleiras em miniatura até a varanda e se sentaram, os três enfileirados, no banco fixo de balanço, que estava na sombra.

— Eu sou a Alice, ela é a Jane e este é Tom Spaulding.

— Que bacana. Eu sou a dona Bentley. Me chamavam de Helen.

Os três ficaram encarando ela.

— Não acredita que me chamavam de Helen? — perguntou a velhinha.

— Eu não sabia que velhinhas tinham primeiro nome — disse Tom, piscando os olhos.

A dona Bentley deu uma risada seca.

— É que a gente nunca ouve usarem, ele quis dizer — disse Jane.

— Minha cara, quando se tem a minha idade, ninguém vai lhe chamar de Jane também. A velhice é pavorosamente formal. É sempre "dona". Jovens não gostam de chamar você de "Helen". Parece que é muito impertinente.

— Quantos anos a senhora *tem*? — perguntou Alice.

— Eu lembro dos pterodátilos. — A dona Bentley sorriu.

— Sim, mas quantos anos?

— Setenta e dois.

Todos deram uma chupada extra e demorada nas suas guloseimas frias, ponderando.

— Que *velha* — disse Tom.

— A sensação que tenho hoje não é diferente de quando eu tinha a idade de vocês — disse a velhinha.

— A *nossa* idade?

— Sim. Eu já fui uma garotinha toda teteia que nem você, Jane, e você, Alice.

Elas não disseram nada.

— O que foi?

— Nada.

Jane se levantou.

— Ah, espero que não precisem ir tão cedo. Nem terminaram o sorvete ainda... Aconteceu alguma coisa?

— Minha mãe diz que não é bacana mentir — disse Jane.

— Claro que não. É péssimo — concordou a dona Bentley.

— E também *ouvir* mentirosos.

— Quem está mentindo para você, Jane?

Jane olhou para ela e desviou o olhar, nervosamente.

— A senhora.

— Eu? — A dona Bentley deu risada e levou uma garra murcha até o peito miúdo. — O que eu menti?

— A respeito da sua idade. E ter sido uma garotinha.

A dona Bentley enrijeceu.

— Mas eu fui *sim*, muitos anos atrás, uma garotinha igual a vocês.

— Vamos, Alice, Tom.

— Um momento só — disse a dona Bentley. — Não acreditam em mim?

— Não sei — disse Jane. — Não.

— Mas que ridículo! É perfeitamente óbvio. Todo mundo já foi jovem.

— A senhora, não — sussurrou Jane, com os olhos baixos, quase falando consigo mesma. Seu palito caíra numa poça de baunilha sobre o chão da varanda.

— Mas é claro que eu já tive oito, nove, dez anos, que nem todos vocês.

As duas meninas deram uma risada breve, logo contida.

Os olhos da dona Bentley reluziram.

— Bem, não posso passar a minha manhã batendo boca com crianças de dez anos. Desnecessário dizer, eu mesma já tive dez anos uma vez e era igualmente boba.

As duas meninas deram risada. Tom fez uma cara de preocupado.

— A senhora está brincando com a gente — respondeu Jane, aos risinhos. — A senhora nunca teve dez anos em toda a sua vida, teve, dona Bentley?

— Corram logo para casa! — bradou a mulher de repente, pois não conseguia confrontar os olhos das crianças. — Não vou tolerar vocês rindo.

— E o seu nome não é Helen de verdade, é?

— Claro que é Helen!

— Tchau — disseram as duas meninas, saindo aos risinhos pelo gramado sob os mares de sombra, e Tom as seguiu devagar. — Obrigada pelo sorvete!

— Eu já brinquei de *amarelinha*! — gritou a dona Bentley na direção delas, mas já tinham ido embora.

A DONA BENTLEY passou o resto do dia batendo bules pela casa e ruidosamente preparando um almoço minguado. De tempos em tempos, ia até a porta da frente, com a esperança de flagrar aqueles diabretes insolentes em suas excursões risonhas pelo fim do dia. Mas, caso aparecessem, o que ela poderia lhes dizer, por que se preocupar assim com eles?

— Que ideia! — disse a dona Bentley à sua xicrinha fina e enfeitada de rosas. — Ninguém jamais duvidou que já fui menina antes. Que coisa besta e horrível de se fazer. Não me incomoda ser velha, não mesmo, mas eu me ressinto *sim* de ter a minha infância tirada de mim.

Ela podia ver as crianças correndo para longe embaixo das árvores cavernosas, com a juventude dela em seus dedos gelados, invisível como o ar.

Após a janta, sem qualquer motivo, com uma certeza hesitante acerca do movimento, ela observou as próprias mãos, como um par de luvas espectrais numa reunião mediúnica, reunirem certos itens sobre um lenço perfumado. Depois foi até a varanda e lá ficou, parada e dura, por meia hora.

Súbitas como pássaros noturnos, as crianças passaram voando, e a voz da dona Bentley fez com que elas parassem, batendo as asas.

— Pois não, *dona* Bentley?

— Subam aqui nesta varanda — mandou ela, e as meninas subiram os degraus, com Tom na retaguarda.

— Pois não, dona Bentley? — Elas martelavam o "dona" como um acorde grave no piano, extra pesado, como se aquele fosse o seu primeiro nome.

— Tenho uns tesouros para lhes mostrar.

Ela abriu o lenço perfumado e o olhou para dentro dele, como se pudesse se surpreender também. Dali tirou um pente de cabelo, miudinho e delicado, com strass reluzindo na sua borda.

— Eu usava isto aqui quando tinha nove anos — disse ela.

Jane o pegou na mão, virou e disse:

— Que bonito.

— Vejamos! — gritou Alice.

— E aqui tem um anelzinho de quando eu tinha oito anos — disse a dona Bentley. — Não cabe mais no meu dedo. Se você olhar através dele, dá para ver a Torre de Pisa prestes a cair.

— Vamos ver a torre caindo!

As meninas foram passando o anel entre si, até que Jane o colocou no seu dedo.

— Ora, é bem do *meu* tamanho! — exclamou.

— E o pente serve na *minha* cabeça! — espantou-se Alice.

A dona Bentley mostrou umas pedrinhas de um jogo da bugalha.

— Aqui — disse ela. — Eu costumava brincar com isso.

Ela jogou as pedrinhas, que formaram uma constelação sobre o assoalho da varanda.

— E aqui!

Então sacou seu grande trunfo, triunfal, um cartão-postal dela mesma aos sete anos de idade, num vestido que parecia uma borboleta amarela, com seus cachinhos dourados, olhos azuis de vidro soprado e beicinho angelical.

— Quem é essa menininha? — perguntou Jane.

— Sou *eu*!

As duas meninas insistiram.

— Mas não parece a senhora — disse Jane, diretamente. — Qualquer pessoa poderia pegar uma foto dessas em algum lugar.

Elas a olharam durante um longo momento.

— Mais alguma foto, dona Bentley? — perguntou Alice. — Alguma foto sua depois? Tem uma foto sua aos quinze, outra aos vinte e outra aos quarenta e cinquenta?

As meninas gargalhavam.

— Não preciso mostrar nada para vocês! — disse a dona Bentley.

— Então a gente não precisa acreditar na senhora — replicou Jane.

— Mas essa foto prova que eu fui nova!

— É uma outra menininha aí, que nem a gente. A senhora pegou a foto emprestada.

— Eu fui casada!

— E cadê o *seu* Bentley?

— Morreu faz tempo. Se estivesse aqui, ele poderia falar para vocês como eu já fui nova e bonita quando tinha vinte e dois anos.

— Mas ele não está aqui e não pode falar, então o que isso prova?

— Eu tenho uma certidão de casamento.

— Poderia ter pegado isso emprestado também. Eu só vou acreditar que um dia a senhora foi nova — Jane fechou os olhos para enfatizar o quanto tinha certeza de si mesma — se alguém disser que viu a senhora quando tinha dez anos de idade.

— Milhares de pessoas me viram, mas todo mundo já morreu, sua bobinha... ou então estão doentes, em outras cidades.

Não conheço vivalma aqui, acabei de me mudar faz poucos anos, por isso não tem ninguém que me viu quando era nova.

— Bem, aí *está*! — Jane piscou para suas companhias. — Ninguém nunca a *viu*!

— Escuta! — Dona Bentley apanhou a menina pelo pulso. — Você precisa botar fé nas coisas. Algum dia você será velha que nem eu. As pessoas vão dizer a mesma coisa. "Ah, não", elas vão dizer, "aqueles abutres nunca foram colibris, e aquelas corujas nunca foram corrupiões, aqueles papagaios nunca foram azulinhos!" Um dia vocês ficarão iguaizinhas a mim!

— Não vamos ficar, não! — disseram as meninas. — Ou vamos? — perguntaram-se elas.

— Esperem e verão! — disse a dona Bentley.

E pensou consigo mesma, Ai, Deus, crianças são crianças, velhas são velhas, e não tem nada no meio. Não conseguem imaginar o que não conseguem ver.

— Sua mãe — ela disse a Jane. — Você nunca reparou nas mudanças ao longo dos anos?

— Não — disse Jane. — Ela foi sempre a mesma.

E isso era verdade. Você convivia com as pessoas todos os dias e elas nunca mudavam um pingo. Era só quando elas saíam em uma longa viagem, durante anos, que vinha o choque. E ela se sentiu como se fosse uma mulher que passara setenta e dois anos num ruidoso trem preto, desembarcando enfim na plataforma da ferrovia enquanto todo mundo grita: "Helen Bentley, essa é *você*?".

— Acho que é melhor irmos para casa — disse Jane. — Obrigada pelo anel. Ele serviu perfeitamente em mim.

— Obrigada pelo pente. É bonito.

— Obrigada pela foto da menininha.

— Voltem... não é para vocês ficarem com essas coisas! — bradou a dona Bentley enquanto elas corriam pelos degraus. — Elas são *minhas*!

— Não! — disse Tom, seguindo as meninas. — Devolvam!

— Não, ela roubou! Eram de alguma outra garotinha. Ela roubou. Obrigada! — gritou Alice.

E assim não importava como ela chamasse pelas meninas, elas haviam desaparecido, como mariposas pela escuridão afora.

— Sinto muito — disse Tom, no gramado, olhando para a dona Bentley. Então ele também foi embora.

Elas pegaram meu anel, meu pente e minha foto, pensou a dona Bentley, enquanto tremia nos degraus. Ai, estou vazia, vazia; é parte da minha vida.

Ela ficou deitada e desperta durante muitas horas naquela noite, entre seus baús e cacarecos. Olhou para a sua pilha bem-organizada de materiais, brinquedos, plumas de ópera e disse em voz alta:

— Será que isso tudo de fato me pertence?

Ou será que era tudo o truque complexo de uma velhinha se convencendo de que tinha um passado? Afinal, depois que o tempo passa, já era. Sempre se estava no presente. Já fora uma menina no passado, mas não era mais agora. Sua infância se perdera e nada poderia resgatá-la.

Um vento noturno entrou no quarto. A cortina branca esvoaçou contra uma bengala escura, que estivera apoiada na parede perto das outras tralhas há muitos anos. A bengala tremeu e caiu sobre um recorte de luar, com um baque delicado. Sua virola dourada cintilava. Era a bengala de seu marido, de ir à ópera.

Parecia que ele estava apontando para ela, como costumava fazer, usando seu tom de voz suave, triste e razoável, nas raras ocasiões em que os dois discordavam.

"As crianças têm razão", ele teria dito. "Nada roubaram de você, minha querida. Essas coisas não pertencem a você *aqui*, a você *agora*. Pertenciam a ela, aquela outra você, de tantos anos atrás."

Ai, pensou a dona Bentley. E então, como se um velho disco de fonógrafo tivesse sido colocado, sibilante, sob a agulha de metal, ela se lembrou de uma conversa que tivera com o sr. Bentley — o sr. Bentley, tão arrumadinho, com um cravo rosa em sua lapela escovada, dizendo: "Meu bem, você nunca vai entender o tempo, vai? Está sempre tentando ser as coisas que já foi, em vez de a pessoa que você é hoje. Por que guarda esses canhotos de bilhetes e programas de teatro? Só vão lhe fazer mal depois. Jogue tudo fora, meu bem".

Mas a dona Bentley teimara em guardá-los.

"Não vai funcionar", continuou o sr. Bentley, bebericando seu chá. "Não importa o quanto você tente ser o que já foi, só é possível ser o que se é aqui e agora. O tempo hipnotiza. Quando se tem nove anos, você pensa que sempre teve nove anos e sempre terá. Quando se tem trinta, parece que você sempre esteve ali, equilibrando-se naquela beirada radiante do meio da vida. E quando se faz setenta, você tem setenta para sempre e eternamente. Está no presente, presa no seu agora jovem ou agora idosa, mas não tem outro agora para se ver."

Essa fora uma das raras, mas gentis, discussões de seu casamento tranquilo. Ele nunca aprovara o hábito dela de juntar tralhas.

"Seja o que você é, enterre o que não é mais", ele dissera. "Canhotos de bilhetes são um engodo. Guardar as coisas é um truque de mágica, com espelhos."

Se ele estivesse vivo nessa noite, o que diria?

"Está guardando casulos", é o que ele diria. "Espartilhos, de certo modo, que jamais lhe servirão outra vez. Então para que guardá-los? Não dá mesmo para provar que um dia você já foi jovem. Fotos? Não, elas mentem. Você não é a foto."

— Documentos autenticados?

"Não, meu bem, você não é as datas, nem a tinta, nem o papel. Não é esses baús de tralhas e poeira. Você é você apenas, aqui e agora… o você presente."

A dona Bentley assentiu diante da lembrança, respirando com mais facilidade.

— Sim, entendo. Entendo.

A bengala com a virola dourada jazia em silêncio sobre o tapete enluarado.

— De manhã — disse ela para a bengala — farei algo definitivo a respeito disso, vou me acomodar em ser apenas eu mesma, mais ninguém, de qualquer outro ano. Sim, é o que farei.

Ela pegou no sono…

A MANHÃ ESTAVA VERDE E RADIANTE, e lá estavam as duas meninas à sua porta, batendo de leve na tela.

— Tem mais coisas para dar para a gente, dona Bentley? Mais das coisas da menininha?

Ela as conduziu até a biblioteca, pelo corredor.

— Peguem isso. — Ela entregou a Jane o vestido que usou quando interpretou a filha do mandarim aos quinze anos. — E isto e isto. — Um caleidoscópio, uma lupa. — Peguem tudo que quiserem — disse a dona Bentley. — Livros, patins, bonecas, tudo… é tudo de vocês.

— Nosso?

— Só de vocês. E podem me ajudar com um servicinho durante a próxima hora? Vou acender uma fogueirona no quintal. Estou esvaziando os baús, jogando fora o lixo para o lixeiro. Não me pertence. Nada jamais pertence a ninguém.

— Vamos ajudar — disseram.

A dona Bentley conduziu a procissão até o quintal, com os braços lotados, uma caixa de fósforos na mão.

E assim, durante o resto do verão, era possível ver as duas menininhas ao lado de Tom como passarinhos empoleirados numa cerca, na varanda da dona Bentley, esperando. E quando se ouvia o trincolejar de prata do homem dos sorvetes, a porta da frente se abria, e dona Bentley saía flutuando com a mão no fundo da goela de sua bolsa de boca prateada. Durante meia hora era possível vê-los ali na varanda, as crianças e a senhorinha transformando o gelado em calor, comendo sincelos de chocolate, dando risada. Enfim eram bons amigos.

— Quantos anos a senhora tem, dona Bentley?

— Setenta e dois.

— E quantos anos a senhora tinha cinquenta anos atrás?

— Setenta e dois.

— A senhora nunca foi jovem, foi? Nunca usou fitinhas no cabelo nem vestidos assim?

— Não.

— Tem um primeiro nome?

— Meu nome é dona Bentley.

— E sempre morou nesta casa?

— Sempre.

— E nunca foi bonita?

— Nunca.

— Nunca em um milhão, trilhão de anos?

As duas meninas se curvavam na direção da velhinha e ficavam esperando naquele silêncio achatado das quatro horas de uma tarde de verão.

— Nunca — disse a dona Bentley —, nem em um milhão, trilhão de anos.

— Está com o bloco de notas pronto, Doug?

— Claro. — Doug deu uma boa lambida no lápis.

— O que tem aí até então?

— Todas as cerimônias.

— O 4 de Julho e tudo o mais, a fabricação de licor de dente-de-leão e tralhas como a instalação do balanço da varanda, hein?

— Diz aqui que eu comi a primeira *Eskimo Pie* do verão em 1 de junho de 1928.

— Não era verão, ainda era primavera.

— Foi uma "primeira vez" em todo caso, por isso anotei. Comprei os tênis novos no dia 25 de junho. Andei descalço na grama no dia 26. Muita, muita, muita correria, nossa! Bem, o que você tem para registrar agora, Tom? Uma nova primeira vez, uma cerimônia chique de algum tipo a ver com as férias, tipo pegar caranguejo ou catar aranha d'água?

— Ninguém jamais catou uma aranha d'água na vida. Você já *conheceu* alguém que catou uma aranha d'água? Vai lá, pense!

— Estou pensando.

— Bem?

— Você tem razão. Ninguém nunca fez isso. Ninguém nunca fará, eu acho. Elas são rápidas demais.

— Não é que são rápidas. Elas simplesmente não existem — disse Tom. Ele pensou a respeito e assentiu. — É isso mesmo, elas simplesmente jamais existiram. Bem, o que eu preciso registrar é o seguinte.

Ele se inclinou e sussurrou no ouvido do irmão.

Douglas anotou.

Os dois ficaram olhando.

— Eita, lasqueira! — disse Douglas. — Nunca nem pensei nisso. É brilhante! Verdade. Os velhos *nunca* foram criança!

— E é meio triste — disse Tom, sentado paradinho. — Não há nada que a gente possa fazer por eles para ajudar.

— Parece que a cidade está repleta de máquinas — disse Douglas, correndo. — O sr. Auffmann com sua Máquina de Felicidade, as srtas. Fern e Roberta com sua Máquina Verde. Agora, Charlie, o que você tem para mim?

— Uma Máquina do Tempo! — disse Charlie Woodman, ofegante, correndo atrás dele. — Juro pela minha mãe, pelos escoteiros, pelos indígenas!

— Viaja para o passado e para o futuro? — perguntou John Huff, dando a volta neles com tranquilidade.

— Só o passado, mas não se pode ter tudo. Chegamos.

Charlie Woodman encostou numa cerca viva.

Douglas espiou dentro da casa velha.

— Eita, essa é a casa do coronel Freeleigh. Não tem como ter nenhuma Máquina do Tempo aí. Ele não é nenhum inventor. Se fosse, a gente teria ficado sabendo de uma coisa importante como uma Máquina do Tempo anos atrás.

Charlie e John subiram na pontinha dos pés os degraus da varanda. Douglas bufou e fez que não com a cabeça, parando nos degraus inferiores.

— Certo, Douglas — disse Charlie. — Pode ser um mala, então. Claro que o coronel Freeleigh não *inventou* essa Máquina do Tempo. Mas ele tem direitos de propriedade sobre ela, e ela sempre esteve aqui. Nós que fomos tontos demais da conta pra reparar! Tchauzinho, Douglas Spaulding!

Charlie pegou John pelo cotovelo, como se conduzisse uma donzela, abriu a tela da varanda no alto da escadaria e entrou. A porta telada não bateu.

Douglas a tinha segurado e os seguiu, em silêncio.

Charlie atravessou a varanda toda fechada com tela, bateu na porta interna e a abriu. Todos espiaram um longo e obscuro corredor que seguia até uma sala iluminada como uma gruta submarina, um verde suave, tênue e aquático.

— Coronel Freeleigh?

Silêncio.

— Ele não escuta muito bem — sussurrou Charlie. — Mas me falou que era só entrar e gritar. *Coronel!*

A única resposta foi a poeira lá de cima caindo e envolvendo a escada em espiral. Então houve um movimento contido naquela câmara submarina do outro lado do corredor.

Foram avançando com cuidado e espiaram dentro de um cômodo contendo apenas duas peças de mobília — um velho e uma poltrona. Os dois se pareciam, ambos tão delgados que dava para ver como se montava eles, os encaixes e pinos, nervos e juntas. O resto do recinto era de tábuas de madeira não tratada, teto e paredes nuas, e vastas quantidades de ar silencioso.

— Ele parece estar morto — sussurrou Douglas.

— Não, só está pensando em novos lugares para viajar — disse Charlie, todo orgulhoso e quieto. — Coronel?

Um dos itens da mobília marrom se mexeu e era o coronel, piscando os olhos, focalizando e abrindo um sorriso selvagem e desdentado.

— Charlie!

— Coronel, vieram o Doug e o John aqui para...

— Bem-vindos, rapazes; sentem-se, sentem-se!

Os meninos se sentaram, ressabiados, no chão.

— Mas cadê a... — disse Douglas. Charlie lhe deu um cutucão rápido nas costelas.

— Cadê o quê? — perguntou o coronel Freeleigh.

— Cadê o assunto que a gente veio tratar, ele quis dizer. — Charlie fez uma careta para Douglas, depois sorriu para o velho. — Não temos nada a dizer. Coronel, o *senhor* nos diga algo.

— Cuidado, Charlie, que os velhos ficam só à espreita, aguardando que alguém lhes peça para falar. Depois começam a tagarelar feito um elevador enferrujado, chiando enquanto sobe pelo passadiço.

— Ching Ling Soo — sugeriu Charlie, casualmente.

— Hein? — disse o coronel.

— Boston — propôs Charlie —, 1910.

— Boston, 1910... — O coronel franziu a testa. — Ora, Ching Ling Soo, claro!

— Sim, senhor, coronel.

— Vejamos agora... — murmurou a voz do coronel, divagando sobre as águas serenas de um lago. — Vejamos...

Os meninos aguardaram.

O coronel Freeleigh fechou os olhos.

— Primeiro de outubro de 1910, uma bela noite, tranquila e fresca, de outono, o Teatro Variety em Boston, sim, lá *está*. A casa cheia, todo mundo à espera. A orquestra, fanfarra, a cortina! Ching Ling Soo, o grande Mágico Oriental! Lá está ele no palco! E aqui estou eu, no meio da primeira fileira! "O Truque da Bala!", ele anuncia. "Voluntários!" O homem ao meu lado sobe ao palco. "Examine o fuzil", diz Ching. "Marque a bala", diz ele. "Agora, atire essa bala marcada com esse fuzil, usando o meu rosto como alvo, e", diz Ching, "do outro lado do palco eu vou pegar a bala com meus *dentes*!"

O coronel Freeleigh respirou fundo e fez uma pausa.

Douglas o encarava, meio intrigado, meio com admiração. John Huff e Charlie estavam completamente absortos. Agora o velho prosseguia, com a cabeça e o corpo parados, mexendo apenas os lábios.

— "Preparar, apontar, fogo!", brada Ching Ling Soo. Bangue! O fuzil estala. Bangue! Ching Ling Soo solta um estrilo, cambaleia, cai, com o rosto todo vermelho. Um pandemônio. A plateia se levanta. Algo de errado com o fuzil. "Morreu", alguém diz. E foi isso mesmo. Morreu. Horrível, horrível... Sempre vou me lembrar... seu rosto era uma máscara vermelha, a cortina caindo rapidamente e as mulheres aos prantos... 1910... Boston... Teatro Variety... coitado...

O coronel Freeleigh abriu os olhos devagar.

— Rapaz, coronel — disse Charlie —, isso foi ótimo. E que tal o Pawnee Bill?

— Pawnee Bill...?

— E aquela vez que o senhor esteve na pradaria lá em 75.

— Pawnee Bill... — O coronel avançou pela escuridão. — 1875... sim, eu e Pawnee Bill num morrinho no meio da pradaria, esperando. "Xiu!", diz Pawnee Bill. "Escute." A pradaria como um grande palco, todo armado para a tempestade por vir. Trovão. Baixo. Outro trovão. Não tão baixo. E do outro lado da pradaria, até onde o olho alcançava, dava para ver essa nuvem amarela escura, grande e agourenta, cheia de raios sombrios, de algum modo afundada na terra, de oitenta quilômetros de largura, oitenta quilômetros de comprimento, um quilômetro e meio de altura, não mais do que dois centímetros acima do solo. "Meu Deus", bradei, "Meu Deus", dali do morro, "Meu Deus!", e a terra batia como um coração ensandecido, rapazes, um coração em pânico. Meus ossos tremiam como se fossem se partir ao meio. A terra balançava: ratatatá ratatatá, bum! Um estampido. Eis uma palavra rara: estampido. Ah, como foi subindo e descendo pelos morros, aquela tempestade poderosa, num estampido, e só dava para ver a nuvem e nada lá dentro. "São eles!", bradou Pawnee Bill. E a nuvem era poeira! Não vapor, nem chuva, não, mas poeira da pradaria atirada para os ares da grama seca que nem madeira, feito fubá moído fininho, feito pólen, então todo incendiado de sol, pois o sol tinha dado as caras. Gritei de novo! Por quê? Porque de todo aquele filtro de poeira do fogo dos infernos agora um véu foi retirado, e eu pude vê-los, juro! O grande exército da antiga pradaria: o bisão, o búfalo!

O coronel deixou o silêncio crescer, depois o rompeu de novo.

— Cada cabeça como o punho de um negro gigante, corpos como locomotivas! Vinte, cinquenta, duzentos mil mísseis de ferro disparados do Oeste, desviados do caminho e sacudindo as cinzas, seus olhos como carvões em brasa, num estampido rumo ao esquecimento!

"Eu vi a poeira subir e, por um tempo, me mostrar aquele mar de corcovas, de montes de jubas, ondas hirsutas e pretas que subiam e desciam… 'Atira', diz Pawnee Bill. 'Atira!' E eu engatilho a arma e faço a mira. 'Atira', ele diz. E fico ali parado, me sentindo como a mão direita de Deus, olhando para aquela grande visão de força e violência passar, passar, plena meia-noite ao meio-dia, como um trem funerário rutilante, todo preto e comprido, triste e eterno, e não se atira num vagão funerário, não é, rapazes? *Não* se faz isso, não é? Só o que eu queria na hora era que a poeira baixasse de novo e cobrisse aquelas obscuras formas destrutivas que pisavam e trocavam encontrões em grandes e pesados alvoroços. E, rapazes, a poeira baixou. A nuvem ocultou aquele milhão de patas que batucavam os trovões e erguiam a tempestade. Eu ouvi Pawnee Bill xingar e bater no meu braço. Mas fiquei feliz de não ter deixado nem mesmo uma única bolinha de chumbo encostar na nuvem, nem no poder que havia dentro daquela nuvem. Só queria ficar parado observando o tempo se empelotar ao passar em grandes pisadas, tudo oculto pela tempestade despertada pelos bisões e levada com eles até a eternidade.

"Uma hora, três horas, seis, foi o que demorou para a tempestade sumir no horizonte, na direção de homens menos gentis do que eu. Pawnee Bill desaparecera, eu estava lá sozinho, surdo que nem pedra. Amortecido, atravessei uma cidadezinha a uns cento e sessenta quilômetros para o sul sem ouvir as vozes dos homens e satisfeito por não ouvir. Por um breve período de tempo eu queria me lembrar do trovão. Eu ainda o escuto, nas tardes de verão como esta, quando a chuva se forma em cima do lago; um som medonho e maravilhoso... queria que vocês tivessem ouvido..."

A luz fraca atravessava o nariz do coronel Freeleigh, que era grande e parecia porcelana branca contendo um chá de laranja bem ralo e morno.

— Ele dormiu? — enfim perguntou Douglas.

— Não — respondeu Charlie. — Só está recarregando as baterias.

O coronel Freeleigh respirava rápida e suavemente, como se tivesse acabado de atravessar um longo caminho correndo. Enfim abriu os olhos.

— Sim, *senhor!* — disse Charlie, admirado.

— Olá, Charlie.

O coronel sorriu para os meninos, intrigado.

— Este aqui é o Doug e este é o John — disse Charlie.

— Como vão, garotos?

Os meninos deram oi.

— Mas… — disse Douglas. — Cadê a…?

— Minha nossa, você é tonto, hein! — Charlie deu um soquinho no braço de Douglas e se virou para o coronel. — O senhor dizia, senhor?

— Eu *dizia?* — murmurou o velhinho.

— A Guerra da Secessão — sugeriu John Huff com a voz baixa. — Ele se lembra dela?

— Será que eu me lembro? — disse o coronel. — Ah, lembro sim, lembro sim! — Sua voz tremia enquanto ele fechava os olhos outra vez. — Tudo! Exceto… qual foi o lado em que lutei…

— A *cor* do seu uniforme… — precipitou-se Charlie.

— Uma hora as cores começam a fugir — sussurrou o coronel. — Virou uma coisa nevoenta. Vejo soldados comigo, mas faz muito tempo que parei de ver a cor em suas casacas ou quepes. Nasci em Illinois, cresci na Virgínia, casei-me em Nova York, construí uma casa no Tennessee e, agora, tarde desse jeito, aqui estou eu, bom Senhor, de volta em Green Town. Então, dá para ver o porquê de as cores me fugirem e se misturarem…

— Mas o senhor se lembra de que lado das colinas o senhor lutou? — perguntou Charlie sem erguer o tom de voz. — O sol nascia à sua esquerda ou direita? O senhor marchou na direção do Canadá ou do México?

— Tem manhãs, parece, em que o sol nasceu do lado da minha mão boa, a direita, e tem manhãs que foi sobre meu ombro esquerdo. Marchávamos em todas as direções. Faz quase setenta anos. A gente se esquece dos sóis e manhãs quando se passa tudo isso de tempo.

— O senhor lembra da vitória, não? Uma batalha que ganharam em algum lugar?

— Não — disse o velho, do fundo do peito. — Não me lembro de ninguém ganhar nada em lugar nenhum, vez nenhuma. A guerra não é uma coisa que se ganha, Charlie. Você só perde, o tempo inteiro, e aquele que perde por último é que capitula. Só o que eu lembro é um monte de perdas e tristeza, nada de bom além do fim daquilo. O fim daquilo, Charles, foi uma vitória por si só, nada a ver com as armas. Mas acho que não é esse tipo de vitória que vocês meninos querem que eu conte.

— E Antietam — disse John Huff. — Pergunte de Antietam.

— Eu estive lá.

Os olhos dos rapazes se iluminaram.

— Bull Run, pergunte de Bull Run.

Com a voz suave:

— Eu estive lá.

— E quanto a Shiloh?

— Não teve um ano em minha vida em que eu não tenha pensado que esse era um nome lindo e que era uma pena vê-lo apenas nos registros de batalha.

— Shiloh, então. Forte Sumter?

— Eu vi os primeiros torvelinhos da fumaça de pólvora. — Uma voz sonhadora. — Tantas coisas voltam, ah, tantas coisas. Lembro-me das canções. "Tudo é silêncio hoje no Potomac, onde repousam a sonhar os soldados; seus abrigos se veem, sob o luar do outono ou a luz da fogueira, iluminados". Lembrando, lembrando... "Tudo é silêncio hoje no Potomac; o único ruído é o rio a passar; cai suave o orvalho no rosto dos mortos — o vigia não tem mais o que vigiar..." Depois da rendição, o sr. Lincoln, do pórtico da Casa Branca pediu para a banda tocar: "Olhe para lá, olhe para lá, olhe para lá, *Dixie land...*". E teve também a dama de Boston que certa noite escreveu uma canção que vai durar uns mil anos: "Meus olhos testemunharam a glória do advento do Senhor; Ele pisa a vindima onde guarda as vinhas da ira em seu furor". Nas madrugadas eu sinto a minha boca se mexer cantando em resposta, em outros tempos. "Ó, Cavaleiros de Dixie! Que guardam as praias do sul..." "Quando os meninos voltarem em triunfo, irmão, com os louros que eles ganharão..." Tantas canções, cantadas dos dois lados, soprando para o norte, para o sul nos ventos noturnos. "Estamos voltando, pai Abraão, com mais trezentos mil..." "Acampamos esta noite, acampamos esta noite, acampamos no velho acampamento." "Viva, viva, trazemos o Jubileu, viva, viva, a bandeira que a liberdade nos deu..."

A voz do velhinho evanesceu.

Os meninos ficaram um bom tempo sentados, sem se mexer. Depois Charlie se virou, olhou para Douglas e disse:

— Bem, ele é ou não é?

Douglas inspirou duas vezes e respondeu:

— Ele *é* sim, com certeza.

O coronel abriu os olhos.

— Sou sim, com certeza, *o quê*? — perguntou.

— Uma Máquina do Tempo — murmurou Douglas. — Uma Máquina do Tempo.

O coronel olhou para os meninos durante cinco minutos inteiros. Agora era a voz dele que estava repleta de deslumbramento.

— É disso que vocês me chamam, meninos?

— Sim, senhor, coronel.

— Sim, senhor.

O coronel se recostou devagar na cadeira e ficou olhando para os meninos e olhando para as mãos, depois fixou o olhar na parede vazia atrás deles.

Charlie se levantou.

— Bem, acho que é melhor irmos. Adeus e obrigado, coronel.

— O quê? Ah, adeus, meninos.

Douglas, John e Charlie saíram pela porta na ponta do pé.

O coronel Freeleigh, embora eles atravessassem seu campo de visão, não os viu partir.

Na rua, os meninos ficaram alarmados quando alguém gritou para eles de cima, de uma janela do térreo:

— Ei!

Olharam na direção da janela.

— Sim, senhor, coronel?

O coronel se apoiou ali, acenando com um dos braços.

— Pensei no que vocês falaram, rapazes!

— Sim, senhor?

— E... têm razão! Por que foi que eu nunca *pensei* nisso antes! Uma Máquina do Tempo, por Deus, uma Máquina do Tempo!

— Sim, senhor.

— Adeus, meninos. Voltem a qualquer hora!

No fim da rua, eles deram meia-volta outra vez e o coronel ainda acenava. Acenaram de volta, sentindo-se calorosos e bem--dispostos, depois prosseguiram.

— Tchu, tchu — disse John. — Posso viajar doze anos no passado. Bam-tchu-ding!

— Pois é — disse Charlie, olhando de volta para aquela casa silenciosa —, mas você não consegue voltar cem anos.

— Não — refletiu John —, não posso voltar cem anos atrás. Essa seria uma viagem e tanto. Seria uma máquina e tanto.

Eles caminharam durante um minuto inteiro em silêncio, olhando para os pés. Chegaram a uma cerca.

— O último a atravessar a cerca — disse Douglas — é uma menina!

Durante todo o caminho de volta para casa eles foram chamando Douglas de "Dora".

Muito depois da meia-noite, Tom acordou e topou com Douglas rabiscando alguma coisa rapidamente no bloco de notas, à luz da lanterna.

— Doug, o que foi?

— O que foi? Tudo foi! É coisa boa além da conta, Tom! Olha só; a Máquina da Felicidade não deu certo, deu? Mas quem se importa? Eu tenho meu ano inteiro já planejado, em todo caso. Se eu precisar correr para qualquer ponto das ruas principais, tenho o bondinho de Green Town para subir nele, de onde posso olhar ao redor e espionar o mundo. Se eu precisar correr para qualquer lugar *fora* das ruas principais, eu bato na porta das senhoritas Fern e Roberta, que elas carregam a bateria do cupê elétrico e saímos velejando pelas calçadas. Se eu precisar atravessar becos e pular sobre cercas, para ver aquela parte de Green Town que só dá para ver pelas costas, por trás, esgueirando-se, para isso eu tenho meus tênis novinhos. Tênis, cupê, bonde! Estou preparado! Mas melhora, Tom, melhora ainda mais, escuta! Se eu quiser ir até onde ninguém mais consegue chegar, por faltar esperteza para sequer pensar nisso, se eu quiser voltar até 1890 e pegar uma baldeação para 1875 e outra até o outro lado da cidade para 1860, é só pular no velho Expresso Coronel Freeleigh! Estou escrevendo isso aqui assim: "Talvez os velhos nunca tenham sido crianças, como falamos da dona Bentley, mas, fossem grandes ou pequenos, alguns deles estavam lá em Appomattox no verão de 1865". Eles têm visão de indígena e conseguem enxergar mais longe no passado do que você e eu jamais conseguiremos enxergar o futuro.

— Parece supimpa, Doug; o que isso quer dizer?

Douglas continuou escrevendo.

— Quer dizer que você e eu não temos metade da chance que eles têm de nos tornarmos viajantes longínquos. Se dermos sorte, vamos chegar aos quarenta, quarenta e cinco, cinquenta. O que para eles é só uma corridinha ao redor do quarteirão. É quando se chega aos noventa, noventa e cinco, cem, que você está indo longe mesmo.

A lanterna se apagou.

Os dois ficaram ali deitados sob o luar.

— Tom — sussurrou Douglas. — Eu preciso viajar por todos esses caminhos. Ver o que consigo ver. Mas, mais do que tudo, preciso visitar o coronel Freeleigh uma, duas, três vezes por semana. Ele é melhor do que todas as outras máquinas. Ele fala e você escuta. E quanto mais ele fala, mais ele leva você a espiar por aí e reparar nas coisas. Ele diz que você está andando num trem muito especial, nossa, e com certeza é verdade. Ele andou por esse trilho já e sabe das coisas. E agora aqui vamos nós, você e eu, pelo mesmo trilho, mas mais longe, e tem tanta coisa para ver, para fuçar e mexer que a gente precisa do velho coronel Freeleigh para se intrometer e mandar a gente ficar ligado, para se lembrar de cada segundo! Cada maldita coisinha que tem para lembrar! E aí quando as crianças aparecerem e você estiver bem velho, você pode fazer por elas o que o coronel já fez por você. É assim que são as coisas, Tom, eu preciso passar um bom tempo visitando o coronel e ouvindo o que ele tem a dizer para viajar longe com ele o máximo que ele puder.

Tom se calou por um momento. Depois olhou para Douglas, ali no escuro.

— Viajar longe. Você que inventou isso?

— Talvez sim, talvez não.

— Viajar longe — sussurrou Tom.

— Eu só tenho certeza de uma coisa — disse Douglas, fechando os olhos. — Parece um tanto solitário.

Tum!

Uma porta bateu. Num sótão, a poeira saltou de escrivaninhas e estantes. Duas idosas caídas contra a porta do sótão, cada uma delas escarafunchando para trancá-la bem, bem trancada. Mil pombos pareciam ter saltado do telhado bem acima da cabeça delas. Elas se curvaram como se sobrecarregadas, abaixando-se sob o tamborilar das asas. Aí pararam, com surpresa em suas bocas. O que ouviam era o puro som do pânico, com os corações em seus peitos... Acima do tumulto, tentavam se fazer ouvir.

— O que fizemos? Coitado do sr. Quartermain!

— Acho que o matamos. E alguém deve ter visto e nos seguido. Olha...

As senhoritas Fern e Roberta espiaram pela janela do sótão coberta de teias de aranha. Lá embaixo, como se não tivesse ocorrido nenhuma grande tragédia, os carvalhos e olmos continuavam crescendo sob a luz fresca do sol. Um menino passou pela calçada, quando então se virou e passou de novo, olhando para cima.

No sótão, as idosas se entreolharam, como se tentassem ver seus rostos nas águas de um córrego.

— A polícia!

Mas ninguém batia à porta lá embaixo dizendo: "Em nome da lei!".

— Quem é esse menino lá embaixo?

— Douglas, Douglas Spaulding! Ai, Senhor, ele veio pedir para dar um passeio na nossa Máquina Verde. Ele não sabe. Nosso orgulho nos arruinou. O orgulho e essa geringonça elétrica!

— Aquele vendedor terrível de Gumport Falls. É culpa dele, dele e do seu falatório.

Falatório, falatório, como chuva suave sobre o teto no verão.

De repente era outro dia, outra hora do almoço. As duas se sentavam com leques brancos e pratinhos com gelatina trêmula e gelada, de limão, em sua varanda arborizada.

Vinda do clarão cegante, do sol amarelo, cintilante, esplêndida como o coche de um príncipe...

A MÁQUINA VERDE!

Ela deslizava. Ela sussurrava, uma brisa oceânica. Delicada como folhas de bordo, mais fresca do que a água de um ribeirão, ela ronronava com a majestosidade dos gatos que espreitam ao meio-dia. Na máquina, com seu chapéu Panamá nadando na Vaselina acima de suas orelhas, o vendedor de Gumport Falls!

A máquina, com a banda de rodagem desenhada na borracha dos pneus, delicada, aguçada, açoitou a calçada branca escaldada e foi zumbindo até o degrau inferior da varanda, onde deu uma rodopiada e parou. O vendedor saltou de dentro e tapou o sol com seu Panamá. Naquela pequena sombra, seu sorriso faiscava.

— O nome é William Tara! E esta... — Ele apertou um bulbo. Uma foca latiu — é a buzina! — Ele ergueu almofadas de cetim preto. — Baterias embutidas! — Um cheiro de relâmpago soprou no ar quente. — A alavanca para manobrar! Apoio para os pés! Capota no teto! Aqui, em sua plenitude, está a Máquina Verde!

No sótão escuro, as senhoras estremeciam ao lembrar, com os olhos fechados.

— Por que é que nós não o apunhalamos com nossas agulhas de coser!

— Xiu! Escuta.

Alguém bateu à porta da frente, lá embaixo. Após um tempo, as batidas pararam. Elas viram uma mulher atravessar o quintal e entrar na casa vizinha.

— É só Lavinia Nebbs chegando com uma xícara vazia para pedir açúcar emprestado, eu acho.

— Me abrace, estou com medo.

As duas fecharam os olhos. O teatro de suas memórias recomeçava. Um velho chapéu de palha sobre um baú de ferro de repente ganhou vida, assim pareceu, por conta do homem de Gumport Falls.

— Obrigado, eu *aceito sim* um chá gelado. — Dava para ouvir o líquido fresco chocar o seu estômago, naquele silêncio. Depois ele voltou seu olhar para as velhinhas, como um médico com uma pequena lanterna, examinando seus olhos, narinas e bocas. — Senhoras, sei que as duas são vigorosas. *Parecem* ser. Oitenta anos — ele estalou os dedos — não são nada para vocês! Mas há momentos, vejam bem, em que se está tão ocupada, tão ocupada que é preciso ter uma amiga, uma amiga para as horas de necessidade, e *essa* amiga é a Máquina Verde de dois lugares.

Ele fixou seu olhar de vidro verde, radiante feito o de uma raposa empalhada, naquela mercadoria maravilhosa. Ela aguardava, com cheiro de nova, sob o sol quente, à espera delas, uma cadeira de salão confortavelmente munida de rodas.

— Silenciosa como a pena de um cisne. — Elas sentiam a respiração dele delicadamente em seus rostos. — Escutem. — Elas escutaram. — As baterias embutidas estão completamente carregadas e prontas agora! Escutem! Nem um tremor, nem um ruído. É elétrica, senhoras. É só recarregar a cada noite na sua garagem.

— Eu não poderia... isso é... — A irmã mais nova deu um gole no chá gelado. — Não seria possível que essa coisa nos eletrocutasse sem querer?

— Inimaginável!

Ele saltou para dentro da máquina outra vez, com os dentes parecendo os que se vê quando se passa pela vitrine de um dentista tarde da noite, sozinhos, fazendo careta para você.

— Chás da tarde! — Ele valsou num círculo com o cupê. — Clubes de bridge. *Soirées*. Galas. Almoços. Festas de aniversário! Cafés da manhã da *Daughters of the American Revolution*. — Ele disparou ronronando como se fosse fugir para sempre. Depois voltou num silêncio de pneu de borracha. — Jantares da *Gold Star Mother*. — Sentou-se todo empertigado, como se usasse um espartilho, seu corpo flexível caracterizando uma mulher. — Fácil de manobrar. É silencioso, chega e sai com elegância. Não precisa de carteira de habilitação. Nos dias quentes... tomar uma brisa. Ah... — Ele deslizou diante da varanda, com a cabeça para trás, os olhos fechados deliciosamente, o cabelo esvoaçando ao sol, moldado naturalmente pelo vento.

Ele subiu, reverente, os degraus da varanda, com o chapéu na mão, virando-se para admirar o modelo de teste como se estivesse no altar de uma igreja conhecida.

— Senhoras — disse ele, com a voz suave —, vinte e cinco dólares de entrada. Dez por mês, durante dois anos.

Fern foi a primeira a descer os degraus, rumo ao assento duplo. Sentou-se com apreensão. Sua mão coçou. Ela a ergueu. Ousou apertar o bulbo de borracha da buzina.

Uma foca latiu.

Roberta, na varanda, deu um grito hilário e se apoiou no guarda-corpo.

O vendedor se uniu a ela em sua hilaridade. Ele escoltou a irmã mais velha pelos degraus, aos rugidos, ao mesmo tempo em que pegava a caneta e procurava algum papelzinho em seu chapéu de palha.

— E FOI ASSIM que a compramos! — lembrou-se a srta. Roberta, no sótão, horrorizada com a coragem que tiveram. — Deviam ter nos avisado! Sempre *pensei sim* que parecia um carrinho saído da montanha-russa das feirinhas!

— Bem — disse Fern, na defensiva —, meu quadril vem me perturbando faz uns anos já, e você sempre se cansa de andar. Pareceu algo tão refinado, tão régio. Que nem no passado quando as mulheres usavam crinolinas. Elas *velejavam* por aí! E essa Máquina Verde velejava *tão* silenciosamente.

Como um barco de excursão, maravilhosamente fácil de manobrar, uma alavanca que você mexia com a mão, assim.

Ah, aquela gloriosa e encantada primeira semana — as tardes mágicas de luz dourada, zumbindo pela cidade ensombrada num rio onírico e atemporal, sentadas rigidamente, sorrindo para os conhecidos que passavam, exibindo placidamente suas garras enrugadas a cada esquina, espremendo um grito rouco da borracha preta da buzina nos cruzamentos, às vezes deixando que Douglas ou Tom Spaulding ou qualquer um dos outros meninos que trotavam por aí, papeando, junto do veículo, pegassem uma caroninha. Velocidade máxima de vinte e cinco lentos e agradáveis quilômetros por hora. Elas iam e vinham pela luz e pela sombra do verão, com os rostos sardentos manchados pelas árvores passantes, indo e vindo como uma visão antiga, sobre rodas.

— E então — sussurrou Fern —, esta tarde! Ai, esta tarde!

— Foi um acidente.

— Mas nós fugimos depois e isso é criminoso!

Aquele dia, ao meio-dia. O cheiro das almofadas de couro sob seus corpos, o cheiro cinzento de perfume de seus próprios sachês deixando um rastro enquanto passavam com a silenciosa Máquina Verde pela cidadezinha lânguida.

Tudo aconteceu tão rápido. Passando delicadamente pela calçada ao meio-dia, porque as ruas estavam escaldantes de quentes, e a única sombra que se via era sob as árvores dos gramados, elas haviam deslizado até um canto cego, apertando sua buzina rouca. De repente, como um palhaço numa caixa-surpresa, saiu o sr. Quartermain, titubeante, vindo de lugar nenhum!

— Cuidado! — gritou a srta. Fern.

— Cuidado! — gritou a srta. Roberta.

— Cuidado! — clamou o sr. Quartermain.

As duas mulheres se abraçaram, largando a alavanca de direção.

Fez-se um baque terrível. A Máquina Verde saiu velejando sob a luz quente do dia, à sombra das castanheiras, para além das macieiras com maçãs maduras. Voltando-se para trás uma única vez, os olhos das duas velhinhas foram preenchidos por um horror desbotado.

O velho estava caído na calçada, em silêncio.

— E cá estamos nós — lamentou a srta. Fern no sótão cada vez mais escuro. — Ai, por que não paramos? Por que fugimos?

— Xiu!

Elas ficaram escutando.

As batidas à porta de baixo voltaram.

Assim que pararam, elas viram um menino atravessar o gramado sob a luz baça.

— É apenas Douglas Spaulding pedindo uma carona de novo.

As duas suspiraram.

As horas foram passando; o sol descia.

— Passamos a tarde toda aqui em cima — disse Roberta, cansada. — Não podemos ficar três semanas no sótão nos escondendo até que todo mundo esqueça.

— Iríamos morrer de fome.

— E o que faremos, então? Você acha que alguém viu e nos seguiu?

Elas se entreolharam.

— Não. Ninguém viu.

A cidade estava em silêncio, todas as casinhas acendendo as luzes. Vinha um cheiro de grama úmida e janta sendo preparada de lá de baixo.

— Hora de colocar a carne — disse a srta. Fern. — Frank chega em casa em dez minutos.

— Ousaremos descer?

— Frank vai chamar a polícia se encontrar a casa vazia. Vai piorar as coisas.

O sol se foi, ligeiro. Agora elas eram só duas coisas que se mexiam naquele breu carregado.

— Por acaso — perguntou-se dona Fern — você acha que ele morreu?

— O sr. Quartermain?

Uma pausa.

— Sim.

Roberta hesitou.

— Vamos conferir no jornal da noite.

As duas abriram a porta do sótão e olharam cuidadosamente os degraus que desciam.

— Ai, se Frank ficar sabendo, ele vai tirar nossa Máquina Verde de nós, e é *tão* agradável e gostoso andar por aí, pegar o vento fresquinho e ver a cidade.

— Não vamos contar para ele.

— Não vamos?

Elas se ajudaram a descer as escadas rangentes até o primeiro andar, parando para escutar… Na cozinha, espiaram a despensa, espiaram pelas janelas com olhos amedrontados, enfim começando os trabalhos de fritar hambúrgueres no fogão. Após cinco minutos de trabalho em silêncio, Fern olhou com tristeza para Roberta e disse:

— Andei pensando. Somos velhas e debilitadas, mas não queremos admitir. Somos um perigo. Contraímos uma dívida com a sociedade por termos fugido…

— E…?

Recaiu um tipo de silêncio na fritura da cozinha enquanto as duas irmãs se encaravam, sem nada nas mãos.

— Acho que — Fern passou um bom tempo encarando a parede — não devíamos mais dirigir a Máquina Verde, nunca mais.

Roberta pegou um prato e o segurou em sua mão delgada.

— Nunca... jamais? — disse.

— Não.

— Mas — disse Roberta —, não temos que... que nos livrar dela, não é? Podemos *ficar* com ela, não podemos?

Fern refletiu.

— Sim, acho que podemos ficar com ela.

— Já é alguma coisa, pelo menos. Vou lá agora para desconectar as baterias.

Roberta estava saindo bem na hora que Frank, o irmão caçula, que só tinha cinquenta e seis anos, entrou.

— Oi, irmãs! — anunciou ele.

Roberta passou do lado dele sem dizer palavra e foi andando rumo ao crepúsculo estival. Frank carregava um jornal, o qual Fern imediatamente arrancou de suas mãos. Trêmula, ela o revirou de cima a baixo, depois o devolveu, suspirosa.

— Vi Doug Spaulding aqui fora agora mesmo. Disse que tinha uma mensagem para vocês. Falou que não era para se preocuparem... que ele viu tudo e está tudo certo. O que ele quis dizer com isso?

— Eu que não vou saber, com certeza. — Fern deu as costas e procurou seu lenço.

— Ai, bem, essas crianças. — Frank olhou para as costas da sua irmã por um bom tempo, depois deu de ombros.

— A janta já está quase pronta? — perguntou ele, prazenteiramente.

— Sim. — Fern pôs a mesa.

Houve um clamor bulboso lá fora. Uma, duas, três vezes — ao longe.

— O que é isso? — Frank espiou o crepúsculo pela janela da cozinha. — O que Roberta está aprontando? Olha só para ela lá fora, sentada na Máquina Verde, cutucando a buzina de borracha!

Mais uma, duas vezes, sob o crepúsculo, suavemente, como algum animal lamurioso, o som bulboso se extinguiu.

— O que foi que deu *nela?* — quis saber Frank.

— Deixe-a em paz, só isso! — gritou Fern.

Frank pareceu surpreso.

Um momento depois, Roberta voltou para dentro, quietinha, sem olhar para ninguém, e todo mundo se sentou à mesa para a janta.

A PRIMEIRA LUZ NO TELHADO LÁ FORA; bem de manhã cedinho. As folhas em todas as árvores estremecem com um leve despertar a qualquer brisa que a alvorada possa oferecer. E então, ao longe, contornando a curva de um trilho prateado, vem o bonde, equilibrado sobre quatro rodinhas de aço azul, todo pintado na cor das tangerinas. Dragonas de latão cintilante o cobrem, bem como detalhes dourados; e seu sino cromado tilinta se o velho condutor o cutuca com um sapato enrugado. Os numerais na frente e nas laterais do bonde têm cores berrantes como limões-sicilianos. Lá dentro, os assentos pinicam com seu musgo verde fresco. Algo como a chibata de uma charrete se agita de seu teto para roçar a teia de aranha lá no alto em meio às árvores que passam, da qual ele bebe suas vitaminas. De cada janela sopra um incenso, o cheiro azul secreto e onipresente das tempestades e raios do verão.

Descendo as ruas longas sob as sombras dos olmos, o bondinho vai avançando, com o leve toque atemporal da luva cinzenta do condutor sobre as alavancas de controle.

Ao meio-dia, o condutor parou o bonde no meio do quarteirão e se inclinou pela janela:

— Ei!

E Douglas, Charlie e Tom, junto com todos os meninos e meninas do quarteirão, avistaram a luva cinzenta que acenava, quando então todos desceram das árvores e soltaram as cordas que estavam pulando e viraram cobras brancas nos gramados, para irem correndo sentar nos assentos de pelúcia verde. Era de graça. O sr. Tridden, o condutor, ficava com a mão enluvada em cima do buraco da caixa de moedas enquanto passava com o bonde pelo quarteirão à sombra das árvores, chamando.

— Ei! — disse Charlie. — Aonde estamos indo?

— Última volta — disse o sr. Tridden, com os olhos no fio elétrico lá em cima. — Acabou o bonde. Amanhã começam a correr os ônibus. Vão me aposentar e me pagar uma aposentadoria. Por isso... um passeio de graça para todos! Cuidado!

Ele ricocheteou na alavanca de latão, o bonde resmungou e deu a volta, uma curva verde infinita, enquanto o mundo se mantinha imóvel durante todo esse tempo, como se apenas as crianças e o sr. Tridden e sua máquina milagrosa estivessem descendo por um rio infinito, para longe.

— Último dia? — perguntou Douglas, atordoado. — Não *podem* fazer isso! Já é ruim o bastante que acabou a Máquina Verde, trancada na garagem, sem choro, nem vela. E já é ruim o bastante que meus tênis novos estão ficando velhos e perdendo velocidade! Como vou fazer para andar por aí? Mas... Mas... Eles *não podem* desativar o bonde! Oras — disse Douglas —, não importa como você olhe para a coisa, um ônibus não é um bonde. Não faz o mesmo barulho. Não tem trilho, nem fio, não solta faísca, não joga areia nos trilhos, não tem as mesmas cores, não tem um sino, não tem o mesmo movimento de baixar a escada que um bonde!

— Ei, é verdade — disse Charlie. — Eu sempre me divirto de ver o bonde baixar a escada, que nem uma sanfona.

— Com certeza — disse Douglas.

E então eles estavam no fim da linha, os trilhos prateados, abandonados durante dezoito anos, se estendiam rumo ao interior coalhado de morros. Em 1910, as pessoas pegavam o bonde até o Chessman's Park, com grandes cestos de piquenique. O trilho, jamais desmontado, ainda juntava ferrugem em meio às colinas.

— E aqui é onde damos meia-volta — disse Charlie.

— Aqui é onde você se engana! — O sr. Tridden abaixou com força o interruptor do gerador de emergência. — Agora!

O bonde, com um solavanco e depois deslizando suave, passou dos limites do município, se afastou da rua e desceu a colina por intervalos de réstias de sol perfumadas e vastos hectares de sombra que tinham cheiro de cogumelo. Aqui e ali as águas do riacho molhavam os trilhos e o sol passava filtrado pelas folhas como um vidro verde. Foram deslizando, sussurrantes, por relvados cobertos de girassóis silvestres, passando por estações abandonadas vazias de tudo exceto por bilhetinhos de viagem furados, para seguir um córrego da floresta até uma terra do verão, enquanto Douglas não parava de falar.

— Ora, só o *cheiro* do bonde já é diferente. Já peguei ônibus em Chicago; o cheiro é esquisito.

— Bondes são muito lentos — disse o sr. Tridden. — Vão botar ônibus para circular agora. Ônibus para as pessoas e ônibus escolares.

O bonde foi parando, com um chorinho. Do compartimento acima da sua cabeça, o sr. Tridden desceu imensas cestas de piquenique. Aos berros, as crianças o ajudaram a carregar as cestas até as margens de um riacho que desaguava num lago silencioso, onde se via um velho coreto, desfazendo-se em pó de cupim.

Sentaram-se lá para comer sanduíches de presunto, morangos frescos e laranjas céreas, enquanto o sr. Tridden lhes contava como havia sido vinte anos atrás, quando a banda tocava naquele coreto ornamentado à noite, os homens soprando ar em seus metais reluzentes, o condutor gorducho fazendo voar suor da sua batuta, as crianças e vagalumes correndo no mato alto, as donzelas com vestidos longos e penteados elevados pisando o xilofone das trilhas de madeira com os homens em colarinhos sufocantes. A trilha estava lá agora, toda amolecida pelos anos até virar uma massa de fibras. O lago era silencioso, azul e sereno, os peixes, em paz, costuravam pelo verde-claro dos juncos, e o condutor seguia murmurando, e as crianças sentiam que era algum outro ano, que o sr. Tridden parecia maravilhosamente jovem, seus olhos iluminados como pequenas lâmpadas, azuis e elétricos. Era um dia tranquilo, de preguiça, ninguém corria, e a floresta em volta, o sol mantido numa posição fixa, enquanto a voz do sr. Tridden subia e descia, e uma agulha cerzia pelo ar, alinhavando e realinhavando desenhos ao mesmo tempo dourados e invisíveis. Uma abelha pousou numa flor, zumbindo e zumbindo. O bonde estava parado como um órgão a vapor encantado, fervilhando ali onde o sol recaía em cima dele. O bonde estava nas mãos de todos ali, um cheiro metálico, enquanto comiam cerejas maduras. O odor marcante do bonde emanava de suas roupas no vento de verão.

Um mergulhão revoava pelos céus, aos gritos.

Alguém estremeceu.

O sr. Tridden mexeu nas luvas.

— Bem, hora de irmos. Senão os pais vão achar que eu roubei vocês de vez.

O bonde estava silencioso, um escuro fresquinho, como o interior de uma drogaria que serve sorvetes. Com um farfalhar verde e delicado de couro de búfalo aveludado, os assentos foram virados pelas crianças, em silêncio, de modo que ficaram de costas para o lago calado, o coreto deserto e as tábuas de madeira que faziam um tipo de música se você andasse pela margem pisando nelas rumo a outras paragens.

Trim!, fez o sininho delicado embaixo do pé do sr. Tridden e todos foram pairando sobre campos de flores murchas abandonados pelo sol, por bosques, rumo a uma cidade que parecia esmagar as laterais do bonde com tijolos, asfalto e madeira quando o sr. Tridden parou para deixar as crianças descerem nas ruas ensombradas.

Charlie e Douglas foram os últimos a ficar parados ao lado da língua aberta do bonde, o degrau dobrável, baforando eletricidade, observando as luvas do sr. Tridden nos controles de latão.

Douglas correu os dedos sobre o musgo verde do lago, olhou para a prata, o latão, o teto cor de vinho.

— Bem… adeus de novo, sr. Tridden.

— Adeus, rapazes.

— Nos vemos por aí, sr. Tridden.

— Nos vemos por aí.

Houve um suspiro delicado de ar; a porta se fechou, colapsando delicadamente, acomodando sua língua de metal corrugado.

O bonde foi velejando devagar pelo fim de tarde, mais radiante do que o sol, todo tangerina, todo faiscante de ouro e limão-siciliano, virou numa esquina distante, suas rodas rodando, e desapareceu, foi-se embora.

— Ônibus escolares! — Charlie subiu o meio-fio. — Nem vão dar pra gente a chance de se atrasar pra escola. Vêm buscar a gente na porta de casa. Nunca mais vamos nos atrasar em nossas vidas. Pense só nesse pesadelo, Doug, só pense nisso direito.

Mas Douglas, de pé no gramado, via como tudo seria no dia seguinte, quando os homens viriam despejar piche quente sobre os trilhos prateados, de modo que você nem teria mais como saber que um dia havia corrido um bonde por ali. Ele sabia que ia demorar muitos anos, tantos quanto ele era capaz de imaginar, para esquecer os trilhos, por mais fundo que fossem enterrados. Certa manhã de outono, primavera ou inverno, ele sabia que ia acordar e, se não chegasse perto da janela, se ficasse deitadinho ali, aconchegado e quentinho na cama, poderia ouvi-lo, vago e distante.

E depois da curva da rua matinal, subindo a avenida, entre as fileiras alinhadas de sicômoros, olmos e bordos, na quietude que antecede o começo do viver, além da sua casa, ele ouviria os sons conhecidos. Como o tique-taque de um relógio, o rumor de uma dezena de barris de metal rolando, o zumbido de uma única imensa libélula ao alvorecer. Como um carrossel, como uma pequena tempestade elétrica, da cor do relâmpago azul, chegando, passando e desaparecendo. O sino do bonde! O sibilo feito o esguicho dos dispensadores de refrigerante enquanto seu degrau descia e subia de volta, e o começo do sonho de novo, enquanto ele seguia velejando pelo seu caminho, percorrendo um trilho oculto e enterrado rumo a um destino igualmente oculto e enterrado...

* * *

— Vamos brincar de chutar a lata depois da janta? — perguntou Charlie.

— Claro — disse Douglas. — Vamos chutar a lata.

Os fatos a respeito de John Huff, de doze anos de idade, são simples e resumidos. Ele era capaz de se virar no mato, encontrando mais trilhas do que qualquer Choctaw ou Cherokee desde os primórdios do tempo, era capaz de pular do céu feito um chimpanzé de um cipó, capaz de sobreviver dois minutos embaixo d'água e deslizar cinquenta metros pela correnteza antes de emergir. As bolas que você arremessava no beisebol ele atingia e mandava para o meio das macieiras, derrubando lavouras. Era capaz de pular os muros de um metro e oitenta dos pomares, trepar nos galhos e voltar carregado de pêssegos mais rápido do que qualquer outro da turma. Saía correndo aos risos. Era tranquilo. Não era um valentão. Era gentil. Seu cabelo era escuro e encaracolado, seus dentes brancos como leite. Ele se lembrava das letras de todas as músicas de caubóis e ensinava se alguém pedisse. Sabia os nomes de todas as flores silvestres e quando a lua ia nascer e se pôr, quando as marés iam subir ou descer. Ele era, na verdade, o único deus, em pleno século xx, vivo em toda a cidade de Green Town, Illinois, de que Douglas Spaulding tinha notícia.

E, naquele exato momento, ele e Douglas estavam numa caminhada para além da cidade, durante mais um dia quente e igual a uma bolinha de gude, o vidro soprado de azul celeste chegando lá em cima, os riachos brilhantes com águas espelhadas se abrindo em leque sobre as pedras brancas. Era um dia tão perfeito quanto a chama de uma vela.

Douglas atravessava esse dia pensando que fosse durar para sempre. A perfeição, a redondeza, o cheiro de grama se alastrava, indo adiante tão longe e tão rapidamente quanto a velocidade da luz. O som de um bom amigo assoviando como um corrupião, lançando uma bola baixa de softball enquanto você saía pelas trilhas empoeiradas dançando feito um cavalo, as chaves tilintando nos bolsos, tudo isso era completo, tudo palpável; as coisas permaneciam próximas, as coisas estavam à mão e assim permaneceriam.

Era um dia tão bonito e eis que de repente uma nuvem atravessou o céu, cobriu o sol e não saiu mais do lugar.

John Huff há vários minutos vinha falando com a voz baixa. Agora Douglas parou no caminho e olhou para ele.

— John, repete isso aí.

— Você me ouviu quando eu disse pela primeira vez, Doug.

— Por acaso você disse que... ia embora?

— Estou com o bilhete do trem aqui no bolso. Piuí-piuí, clang! Tch-tch-tch-tch. Piuíííííí...

Sua voz se calou.

Solene, John tirou do seu bolso o bilhete amarelo e verde, e os dois olharam para ele.

— Esta noite! — disse Douglas. — Minha nossa! Esta noite a gente ia brincar de Luz Vermelha, Luz Verde e de Estátua! Como assim, tão de repente? Você está aqui em Green Town desde que me conheço por gente. Não pode só pegar assim e ir embora!

— É o meu pai — disse John. — Arranjou um emprego em Milwaukee. E só hoje tivemos confirmação...

— Minha nossa, logo aqui com o piquenique batista na semana que vem e a grande feirinha do Dia do Trabalho e o Dia das Bruxas... seu pai não pode esperar até lá?

John fez que não com a cabeça.

— Puxa vida! — disse Douglas. — Preciso sentar!

Eles se sentaram embaixo de um velho carvalho do lado da colina que dava vista para a cidade, e o sol lançou grandes sombras trêmulas ao redor da turma; era fresco como uma caverna embaixo da árvore. Lá fora, ao longe, sob o sol, a cidade se pintava de calor, com as janelas todas escancaradas. Douglas queria correr de volta para lá, onde a cidade, por virtude de seu próprio peso, suas casas, sua massa, poderia envolvê-los e evitar que John pudesse um dia pegar e ir embora.

— Mas somos amigos — disse Douglas, desamparado.

— Sempre seremos — disse John.

— Você volta para visitar toda *semana*, mais ou menos, não volta?

— O pai diz só uma ou duas vezes por ano. São cento e trinta quilômetros.

— Cento e trinta quilômetros não é longe! — gritou Douglas.

— Não, não é nada longe — disse John.

— Minha vó tem telefone. Vou ligar para você. Ou talvez a gente visite você lá também. Seria ótimo!

John ficou um tempão sem falar nada.

— Bem — disse Douglas —, vamos conversar sobre alguma coisa.

— O quê?

— Minha nossa, você está indo embora, temos um milhão de coisas para conversar! Todas as coisas que a gente ia conversar no mês que vem e no mês depois! Os louva-a-deus, os zepelins, acrobatas, engolidores de espadas! Vai, continua como se você estivesse de volta lá, os gafanhotos cuspindo tabaco!

— O gozado é que eu não estou com vontade de falar de gafanhotos.

— Você sempre gostou!

— Claro. — John olhou fixo para a cidade. — Mas acho que não é hora agora.

— John, o que foi? Você está estranho...

John havia fechado os olhos e torcido o rosto.

— Doug, a casa da família Terle, lá em cima, sabe?

— Claro.

— O vidro colorido nas janelinhas redondas *sempre* esteve lá?

— Claro.

— Tem *certeza*?

— Essas malditas janelas estão lá desde antes de a gente nascer. Por quê?

— Nunca reparei nelas antes de hoje — disse John. — No caminho, atravessando a cidade, eu olhei para cima e lá estavam. Doug, o que foi que eu *andei fazendo* todos esses anos que não reparei?

— Tinha outras coisas para fazer.

— Tinha mesmo? — John se virou e olhou meio em pânico para Douglas. — Nossa, Doug, por que é que essas malditas janelas me assustam? Digo, não tem nada para se assustar, tem? É só que... — Ele se debatia. — É só que, se eu não reparei nas janelas até hoje, o que *mais* eu perdi? E quanto a todas as coisas em que eu *de fato* reparei aqui na cidade? Será que vou me lembrar delas quando for embora?

— Tudo que você quiser lembrar você vai lembrar. Eu saí para acampar faz dois verões. E *lá* eu me lembrei.

— Não lembrou, não! Você me falou. Teve noites em que você acordou e não lembrava a cara da sua mãe.

— *Não!*

— Tem noites em que me acontece, lá na minha casa mesmo; me dá um susto dos diabos. Eu preciso ir no quarto dos meus velhos e olhar pra cara deles enquanto dormem, para garantir! E volto pro meu quarto e esqueço de novo. Nossa, Doug, minha nossa! — Ele abraçou forte os joelhos. — Me promete só uma coisa, Doug. Promete que vai se lembrar de mim, promete que vai lembrar do meu rosto e tudo. Promete?

— Mel na chupeta. Tenho uma máquina de cinema na minha cabeça. Deitado na cama de noite, eu posso simplesmente acender uma luzinha na cabeça e ela aparece na parede, nítida como o diabo, e lá vai estar você, gritando e acenando para mim.

— Feche os olhos, Doug. Agora, me diga, qual a cor dos meus olhos? Sem espiar. Qual a cor dos meus olhos?

Douglas começou a suar. Suas pálpebras tremiam de nervoso.

— Ah, poxa, John, não vale.

— Me diga!

— Castanhos!

John deu as costas.

— Não, senhor.

— Como assim, não?

— Não chegou nem perto! — John fechou os olhos.

— Vira pra cá — disse Douglas. — Abre os olhos, me deixe ver.

— É inútil — disse John. — Você já esqueceu. Igual eu falei.

— Vira pra cá! — Douglas o segurou pelos cabelos e o virou devagar.

— Tudo bem, Doug.

John abriu os olhos.

— Verdes. — Douglas, abismado, deixou a sua mão cair. — Seus olhos são verdes… Bem, é perto de castanho. Quase amendoados!

— Doug, não minta pra mim.

— Tudo bem — disse Doug, com a voz baixa. — Não vou mentir.

Os dois ficaram sentados ali, escutando os outros meninos subirem a colina, uivando e gritando para eles.

Os MENINOS CORRERAM ao longo dos trilhos de trem, abriram seus lanches em sacos de papel pardo, sentiram profundamente o cheiro dos sanduíches de pasta de presunto e picles verde-mar e balinhas de hortelã coloridas, tudo num embrulho de papel encerado. Correram e correram de novo, e Douglas se abaixou, queimando a orelha nos trilhos de aço escaldante, ouvindo trens tão distantes que eram viagens invisíveis em terras outras, enviando mensagens em código Morse para ele debaixo do sol de matar. Douglas se levantou, atordoado.

— John!

Pois John estava correndo, o que era terrível. Porque, quando se corre, o tempo corre junto. Você grita e berra, corre e rola, dá cambalhota e aí bem de repente o sol desaparece e tocam o apito e você se vê no longo caminho de volta para casa para jantar. Quando menos percebe, o sol chega por trás! O único jeito de manter as coisas devagar é observar tudo e não fazer nada! Dá para estender um dia até virar três, com certeza, só de ficar observando!

— John!

Não tinha como conseguir a colaboração dele mais, exceto por meio de algum truque.

— John, deixe os outros, deixe os outros pra trás!

Aos berros, Douglas e John saíram correndo para outro lado, pegando o vento como pipa enquanto desciam o morro, deixando a gravidade agir, sobre os campos, contornando celeiros até enfim o som dos perseguidores desaparecer.

John e Douglas subiram numa pilha de feno que era como uma grande fogueira que crepitava embaixo deles.

— Vamos ficar sem fazer nada — disse John.

— É bem o que eu ia falar — completou Douglas.

Os dois ficaram sentados em silêncio, recuperando o fôlego.

Havia um ruído baixinho como um inseto no feno.

Os dois o ouviram, mas não olharam para ele. Quando Douglas mexeu o pulso, o som fez tique em outra parte do feno. Quando levou o braço até o colo, o som fez taque no seu colo. Ele deixou os olhos recaírem sobre o objeto, num breve vislumbre. O relógio de pulso dizia três horas.

Douglas levou sua mão direita furtivamente até onde aquilo fazia tique-taque, puxou a coroa do relógio. Fez os ponteiros voltarem.

Agora tinham todo o tempo de que precisariam para dar uma boa e demorada olhada no mundo, sentir o sol andar como um vento de fogo sobre o céu.

Mas, enfim, John deve ter sentido o peso incorpóreo de suas sombras se mexendo e se inclinando, e ele se pronunciou.

— Doug, que horas são?

— Duas e meia.

John olhou para o céu.

Não faça isso!, pensou Douglas.

— Parece mais umas três e meia, umas quatro — disse John. — Escoteiros. Você aprende essas coisas.

Douglas suspirou e girou o relógio para frente, devagar.

John o observou fazendo isso, em silêncio. Douglas olhou para cima. John lhe deu um soco, nem um pouco forte, no braço.

* * *

Com um movimento ligeiro, um mergulho, um trem chegou e partiu tão rapidamente que os meninos todos pularam para o lado, aos berros, brandindo os punhos atrás do veículo, contando Douglas e John entre eles. O trem seguiu pelo trilho, aos rugidos, com duzentas pessoas nele, e desapareceu. A poeira o acompanhou um pouquinho na direção sul, depois se acomodou no silêncio de ouro entre os trilhos azuis.

Os meninos voltaram para casa a pé.

— Vou pra Cincinnati quando fizer dezessete, virar um bombeiro ferroviário — disse Charlie Woodman.

— Eu tenho um tio em Nova York — disse Jim. — Vou pra lá virar tipógrafo.

Doug não perguntou aos outros. Os trens já estavam cantando e ele via os rostos deles se afastando nas plataformas de observação nos fundos, ou colados nas janelas. Um por um, passavam deslizando. E então eram os trilhos vazios e o céu de verão e ele mesmo dentro de um outro trem em outra direção.

Douglas sentiu a terra se mexendo sob os seus pés e viu suas sombras se deslocarem por sobre a grama e colorirem o ar.

Ele engoliu seco, depois soltou um berro, recuou o punho e atirou a bola que subiu assobiando pelo céu.

— O último a chegar em casa é um traseiro de rinoceronte!

Eles foram pisando forte nos trilhos, às gargalhadas, sacudindo-se no ar. Lá ia John Huff, sem nem tocar no chão. E ali vinha Douglas, tocando-o o tempo inteiro.

Eram sete horas, jantar encerrado, e os meninos iam se juntando um a um a julgar pelo som das portas de suas casas batendo e dos pais reclamando para não baterem as portas. Douglas, Tom,

Charlie e John estavam entre meia dúzia de outros e era hora de brincar de esconde-esconde e de estátua.

— Só uma partida — declarou John. — E aí eu vou pra casa. O trem parte às nove. Está com quem?

— Comigo — ofereceu-se Douglas.

— É a primeira vez que eu já vi alguém se voluntariar para isso — disse Tom.

Douglas olhou para John por um longo momento.

— Comecem a correr — gritou ele.

Os meninos se dispersaram, aos berros. John recuou, depois deu meia-volta e começou a galopar. Douglas contou devagarinho. Deixou que eles corressem para longe, se espalhassem, cada um deles separado em seu próprio mundinho. Quando já tinham pegado um bom embalo e quase desaparecido, ele respirou fundo.

— Estátua!

Todos congelaram.

Bem quietinho, Douglas foi atravessando o gramado até onde estava John Huff, como um cervo de ferro no lusco-fusco.

Ao longe, os outros rapazes estavam parados com as mãos para cima, caretas no rosto, os olhos brilhantes como esquilos empalhados.

Mas aqui estava John, sozinho e imóvel, sem ninguém correndo ou fazendo algazarra para estragar o momento.

Douglas deu a volta na estátua por um lado e deu a volta na estátua pelo outro. A estátua não se mexeu. Não falou nada. Olhava para o horizonte, com um meio sorriso na boca.

Foi assim, anos atrás em Chicago, quando eles haviam visitado aquele lugar grandão onde tinha as figuras de mármore, e ele dera a volta nelas em silêncio. Assim, aqui estava John Huff com manchas de grama nos joelhos e fundilhos, cortes nos dedos e casquinhas de machucado nos cotovelos. Aqui estava John Huff com os tênis silenciosos, os pés embainhados em silêncio. Ali estava a boca que tinha mascado muitas tortas de damasco no verão e dito muitas vezes uma coisa ou outra, baixinho, sobre a vida e o desenho da paisagem. E tinha os olhos, não cegos como de estátuas, mas preenchidos de ouro verde derretido. E tinha o cabelo escuro soprando ora para o norte, ora para o sul ou qualquer outra direção na pouca brisa que ali havia. E tinha as mãos com a cidade inteira em cima delas, poeira de estradas e lascas da casca das árvores, os dedos que tinham cheiro de cânhamo, videiras e maçãs verdes, moedas velhas ou sapos verde-pepino. Tinha as orelhas atravessadas pela luz do sol, como uma cera clara e morna de pêssego e aqui, invisível, a sua respiração mentolada no ar.

— John, ouça — disse Douglas —, não mexa nem um cílio que seja. Eu lhe comando absolutamente que permaneça aí e não se mexa durante as próximas três horas!

— Doug...

Os lábios de John se mexeram.

— Parado! — disse Douglas.

John voltou a olhar para o céu, mas agora não estava mais sorrindo.

— Eu tenho que ir — sussurrou ele.

— Nem um músculo, é parte da brincadeira!

— Preciso voltar para casa agora — disse John.

E então a estátua se mexeu, abaixou as mãos que estavam erguidas no ar e virou sua cabeça para Douglas. Os dois ficaram se entreolhando. As outras crianças estavam abaixando os braços também.

— Vamos fazer mais uma rodada — disse John —, mas desta vez está comigo. Corram!

Os meninos correram.

— Estátua!

Os meninos pararam, inclusive Douglas.

— Nem um músculo! — berrou John. — Nem um fio de cabelo!

Ele veio e se aproximou de Douglas.

— Rapaz, só assim mesmo para poder fazer isso — disse ele.

Douglas olhava para longe, no céu crepuscular.

— Estátuas: todo mundo parado, cada um de vocês, durante os próximos três minutos! — disse John.

Douglas sentiu John dando a volta ao redor dele, assim como ele mesmo fizera com John um momento atrás. Sentiu um soquinho de John no braço, não muito forte.

— Até mais — despediu-se ele.

E então se ouviu um som de corrida e ele soube, sem nem olhar, que não havia ninguém mais atrás dele agora.

Ao longe, soou o apito de um trem.

Douglas passou um minuto inteiro parado, esperando desaparecer o som dos passos apressados, mas o som não parava. Ele ainda está correndo para longe, mas não parece nem um pouco mais distante, pensou Douglas. Por que ele não para de correr?

E então se deu conta de que era apenas o som de seu coração dentro do corpo.

Pare! Ele levou a mão ao peito num sobressalto. Pare de correr! *Não gosto* desse som!

E então ele sentiu seu corpo atravessando os gramados em meio a todas as estátuas agora, sem saber se elas também estavam ganhando vida ou não. Não pareciam estar se mexendo. Ele mesmo só se mexia dos joelhos para baixo. O resto do seu corpo era de pedra fria, pesadíssima.

Subindo a varanda de sua casa, ele deu uma súbita meia-volta para olhar os gramados atrás dele.

Os gramados estavam vazios.

Uma série de disparos de fuzis. Portas teladas batendo uma atrás da outra, uma rajada crepuscular, pela rua.

Estátuas são melhores, ele pensou. São as únicas coisas que dá para deixar no gramado. Nunca deixe que elas se mexam, nunca. Depois que a gente deixa, não dá mais para fazer nada com elas.

De repente, seu punho disparou como um pistão da lateral do seu corpo e ele se sacudiu com força apontando os gramados, a rua e o crepúsculo que se acumulava. Seu rosto estava engasgado de sangue, seus olhos flamejantes.

— John! — gritou ele. — Você, John! John, você é meu inimigo, ouviu? Não é meu amigo coisa alguma! Não volte nunca mais! Vá embora, você! Inimigo, ouviu bem? É o que você é! Acabou tudo entre nós, você é pó, só isso, pó! John, está me ouvindo, John?

Como se um pavio tivesse ficado um pouco mais curto num grande lampião transparente logo além da cidade, o céu escureceu ainda mais. Ele ficou parado na varanda, com a boca esbaforida e ocupada. Seu punho ainda estava apontando direto para aquela casa do outro lado, descendo a rua. Olhou para o punho e ele se dissolveu, o mundo se dissolveu atrás dele.

Subindo as escadas, no escuro, onde ele conseguia apenas sentir o rosto, mas nada ver de si mesmo, nem mesmo os punhos, ele repetia para si, de novo e de novo, estou furioso, com raiva, odeio ele, estou furioso, com raiva, odeio ele!

Dez minutos depois, ele chegou devagar ao topo das escadas, no escuro...

* * *

— Tom — disse Douglas —, me promete só uma coisa, pode ser?

— Prometo. O que é?

— Você pode ser meu irmão e talvez eu odeie você às vezes, mas fique por perto, está bem?

— Quer dizer que você vai deixar eu seguir você e os meninos mais velhos quando saírem para passear?

— Bem... pode ser... até isso. O que eu quero dizer é não vai embora, está bem? Não deixe os carros atropelarem você, nem caia do penhasco.

— Claro que não! O que você pensa que eu *sou*, afinal?

— Porque, se acontecer o pior e nós dois ficarmos bem velhos, digamos, uns quarenta, quarenta e cinco um dia, podemos virar donos de uma mina de ouro no Oeste e ficar lá sentados fumando seda de milho e deixando a barba crescer.

— Crescer a barba! Rapaz!

— Como eu disse, só fique por perto e não deixe nada acontecer.

— Pode contar comigo — disse Tom.

— Não é com você que eu me preocupo — disse Douglas —, é com o modo como Deus gerencia o mundo.

Tom pensou nisso por um momento.

— Ele é razoável, Doug — disse Tom. — Ele *se esforça*.

Ela saiu do banheiro colocando iodo no dedo, no ponto onde quase o tinha decepado enquanto cortava um pedaço de bolo de coco. Logo nessa hora chegou o carteiro, subindo os degraus da varanda, abrindo a porta e entrando. A porta bateu. Elmira Brown deu um pulo de meio metro.

— Sam! — gritou ela, balançando o dedo iodado no ar para secar. — Ainda não me acostumei com meu marido ser carteiro.

Toda vez que você simplesmente chega entrando, quase me mata de susto!

Sam Brown ficou ali parado, com a sua bolsa de carteiro cheia até a metade, coçando a cabeça. Ele olhou para trás, para a porta, como se uma névoa tivesse entrado de repente durante uma calma e doce manhã de verão.

— Sam, você chegou em casa cedo — disse ela.

— Não posso ficar — respondeu ele, com um tom de voz intrigado.

— Desembucha, qual é o problema? — Ela se aproximou e olhou para seu rosto.

— Talvez nada, talvez um monte de coisas. Acabei de entregar correspondência para Clara Goodwater subindo a rua...

— Clara Goodwater!

— Agora, nem comece a se alvoroçar. Eram livros, da Companhia Johnson-Smith, de Racine, Wisconsin. O título de um dos livros... vejamos agora... — Ele amassou o rosto, depois desamassou. — *Alberto Magno*... é isso. *Contendo os aprovados, confirmados, compreensivos e naturais* SEGREDOS EGÍPCIOS *ou*... — Ele olhou para cima, para convocar o frontispício. — *Artes Brancas e Negras para Homens e Feras, Revelando o Conhecimento Proibido e Mistérios dos Antigos Filósofos!*

— Clara Goodwater, você diz?

— Enquanto eu caminhava, tive oportunidade de dar uma boa olhada nas páginas da frente, não há mal nenhum nisso. "Segredos Ocultos da Vida Desvelados pelo célebre Estudioso, Filósofo, Químico, Naturalista, Psicomista, Astrólogo, Alquimista, Metalúrgico, Feiticeiro e Explicador dos Mistérios dos Magos e da Bruxaria, junto com as visões recônditas de diversas Artes e Ciências, Obscuras, Evidentes, Práticas etc." Pronto! Por Deus, a minha cabeça funciona igual aquelas câmeras quadradas Brownie. Registrei as palavras todas, por mais que eu não entenda lhufas.

Elmira ficou parada olhando o seu dedo iodado, como se fosse o de um estranho apontando para ela.

— Clara Goodwater — murmurou.

— Olhou para mim bem nos olhos quando eu lhe entreguei. "Vou virar uma bruxa de primeira classe, sem dúvida. Tiro meu diploma rapidinho. Abrir meu negócio. Enfeitiçar multidões e indivíduos, jovens e velhos, grandes e pequenos." E então ela deu uma meia risada, enfiou o nariz no livro e entrou.

Elmira encarou um hematoma no seu braço e passou a língua cuidadosamente num dente frouxo em sua boca.

Uma porta bateu. Tom Spaulding, ajoelhado no gramado da frente de Elmira Brown, olhou para cima. Ele vinha vagando pela vizinhança, observando como estavam as formigas aqui e ali, e encontrara um formigueiro particularmente vistoso, com um buracão em que todos os tipos de himenópteros de coloração vermelho-fogo estavam se trombando tesourando o ar e carregando pequenos pacotes de gafanhoto morto e passarinhos infinitesimais para debaixo da terra. E então ele se deparou com outra coisa: a sra. Brown, oscilando na beirada da varanda como se tivesse acabado de descobrir que a Terra estava caindo pelo espaço a noventa e seis trilhões de quilômetros por segundo. Atrás dela estava o sr. Brown, que não sabia os quilômetros por segundo e provavelmente não se importaria se soubesse.

— Você, Tom! — disse a sra. Brown. — Preciso de apoio moral e do equivalente ao sangue do Cordeiro comigo. Venha junto!

E assim ela saiu correndo, esmagando formigas e chutando as flores de dentes-de-leão, abrindo aos trotes buracões espetados nos canteiros de flores enquanto atravessava os quintais.

Tom ficou mais um momento ajoelhado, estudando as escápulas e a espinha dorsal da sra. Brown enquanto ela desmantelava as coisas pela rua. Ele interpretou os ossos, que eram eloquentes em termos de melodrama e aventura, coisas que ele não costumava associar a mulheres, por mais que a sra. Brown tivesse os resquícios de um bigode de pirata. Um momento depois, ele a estava acompanhando.

— Sra. Brown, a senhora com certeza parece furiosa!

— Você não tem a *menor* ideia do que sou eu furiosa, menino!

— Cuidado! — gritou Tom.

A sra. Elmira Brown tropeçou num capacho de ferro em formato de cachorro que dormia deitado ali na grama verde.

— Sra. Brown!

— Está vendo? — A sra. Brown ficou sentada ali. — Clara Goodwater foi quem fez isso comigo! Magia!

— Magia?

— Deixa pra lá, rapaz. Eis os degraus. Vai lá primeiro e chute qualquer fio invisível que tiver no caminho. Toque a campainha, mas tire o dedo rápido, senão os fluidos vão queimá-lo até virar cinza!

Tom nem encostou na campainha.

— Clara Goodwater! — A sra. Brown deu um peteleco na campainha com o dedo iodado.

Ao longe, nos cômodos frescos, obscuros e vazios do casarão antigo, um sino de prata tocou e desvaneceu.

Tom ficou ouvindo. Ainda mais ao longe, dava para ouvir algo se mexendo, como um ratinho correndo. Uma sombra, talvez o esvoaçar de uma cortina, deslocando-se numa sala de visitas distante.

— Olá — disse uma voz baixinha.

E bem de repente, a sra. Goodwater estava ali, com o frescor de um tablete de hortelã, atrás da tela.

— Opa, olá, Tom, Elmira. O que...

— Não venha pra cima de mim! Viemos aqui porque você anda praticando para virar uma bruxa completa!

A sra. Goodwater sorriu.

— O seu marido não é apenas carteiro, mas também um guardião da lei. Tem um nariz que vem *até aqui*!

— Ele não olhou a correspondência de ninguém.

— Ele passa dez minutos de uma casa até a outra rindo dos cartões-postais e experimentando sapatos comprados por correspondência.

— Não é o que ele bisoiou, é o que você mesma falou pra ele desses livros aí que andou comprando.

— Foi só uma piadinha. Virar bruxa! Eu falei e plau! Lá vai Sam a galope, como se eu tivesse jogado um raio nele. Aposto que este homem deve ter um cérebro lisinho.

— Você falou da sua magia em outros lugares ontem...

— Você se refere ao Clube do Sanduíche...

— Ao qual eu enfaticamente *não* fui convidada.

— Ora, senhora, achamos que fosse seu dia da semana de ficar com sua vó.

— Sempre posso remarcar o dia da vó, é só me chamarem pros lugares.

— Só o que aconteceu no Clube do Sanduíche foi que eu fiquei sentada lá com o sanduíche de presunto e picles e falei em voz alta: "Finalmente vou tirar meu diploma de bruxa. Estou estudando faz anos!".

— Foi o que chegou até mim pelo telefone!

— Não são maravilhosas as invenções modernas? — disse a sra. Goodwater.

— Considerando que você é presidenta da Associação de Senhoras Madressilva desde a Guerra da Secessão, me parece, vou ser bem direta: você tem usado bruxaria todos esses anos para enfeitiçar as mulheres e ganhar os votos?

— Você duvida disso, dona? — disse a sra. Goodwater.

— A eleição é de novo amanhã e só o que eu quero saber é se você vai concorrer mais uma vez. Não tem vergonha na cara?

— Sim para a primeira pergunta e não para a segunda. Dona, olha só, eu comprei esses livros para o meu primo, Raoul. Ele tem só dez anos de idade e anda por aí procurando coelhos dentro de cartolas. Eu falei pra ele que a chance disso é igual à chance de encontrar miolos na cabeça de certas pessoas que eu posso citar por nome, mas é o que ele faz, por isso comprei esses presentes pra ele.

— Eu não acreditaria em você nem se jurasse numa pilha de Bíblias.

— É a verdade de Deus, em todo caso. Adoro brincar com essa coisa de bruxa. As mulheres todas choraram de rir quando expliquei meus poderes sombrios. Queria que você estivesse lá.

— Estarei amanhã para enfrentar você com uma cruz de ouro e todos os poderes do bem que eu puder arregimentar — disse Elmira. — Neste momento, me diga quantas outras tralhas de magia você tem aí na sua casa.

A sra. Goodwater apontou para uma mesinha lateral logo ao lado da porta.

— Andei comprando todo tipo de ervas mágicas. O cheiro é gozado, e elas deixam Raoul feliz. Aquele saquinho com coisas, chamam de arruda-de-tísis e essa aqui é raiz-sabisse e ali tem folhas-de-ébano; aqui tem enxofre preto e isso dizem que é pó de osso.

— Pó de osso. — Elmira deu um pulo para trás e chutou o tornozelo de Tom. Ele deu um gemido.

— E aqui tem losna e folhas de samambaia para congelar espingardas e voar como um morcego em seus sonhos, é o que diz no Capítulo x deste livrinho aqui. Acho que não faz mal pra cabeça de meninos em fase de crescimento pensar em coisas assim. Agora, pela expressão no seu rosto, você não acredita que Raoul existe. Bem, vou lhe passar o endereço dele em Springfield.

— Sim — disse Elmira —, e o dia que eu escrever para ele, você vai pegar o ônibus para Springfield e ir até o Posta-Restante dos Correios para pegar minha carta e me escrever de volta com um garrancho de menino. Eu conheço você!

— Sra. Brown, fale de uma vez... você quer ser a presidenta da Associação de Senhoras Madressilva, não é? Há dez anos que você concorre todos os anos. Você mesma se indica. E sempre acaba recebendo um *único* voto. O seu. Elmira, se as senhoras quisessem você lá, você ganharia de lavada. Mas, da minha perspectiva, de quem olha procurando chuva, não tem nem mesmo uma gotinha caindo a não ser a sua. Sabe de uma coisa, vou eu mesma indicar você e votar em você ao meio-dia amanhã, que tal?

— Estou condenada com certeza, então — disse Elmira. — No ano passado peguei um resfriado de morte pouco antes da eleição; nem consegui sair da cama para fazer a campanha de cerca em cerca. No ano anterior, quebrei a perna. Estranho demais. — Ela apertou os olhos, sombriamente, para a senhora atrás da tela. — E não é só isso. No mês passado eu cortei o dedo seis vezes, arranhei o joelho dez vezes, caí da minha varanda dos fundos duas vezes, está me ouvindo... duas vezes! Quebrei uma janela, deixei cair quatro pratos, um vaso valendo um dólar e quarenta e nove centavos na Bixby, e vou cobrar você por cada prato que eu deixar cair de agora em diante na minha casa e arredores!

— Estarei pobre até o Natal, então — lamentou-se a sra. Goodwater. Ela abriu a porta telada, saiu e a deixou bater. — Elmira Brown, quantos anos você tem?

— Provavelmente você já tem esse número em um dos seus caderninhos pretos. Tenho trinta e cinco!

— Bem, quando eu penso em trinta e cinco anos da sua vida... — A sra. Goodwater dobrou os lábios e piscou, fazendo a conta. — Isso dá uns doze mil setecentos e setenta e cinco dias. Contando três por dia, são mais ou menos umas doze mil comoções, doze mil alvoroços e doze mil calamidades. É uma vida bem plena que você leva, Elmira Brown. Vamos apertar as mãos!

— Sai daqui! — Elmira a afastou.

— Oras, dona, você só pode ser a segunda mulher mais desastrada de Green Town, Illinois. Não consegue sentar sem tocar a cadeira como um acordeão. Não consegue se levantar sem chutar um gato. Não consegue passar por uma campina aberta sem cair num poço. Sua vida tem sido uma longa decadência, Elmira Alice Brown. Por que não admitir?

— O que causou minhas calamidades não foi eu ser desastrada, mas você estar a um quilômetro e meio de mim nesses momentos em que eu derrubei uma panela de feijões ou meti o dedo na tomada elétrica em casa.

— Dona, numa cidade deste tamanho, *todo mundo* está a um quilômetro e meio de alguém em algum momento do dia.

— Você admite que estava perto de mim, então?

— Admito ter nascido aqui, sim, mas daria qualquer coisa agora para ter nascido em Kenosha ou Zion. Elmira, fale com o seu dentista e veja o que ele pode fazer a respeito dessa sua língua de cobra aí.

— Ah! — disse Elmira. — Ah, ah, ah!

— Você me levou aos limites. Eu não tinha interesse em bruxaria, mas acho que vou dar uma olhada nessas coisas. Escuta aqui! Você está invisível agora mesmo. Enquanto esteve aí parada, botei um feitiço em você. Ninguém consegue enxergá-la.

— Você não fez isso!

— Claro que fiz — admitiu a bruxa. — Eu mesma nunca nem *consegui* ver você, dona.

Elmira puxou seu espelho de bolso.

— Aqui estou eu! — Ela espiou mais de perto e se espantou. Esticou a mão para cima como quem afina uma harpa e puxou um único fio de cabelo. Ela o segurou no ar, Prova A. — Nunca tive um cabelo branco na minha vida até este segundo!

A bruxa abriu um sorriso encantador.

— Guarde num pote de água parada, vai virar uma minhoca de manhã. Ah, Elmira, dê uma boa olhada no espelho, pode ser? Todos esses anos culpando os outros pelos seus próprios pés de marreta e trejeitos avoados! Já leu Shakespeare? Tem uma rubrica lá: ALARMA E MOVIMENTO DE TROPAS. É você, Elmira. Alarma e Movimento de Tropas! Agora vá para casa antes que eu apalpe os calombos da sua cabeça e preveja sua flatulência noturna! Xispa!

Ela agitou as mãos no ar como se Elmira fosse um enxame de coisas.

— Minha nossa, como está dando mosca neste verão! — disse ela.

Foi para dentro de casa e fechou o ganchinho da porta.

— Foi traçada a linha, sra. Goodwater — disse Elmira, cruzando os braços. — Vou lhe dar uma última chance. Retire sua candidatura da Associação Madressilva ou vai ter que me encarar amanhã quando eu concorrer para o cargo e arrancá-lo de você numa luta justa. Vou levar Tom aqui comigo. Um menino bom e inocente. E o bem e a inocência vão salvar o dia.

— Eu não contaria com a minha inocência, sra. Brown — disse o menino. — Minha mãe fala que...

— Cale a boca, Tom. Quem é bom é bom. Você vai estar lá à minha direta, rapaz.

— Sim, senhora — concordou Tom.

— Isto é — retrucou Elmira —, se eu sobreviver a esta noite com essa mulher fazendo bonecos de cera de mim, enfiando agulhas enferrujadas bem no coração e na alma deles. Se você encontrar um figo enorme na minha cama, todo murcho, de manhã cedo, Tom, você vai saber quem foi que colheu a fruta na figueira. E verá a sra. Goodwater no cargo de presidenta até os seus cento e noventa e cinco anos.

— Ora, dona — disse a sra. Goodwater —, eu tenho trezentos e cinco *neste momento*. Me chamavam de *ela* nos velhos tempos. — Ela apontou com os dedos para a rua. — Abracadabra-zimmity--zam! Que *tal*?

Elmira saiu correndo da varanda.

— Amanhã! — gritou ela.

— Até amanhã, dona! — despediu-se a sra. Goodwater.

Tom seguiu Elmira, dando de ombros e chutando formigas da calçada no caminho.

Ao atravessar uma entrada da garagem, Elmira deu um berro.

— Sra. Brown! — berrou Tom.

Um carro dando a ré da garagem atropelou o dedão direito do pé de Elmira.

* * *

O PÉ DA SRA. ELMIRA BOWN doía no meio da noite, por isso ela acordou e foi até a cozinha, comeu uns pedaços de frango gelado e fez uma lista de coisas, bem-organizada e dolorosamente exata. Primeiro, as doenças do ano passado. Três resfriados, quatro casos moderados de indigestão, um ataque de inchaço, artrite, lombalgia, o que ela imaginou que fosse gota, uma tosse brônquica severa, um princípio de asma, manchas nos braços, além de um canal semicircular com abcesso que a fez ficar uns dias cambaleando feito uma mariposa bêbada, dor nas costas, cefaleia e náusea. Custo dos remédios: *noventa e oito dólares e setenta e oito centavos*.

Em segundo lugar, coisas quebradas em casa durante os últimos doze meses; dois abajures, seis vasos, dez pratos, uma terrina de sopa, duas janelas, uma cadeira, uma almofada do sofá, seis copos e um prisma de lustre de cristal. Custo total: *doze dólares e dez centavos*.

Em terceiro lugar, suas dores naquela noite mesmo. Seu dedão do pé doía de ser atropelado. Estava ruim do estômago, suas costas rígidas, as pernas pulsando de agonia. Seus olhos pareciam bolas de algodão em chamas. A língua tinha o gosto de um esfregão. As orelhas tiniam e zumbiam. O custo? Ela debatia consigo mesma a caminho da cama.

Dez mil dólares em sofrimentos pessoais.

— Tente só resolver isso fora do tribunal! — disse ela, meio em voz alta.

— Hein? — respondeu seu marido, acordado.

Ela se deitou na cama.

— Eu me recuso a morrer, simples assim.

— Como é? — perguntou ele.

— Não vou morrer! — exclamou ela, encarando o teto.

— Foi o que eu sempre falei. — O marido virou-se para roncar.

* * *

De manhã, a sra. Elmira Brown acordou cedo e foi até a biblioteca e de lá para a farmácia e de volta para casa, onde se viu ocupada misturando todo tipo de substâncias químicas quando seu marido, Sam, chegou ao meio-dia com a bolsa de carteiro vazia.

— O almoço está na geladeira.

Elmira mexia um mingau de cor verde em um copo grande.

— Meu Senhor, o que é isso? — perguntou seu marido. — Parece um milk-shake que alguém deixou uns quarenta anos embaixo do sol. Pegou algum fungo aí.

— Vou combater magia com magia.

— Você vai *tomar isso aí*?

— Logo antes de ir à Associação de Senhoras Madressilva para os grandes acontecimentos.

Samuel Brown cheirou a mistura.

— Siga meu conselho. Suba naqueles degraus primeiro, *depois* você toma. O que tem aí?

— Neve de asas de anjos, bem, mentol na verdade, para resfriar as chamas do inferno que queimam a gente, diz ali num livro que peguei da biblioteca. O sumo de uma uva fresca recém-tirada da parreira, para manter a clareza e doçura dos pensamentos diante das visões sinistras, diz lá. E também ruibarbo vermelho, creme tártaro, açúcar branco, clara de ovo, água mineral e botões de trevo com a força da boa terra dentro deles. Ah, eu poderia enumerar o dia inteiro. Está ali na lista, o bem contra o mal, o branco contra o preto. Não tem como eu perder!

— Ah, vai vencer, sim, com certeza — disse o marido. — Mas como você *vai saber*?

— Pensar bons pensamentos. Vou lá buscar Tom para ser meu amuleto.

— Coitadinho. Inocente, como você diz, e prestes a ser feito em pedacinhos, dia de regateio na Associação Madressilva.

— Tom vai sobreviver — garantiu Elmira.

Então, levando consigo sua mistura borbulhante, escondida tampada dentro de uma caixa de aveia Quaker, ela saiu pela porta, sem prender o vestido em nada, nem engatar as suas meias-calças de noventa e oito centavos. Ao se dar conta disso, ela ficou toda cheia de si enquanto ia até a casa de Tom, onde ele a esperava, usando seu terninho branco de verão, conforme as instruções dela.

— Ufa! — disse Tom. — O que a senhora tem na caixa?

— O destino — respondeu Elmira.

— Espero que sim, — Tom começou a andar umas duas passadas à frente dela.

A Associação de Senhoras Madressilva estava repleta de mulheres, todas se olhando no espelho uma da outra e puxando as saias, perguntando-se se era certeza que suas anáguas não estavam aparecendo.

Era uma da tarde quando a sra. Elmira Brown subiu os degraus com um menino de branco. Ele prendia o nariz e espremia um dos olhos de modo que não conseguia ver totalmente por onde andava. A sra. Brown olhou para a multidão e depois para a caixa de aveia Quaker, aí abriu a tampa, olhou lá dentro e se espantou, pondo a tampa de volta sem beber nada daquilo lá dentro. Ela passou pelo salão e com seu movimento havia um farfalhar como o de tafetá, enquanto todas as senhoras emitiam uma onda de sussurros atrás dela.

Ela se sentou nos fundos com Tom, e Tom parecia estar mais infeliz do que nunca. O único olho que ele tinha aberto espiou aquela multidão de senhoras e se fechou de vez. Sentada ali, Elmira tirou a poção e a bebeu devagar.

À uma e meia, a presidenta, sra. Goodwater, bateu o martelinho e todas as senhoras pararam de falar, exceto umas duas dezenas.

— Senhoras — chamou ela por cima daquele mar estival de sedas e rendas, com uma mancha aqui e ali de cinza ou branco —, é hora da votação. Antes de começarmos, no entanto, acredito que a sra. Elmira Brown, a esposa de nosso proeminente grafólogo...

Correram risadinhas pelo salão.

— O que é um grafólogo? — Elmira deu dois cutucões em Tom com o cotovelo.

— Não sei — sussurrou Tom, ferozmente, de olhos fechados, sentindo aquele cotovelo vindo do escuro na direção dele.

— ...como eu dizia, a esposa de nosso proeminente especialista em caligrafia, Samuel Brown... — Mais risadas. — ...do Serviço Postal dos EUA — continuou a sra. Goodwater. — A sra. Brown gostaria de nos dizer algumas de suas opiniões. Sra. Brown?

Elmira se levantou. Sua cadeira caiu para trás e se fechou sobre si mesma como uma armadilha de urso. Ela saltou dois centímetros no ar e se desequilibrou nos seus saltos, que estralaram, como se fossem virar pó a qualquer momento.

— Tenho muito a dizer — disse ela, segurando a caixa de aveia Quaker vazia numa das mãos, junto com uma Bíblia. Ela agarrou Tom com a outra e seguiu adiante, trombando nos cotovelos de várias pessoas e murmurando para elas: "Fiquem de olho no que estão fazendo! Cuidado aí!", até enfim chegar à plataforma, virar-se e derrubar um copo d'água, que escorreu por cima da mesa. Ela fez mais uma careta espinhosa para a sra. Goodwater quando isso aconteceu e a deixou enxugar a água com um lencinho. Depois, com um olhar secreto de triunfo, Elmira sacou o frasco vazio que continha a poção e o ergueu, para que a sra. Goodwater o visse, e sussurrou:

— Sabe o que tinha aqui? Está dentro de mim já, dona. O círculo encantado me cerca. Faca nenhuma pode cortar, machadinha nenhuma pode penetrar.

As senhoras, todas falando, não ouviram.

A sra. Goodwater assentiu e ergueu as mãos. Fez-se silêncio.

Elmira segurava forte a mão de Tom, que mantinha os olhos fechados, se encolhendo.

— Senhoras — disse Elmira. — Eu simpatizo com vocês. Sei pelo que foi que vocês passaram nos últimos dez anos. Sei o motivo de terem votado na sra. Goodwater aqui. Vocês têm meninos, meninas e homens para alimentarem. Têm orçamentos para seguir. Não poderiam se dar ao luxo de permitir que seu leite azedasse, que seu pão caísse no chão, nem que seus bolos ficassem solados que nem pneus. Não queriam caxumba, catapora, nem coqueluche na casa de vocês, tudo isso em apenas três semanas. Não queriam que o marido batesse o carro nem se eletrocutasse nos fios de alta tensão fora da cidade. Mas tudo isso acaba agora. Podem sair às claras neste momento. Chega de azia e dor na coluna, porque eu trago a boa palavra e vamos exorcizar esta bruxa que temos aqui!

Todas olharam ao redor, mas não viram bruxa alguma.

— Digo, a *presidenta* de vocês! — clamou Elmira.

— *Eu!* — A sra. Goodwater acenou para a plateia.

— Hoje — suspirou Elmira, segurando-se na mesa para se apoiar — eu fui à biblioteca. Olhei as medidas combativas. Como se livrar de gente que tira vantagem dos outros, como expulsar bruxas. E encontrei um modo de lutarmos pelos nossos direitos. Já sinto o poder crescendo em mim. Tenho comigo a magia de todo tipo de boas raízes e produtos químicos. Eu tenho comigo... — Ela fez uma pausa e oscilou. Piscou uma vez os olhos. — Tenho creme tártaro e... tenho... pilosela branca e leite que azedou à luz do luar e... — Ela parou e refletiu por um momento. Fechou a boca e um som baixinho saiu das profundezas de dentro dela, subindo até sair pelos cantos dos lábios. Ela fechou os olhos por um momento para ver onde estava a força.

— Sra. Brown, está se sentindo bem? — perguntou a sra. Goodwater.

— Estou ótima! — disse a sra. Brown, devagar. — Tenho comigo cenouras pulverizadas e raiz de salsa, cortada bem fininha, bagas de zimbro...

De novo ela parou como se uma voz tivesse dito PARE e seu olhar disparou, percorrendo todos aqueles rostos.

O salão estava começando a girar devagar, ela reparou, primeiro da esquerda para a direita, depois da direita para a esquerda.

— Raízes de alecrim e flor de ranúnculo... — disse ela, um tanto vagamente. Soltou a mão de Tom, que abriu um dos olhos e olhou para ela.

— Folhas de louro, pétalas de nastúrcio... — falou ela.

— Melhor você se sentar — disse a sra. Goodwater.

Uma das senhoras na lateral se levantou e abriu uma janela.

— Nozes secas de areca, lavanda e semente de maçã silvestre — disse a sra. Brown antes de parar. — Rápido agora, vamos votar. Precisamos votar. Eu faço a contagem.

— Sem pressa, Elmira — disse a sra. Goodwater.

— Temos pressa, sim. — Elmira respirou fundo, uma respiração trêmula. — Lembrem-se, senhoras, acabou o medo. Façam o que sempre quiseram fazer. Votem em mim e... — O salão estava se mexendo de novo, para cima e para baixo. — Honestidade no governo. Todas a favor da sra. Goodwater para presidenta digam "Eu".

— Eu — declarou o salão inteiro.

— Todas a favor da sra. Elmira Brown? — indagou Elmira com a voz fraca.

Ela engoliu.

Após um momento, ela se pronunciou, sozinha:

— Eu.

Ficou parada ali, atordoada, no tablado.

Um silêncio preencheu o salão, de parede a parede. Naquele silêncio, a sra. Elmira Brown emitiu um som de coaxo. Levou uma das mãos à garganta. Virou-se e olhou vagamente para a sra. Goodwater, que agora muito casualmente tirava de sua bolsa uma pequena boneca de cera, na qual havia diversas tachinhas enferrujadas.

— Tom — disse Elmira —, me leve até o banheiro das damas.

— Sim, senhora.

Os dois saíram caminhando, depois apressaram o passo e então saíram correndo. Elmira corria à frente, atravessando a multidão, passando pelo corredor central... Ela chegou à porta e virou à esquerda.

— Não, Elmira, para a direita, a direita! — gritou a sra. Goodwater.

Elmira virou à esquerda e desapareceu.

Fez-se um som como o de uma carga numa calha de carvão.

— Elmira!

As senhoras saíram correndo. Pareciam um time de basquete feminino, todas trombando entre si.

Só a sra. Goodwater seguiu em linha reta.

Encontrou Tom com as mãos agarradas aos balaústres, olhando para baixo na escada.

— Quarenta degraus! — gemeu ele. — Quarenta degraus até o chão!

Mais tarde, e durante meses e anos após o ocorrido, circularam histórias de como uma inebriada Elmira Brown lidou com aqueles degraus, tocando cada um deles em seu longo caminho escada abaixo. Contava-se que, quando ela começou a cair, estava inconsciente de tanto passar mal e isso teria deixado seu esqueleto feito borracha, de modo que ela meio que rolou em vez de ricochetear. Aterrissou na base da escada, piscando os olhos e sentindo-se melhor, tendo deixado por todo o caminho o que quer que fosse que a havia feito passar mal. Verdade que ela ficou tão cheia de roxos que parecia uma mulher tatuada. Mas não, não distendeu nem um dos pulsos, nem torceu o tornozelo. Por uns três dias ela ficou com a cabeça numa inclinação estranha, meio que espiando de canto de olho em vez de se virar para olhar. Mas o importante foi a sra. Goodwater, na base da escada, apoiando a cabeça de Elmira no seu colo e derramando lágrimas em cima dela, enquanto as senhoras se reuniam ao seu redor, histéricas.

— Elmira, eu prometo, Elmira, eu prometo que se você apenas sobreviver, se não morrer, está me ouvindo, Elmira, escute! Vou usar minha magia só para o bem de agora em diante. Chega de magia oculta, é só magia boa agora. O resto da sua vida, se o que eu quero der certo, acabou isso de tropeçar nos cães de ferro, tropeçar nas soleiras, cortar os dedos ou tombar das escadas! Serão os Campos Elíseos, Elmira, os Campos Elíseos, prometo! É só você sobreviver! Olha, estou tirando as tachinhas da boneca! Elmira, fale comigo! Fale comigo e sente-se direito! E suba as escadas para votarmos de novo. Será presidenta, prometo, presidenta da Associação de Senhoras Madressilva, por aclamação, não é, senhoras?

Com tudo isso, as senhoras choraram tanto que precisaram se inclinar uma no ombro da outra.

Tom, no andar de cima, achou que era sinal de que ela tinha morrido lá embaixo.

Estava a meio caminho da descida quando cruzou com elas subindo de volta, parecendo que tinham saído de uma explosão de dinamite.

— Saia da frente, menino!

Primeiro veio a sra. Goodwater, rindo e chorando.

Depois veio a sra. Elmira Brown, fazendo o mesmo.

E depois das duas, vieram todas as cento e vinte e três participantes da associação, sem saber se haviam acabado de voltar de um velório ou se estavam a caminho de um baile.

Ele observou enquanto elas passavam e fez que não com a cabeça.

— Não precisam mais de mim — disse ele. — Não precisam mesmo.

Por isso, ele foi descendo as escadas na ponta do pé antes que alguém sentisse falta dele, agarrando-se firme ao corrimão o caminho todo.

— No fim das contas — disse Tom —, foi isso tudo que aconteceu, em resumo. As senhoras continuaram naquela loucura. Todas ficaram lá assoando o nariz. Elmira Brown sentada na base da escadaria, sem ter quebrado nada, seus ossos eram de gelatina, eu suspeito, e a bruxa chorando de soluçar no ombro dela, e aí todas subiram as escadas rindo, de repente. Chorando, vai entender. Eu saí de lá rapidinho!

Tom desabotoou a camisa e tirou a gravata.

— Magia, você diz? — perguntou Douglas.

— Magia de todo jeito que você puder imaginar.

— E você acredita?

— Acredito, sim, e não acredito, não.

— Rapaz, esta cidade é cheia de coisa! — Douglas fitava o horizonte, onde as nuvens preenchiam o céu com formas imensas de antigos deuses e guerreiros. — Feitiços e bonecas de cera, agulhas e elixires, você disse?

— Não foi tanto um elixir, mas deu um belo vômito. Blearghh! Eca! — Tom segurou a barriga e botou a língua para fora.

— Bruxas... — disse Douglas. Ele apertou os olhos, misteriosamente.

E ENTÃO HÁ AQUELE DIA EM QUE, por toda parte, toda parte, dá para ouvir as maçãs caindo, uma por uma, das árvores. A princípio tem uma aqui e outra ali, depois são três e aí quatro, depois nove e aí vinte, até as maçãs despencarem que nem chuva, caindo como cascos de cavalo na grama macia e obscurecida, e você é a última maçã da árvore; e fica esperando o vento soltar devagar a garra com a qual você se prende ao céu e deixá-lo cair, lá, lá embaixo. Muito antes de bater na grama, você já terá esquecido que um dia houve uma árvore, ou outras maçãs, ou verão, ou a grama verde abaixo. Vai cair na escuridão...

— Não!

O coronel Freeleigh abriu os olhos rapidamente e se sentou ereto em sua cadeira de rodas. Fez um movimento brusco com a mão gelada a fim de encontrar o telefone. Ainda estava lá! Ele o pressionou com força contra o peito por um momento, piscando os olhos.

— Não gosto desse sonho — disse ele para o quarto vazio.

Enfim, com os dedos trêmulos, ele ergueu o fone e ligou para a telefonista de longa distância, passou-lhe um número e esperou, observando a porta do quarto como se, a qualquer momento, uma praga de filhos, filhas, netos, enfermeiras, médicos pudesse chegar num enxame para tomar este último luxo vital que ele permitia aos seus sentidos cada vez mais debilitados. Muitos dias atrás, ou será que haviam sido anos, quando seu coração estocara como uma adaga através de suas costelas e carne, ele ouvira os meninos lá embaixo... seus nomes, como eram? Charles, Charlie, Chuck, isso! E Douglas! E Tom! Ele se lembrava! Chamando seu nome lá do fim do corredor, mas a porta estando trancada na cara deles, se viraram e foram embora. O senhor não pode sentir emoções fortes, dissera o médico. Nada de visitas, nada de visitas, nada de visitas. E ele ouviu os meninos atravessarem a rua, ele os viu, acenou. E eles acenaram de volta. "Coronel... coronel..." E agora ele estava sentado sozinho, com aquele sapinho cinzento que era seu coração batendo-se debilmente aqui ou ali em seu peito de tempos em tempos.

— Coronel Freeleigh — disse a telefonista. — Aqui está sua ligação. Cidade do México. Erickson 3899.

E agora a voz distante, porém infinitamente nítida:

— *Bueno*.

— Jorge! — clamou o velho.

— *Señor* Freeleigh! De novo? Isso sai caro.

— Deixe que saia! Você sabe o que fazer.

— *Sí*. A janela?

— A janela, Jorge, por favor.

— Um momento — disse a voz.

E, a milhares de quilômetros de distância, num lugar ao sul, dentro de um escritório em um prédio naquele lugar, houve o som de passos se afastando do telefone. O velho se inclinou, agarrando o fone com força contra a sua orelha enrugada que doía enquanto esperava o próximo ruído.

Uma janela se erguendo.

Ah, suspirou o velho.

Os sons da Cidade do México na hora do almoço, quente e amarelada, subiram e adentraram a janela aberta e o fone que aguardava. Ele podia ver Jorge parado ali com o transmissor estendido, debaixo daquele dia radiante.

— *Señor*...

— Não, não, por favor. Me deixe *escutar*.

Ele ouviu o fonfom de muitas buzinas metálicas, o chiado de freios, os chamados dos vendedores que ofereciam bananas vermelho-arroxeadas e laranjas da selva em suas barracas. Os pés do coronel Freeleigh começaram a se mexer, pendurados na beirada da cadeira de rodas, com os movimentos de alguém andando. Apertou bem os olhos. Deu uma série de fungadas imensas, como se para sentir o cheiro das carnes penduradas nos ganchos de ferro debaixo do sol, cobertas de moscas como uma capa de uvas-passas; o cheiro das alamedas de pedra úmidas com a chuva matinal. Dava para sentir o sol queimar a sua bochecha espetada de fios de barba, e ele tinha vinte e cinco anos de novo, andando, andando, observando e sorrindo, feliz por estar vivo, muitíssimo alerta, absorvendo as cores e cheiros.

Uma batida à porta. Rapidamente ele escondeu o telefone sob seu cobertor de colo.

Uma enfermeira entrou.

— Olá — disse ela. — O senhor se comportou?

— Sim.

A voz do velho era mecânica. Mal conseguia enxergar. O choque de uma simples batida à porta foi tamanho que uma parte dele ainda estava em outra cidade, muito ao longe. Esperou até a sua mente voltar correndo para casa — ela precisava estar ali para responder às perguntas, se comportar como se estivesse sã e ser educada.

— Eu vim conferir seus batimentos.

— Agora não! — disse o velho.

— Você não vai a lugar nenhum, vai? — Ela sorriu.

Ele olhou para a enfermeira fixamente. Fazia dez anos que não ia a lugar nenhum.

— Me dê o seu pulso.

Os dedos dela, duros e precisos, procuraram a moléstia em seus batimentos, como um compasso de calibre.

— O que o senhor andou fazendo para ter *emoções fortes*? — ela quis saber.

— Nada.

O olhar dela se desviou até parar sobre a mesinha telefônica vazia. Naquele instante veio o som vago de uma buzina, a três mil quilômetros de distância.

Ela pegou o fone de debaixo do cobertor de colo e o segurou diante do rosto dele.

— Por que o senhor faz isso consigo mesmo? Me prometeu que não ia fazer isso. Foi assim que o senhor se machucou, para começo de conversa, não foi? Muitas emoções fortes, muito falatório. Esses meninos aqui em cima fazendo algazarra...

— Eles se sentaram quietinhos e ficaram ouvindo — disse o coronel. — E eu lhes contei coisas de que eles nunca tinham ouvido falar. Os búfalos, eu contei para eles, os bisões. Valeu a pena. Eu não me importo. Estava em pura febre, estava vivo. Não importa se estar tão vivo pode matar um homem; é de longe melhor experimentar essa febre ligeira toda santa vez. Agora me passe o telefone. Se não quer deixar os meninos virem aqui e se sentarem com educação, eu posso pelo menos conversar com alguém de fora do quarto.

— Sinto muito, coronel. Vamos ter que avisar seu neto. Eu não deixei que ele tirasse o telefone na semana passada. Agora parece que vou ter que deixar.

— Esta é *minha* casa, meu telefone. Eu pago o seu salário! — disse ele.

— Para ajudar o senhor a melhorar, a não sentir emoções fortes. — Ela o conduziu na cadeira até o outro lado do quarto. — Agora já pra cama, jovenzinho!

Da cama ele olhou de volta para o telefone e não parou de olhar.

— Eu vou à loja por uns minutos — disse a enfermeira. — Só para garantir que o senhor não vai usar o telefone de novo, vou esconder a cadeira de rodas no corredor.

Ela saiu com a cadeira pela porta. Na entrada do andar inferior, ele a ouviu parar e discar na extensão.

Será que estava ligando para a Cidade do México?, ele se perguntou. Ela não ousaria!

A porta da frente se fechou.

Ele pensou naquela última semana ali, sozinho, no seu quarto, e os chamados secretos e narcóticos atravessando continentes, um istmo, países selvagens inteiros de floresta tropical, planaltos de orquídeas azuis, lagos e colinas... falando... falando... com Buenos Aires... e... Lima... Rio de Janeiro...

Ele se levantou em sua cama fresca. Amanhã não teria mais telefone! Que homem avarento e insensato ele fora! Botou suas perninhas quebradiças de marfim para fora da cama, admirado com o quanto estavam dessecadas. Pareciam coisas que alguém amarrara ao seu corpo enquanto ele dormia certa noite, enquanto suas pernas da juventude eram removidas e incineradas na fornalha do porão. Ao longo dos anos, haviam destruído tudo dele, removendo suas mãos, braços e pernas, oferecendo no lugar substitutos tão delicados e inúteis quanto peças de xadrez. E agora estavam mexendo com algo ainda mais intangível — sua memória; estavam tentando cortar os fios que o levavam de volta a outra época.

Atravessou o quarto numa passada acelerada e trôpega. Apanhando o telefone, ele o levou consigo enquanto escorregava pela parede para sentar no chão. Conseguiu entrar em contato com a telefonista de longa distância, com o coração explodindo dentro de si, cada vez mais e mais rápido, um breu em seus olhos.

— Rápido, rápido!

Ele esperou.

— *Bueno*?

— Jorge, interromperam a gente.

— *Señor*, melhor não me ligar de novo — disse a voz longínqua. — Sua enfermeira falou comigo. Disse que está muito doente. Devo desligar.

— Não, Jorge! Por favor! — implorou o velho. — Uma última vez, me escute. Vão tirar o telefone de mim amanhã. Nunca mais vou poder ligar para você.

Jorge não disse nada.

O velho continuou:

— Pelo amor de Deus, Jorge! Pela amizade, então, pelos velhos tempos! Você não sabe o que isso quer dizer para mim. Você tem a minha idade, mas consegue *se mexer*! Eu não consigo ir a lugar algum faz dez anos.

Ele deixou cair o fone e teve dificuldade em apanhá-lo outra vez, tamanha a dor em seu peito.

— Jorge! Você *ainda* está aí, não está?

— Será a última vez? — disse Jorge.

— Prometo!

O fone foi depositado sobre uma mesa, a milhares de quilômetros de distância. Mais uma vez, com aquela familiaridade nítida, os passos, a pausa e enfim a janela sendo erguida.

— *Escute* — sussurrou o velho para si mesmo.

E ele ouviu mil pessoas sob uma outra luz solar e o retinir distante de um realejo tocando "La marimba" — ah, uma linda canção dançante.

Com os olhos bem fechados, o velho ergueu a mão, como se fosse clicar fotos de uma velha catedral, e seu corpo estava mais pesado de carne, mais jovem, e ele sentia o asfalto quente sob os pés.

Queria dizer: "Vocês ainda estão aí, não estão? Todos vocês nessa cidade nessa primeira hora da *siesta*, as lojas fechando, os menininhos bradando *loteria nacional para hoy*! para vender os bilhetes. Vocês estão todos aí, as pessoas da cidade. Não acredito que um dia estive entre vocês. Quando se está longe de uma cidade, ela vira uma fantasia. Qualquer cidade, Nova York, Chicago, com a sua gente, se torna improvável com a distância. Assim como eu estou improvável aqui, em Illinois, numa cidadezinha às margens de um lago plácido. Todos nós improváveis um ao outro porque não estamos presentes um para o outro. E é tão bom ouvir os sons e saber que a Cidade do México ainda está aí e as pessoas zanzando e vivendo…".

Ele se sentou com o fone apertado no ouvido.

E enfim, o mais nítido, mais improvável de todos os sons: som de um bondinho verde contornando a esquina, um bonde pesado de uma gente linda, parda e estrangeira, e o som de outras pessoas correndo e chamando em triunfo enquanto saltavam e subiam a bordo, desaparecendo ao dar a volta numa esquina sobre os trilhos guinchantes, levadas embora naquela distância escaldada pelo sol, deixando somente o ruído das *tortillas* fritando no fogão dos mercados, ou será que era apenas o perpétuo subir e descer de um zumbir e queimar da estática estremecendo ao longo de três mil quilômetros de fios de cobre…

O velho se sentou no chão

O tempo passou.

Uma porta do andar inferior se abriu devagar. Passos leves entraram, hesitaram e depois se arriscaram em subir a escada. Vozes murmuraram:

— Não devíamos estar aqui!

— Ele me ligou, eu falei pra você. Ele precisa de visitas com urgência. Não podemos decepcioná-lo.

— Ele está doente!

— Claro! Mas disse para virmos quando a enfermeira estivesse na rua. Vamos ficar só um segundo, dar um oi e…

A porta para o quarto se escancarou. Os três meninos ficaram parados olhando para o velho sentado no chão lá dentro.

— Coronel Freeleigh? — chamou Douglas, com a voz baixa.

Havia algo em seu silêncio que fez com que todos se calassem.

Eles se aproximaram, quase na ponta dos pés.

Douglas, abaixando-se, tirou o fone dos dedos já bem gelados do velho. Douglas o levou ao próprio ouvido e ficou escutando. Por cima da estática, pôde ouvir um som estranho, distante e derradeiro.

A três mil quilômetros de lá, fechava-se uma janela.

— Bum! — disse Tom. — Bum. Bum. Bum.

Ele estava sentado sobre o canhão da Guerra da Secessão na praça do fórum. Douglas, diante do canhão, levou a mão em garra ao coração e caiu em cima da grama. Mas não se levantou; ficou lá deitado, apenas, com uma expressão pensativa no olhar.

— Parece que você que vai pegar o velho lápis a qualquer momento agora — disse Tom.

— Me deixe pensar! — disse Douglas, olhando o canhão. Ele rolou para o lado e encarou o céu e as árvores acima de si. — Tom, acabou de me ocorrer.

— O quê?

— Ontem morreu Ching Ling Soo. Ontem acabou a Guerra da Secessão bem aqui nesta cidade, para sempre. Ontem o sr. Lincoln morreu bem aqui e junto com ele o general Lee e o general Grant e cem outros nas frentes norte e sul. E ontem de tarde na casa do coronel Freeleigh, uma manada de bisões-búfalos do tamanho de toda a Green Town, Illinois, caiu num precipício rumo ao absoluto nada. Ontem, um monte de poeira baixou de vez. E eu nem pude dar valor na hora. É horrível, Tom, é horrível! O que vamos fazer sem todos aqueles soldados e os generais Lee e Grant e o Abe Honesto; o que vamos fazer sem Ching Ling Soo? Nunca nem sonhei que tanta gente pudesse morrer assim de uma vez, Tom. Mas morreram. Morreram, com certeza!

Tom estava sentado de perna aberta no canhão, olhando para o irmão enquanto sua voz ia minguando.

— Seu bloco de notas está com você?

Douglas fez que não com a cabeça.

— Melhor ir pra casa e anotar tudo isso antes que esqueça. Não é todo dia que metade da população do mundo lhe bate as botas.

Douglas sentou-se ereto e depois ficou em pé. Ele atravessou o gramado do fórum, devagar, mascando o lábio inferior.

— Bum — disse Tom com a voz baixa. — Bum. Bum!

Depois ergueu a voz:

— Doug! Eu já matei você três vezes enquanto atravessava o gramado! Doug, está me ouvindo? Ei, Doug! Certo. Que bom pra você. — Ele se deitou sobre o canhão e fez mira ao longo do cano carcomido. Apertou um dos olhos. — Bum! — sussurrou ele para a figura que ia diminuindo à sua frente. — Bum!

— Pronto!

— Vinte e nove!

— Pronto!

— Trinta!

— Pronto!

— Trinta e um!

A alavanca descia. As tampinhas, espremidas sobre o topo das garrafas cheias, reluziam numa cor amarela forte. O vô entregou a Douglas a última garrafa.

— Segunda colheita do verão. Junho já está na prateleira. Aqui está julho. Agora, só falta agosto, logo ali.

Douglas ergueu a garrafa quentinha de licor de dente-de-leão, mas não a guardou na prateleira. Ele viu as outras garrafas enumeradas esperando ali, todas iguais, sem qualquer diferença entre si, todas de cores claras, todas regulares, todas autocontidas.

Ali está o dia em que descobri que estava vivo, pensou, mas por que ela não é mais clara que as outras?

Ali está o dia em que John Huff caiu dos confins da Terra, desapareceu; por que não é mais escura que as outras?

Cadê, cadê todos os cães de verão que saltam como golfinhos nas marés de tranças feitas e desfeitas pelo vento, as marés de quê? Cadê o cheiro de tempestade da Máquina Verde ou do bonde? Será que o licor se lembrava? Não lembrava! Ou parecia não lembrar, em todo caso.

Em algum lugar, dissera um livro certa vez, todos os ditados que já haviam sido ditos, todas as canções que já haviam sido cantadas ainda viviam, ainda vibravam lá fora no espaço, e se desse para viajar até a distante Centauri você poderia ouvir George Washington falando enquanto dorme ou César surpreso com a facada nas costas. Mas isso quanto aos sons. E quanto à luz, então? Todas as coisas, uma vez vistas, não morriam simplesmente, isso não *era possível*. Devia ser assim que, em algum lugar, vasculhando o mundo, talvez nas gotejantes colmeias multialveolares onde a luz era uma resina cor de âmbar armazenada por abelhas acesas de pólen ou nas trinta mil lentes do crânio cravejado de uma libélula vespertina daria para encontrar todas as cores e visões do mundo em qualquer ano que tivesse se passado. Ou pingasse uma única gota desse licor de dente-de-leão debaixo do microscópio e talvez o mundo inteiro do 4 de Julho estouraria em fogos de artifício como chuvas do Vesúvio. Ele precisaria crer nisso.

E, no entanto... olhando ali aquela garrafa que sinalizava pelo seu número o dia em que o coronel Freeleigh havia tropeçado e caído para sete palmos embaixo da terra, Douglas não conseguia encontrar nem mesmo um grama de sedimento obscuro, nem um pontinho daquela grande poeira enfarinhada dos búfalos, nem um floco de enxofre das armas em Shiloh...

— Agosto está logo ali — disse Douglas. — Com certeza. Mas do jeito que as coisas estão indo, não vai ter mais máquinas, nem amigos, e só uma miserinha de dentes-de-leão para a última colheita.

— Só desgraça. Só desgraça. Você parece um sino de velório repicando — disse o vô. — Falar essas coisas é pior que praguejar. Não vou lavar sua boca com sabão, contudo. A receita é um dedal cheio de licor de dente-de-leão. Aqui, agora, bote pra dentro. Tem gosto de quê?

— Sou um engolidor de fogo! Tchuuuf!

— Agora suba lá, dê três voltas ao redor do quarteirão, cinco cambalhotas, seis flexões, suba em duas árvores e você será um concertino em vez de uma carpideira. Vai lá!

A caminho, enquanto corria, Douglas pensou: *quatro* flexões, *uma* árvore, *duas* cambalhotas e já *basta*!

E LÁ FORA, no meio do primeiro dia de agosto, tendo acabado de entrar em seu carro, estava Bill Forrester, que gritou que estava indo ao centro para tomar algum sorvete extraordinário ou outro, e será que tinha alguém para ir com ele? Assim, nem cinco minutos depois, tendo se agitado e se animado até seu humor melhorar, Douglas se viu entrando no carro, recém-saído das calçadas escaldantes, e passou pela gruta com o ar cheirando a refrigerante, pelo frescor abaunilhado da seção de farmácia, para se sentar ao balcão de mármore branco como a neve, ao lado de Bill Forrester. Os dois então pediram um recital dos sabores mais incomuns de sorvete e quando o atendente falou:

— Tem de baunilha com limão à moda antiga...

— É esse! — disse Bill Forrester.

— Sim, senhor! — disse Douglas.

E, enquanto esperavam, os dois ficaram rodando devagar em seus banquinhos giratórios. As torneirinhas de prata, os espelhos reluzentes, o redemoinho calado dos ventiladores de teto, as cortinas verdes nas janelinhas, as cadeiras de arame, tudo passava sob o olhar rotatório dos dois. Pararam de girar. Seus olhos haviam caído sobre o rosto e silhueta da senhorita Helen Loomis, de noventa e cinco anos de idade, com a colher de sorvete na mão e sorvete na boca.

— Jovem — disse ela a Bill Forrester —, você é um rapaz de bom gosto e imaginação. Além disso, tem a força de vontade de dez homens; do contrário não ousaria se desviar dos sabores comuns listados no cardápio e pediria, na lata, sem hesitação ou ressalvas, uma coisa tão desconhecida quanto sorvete de baunilha com limão.

Ele fez uma reverência solene com a cabeça na direção dela.

— Sentem-se comigo, vocês dois — disse ela. — Vamos conversar sobre sorvetes estranhos e outras coisas pelas quais temos gosto. Não tenham medo; eu pago a conta.

Sorrindo, eles levaram seus copinhos até a mesa dela e se sentaram.

— Você tem a cara de um Spaulding — disse ela ao rapaz. — Tem a cabeça do seu avô. E você, você é William Forrester. Escreve para o *Chronicle*, uma coluna bem decente. Já ouvi mais coisas a seu respeito do que me apeteceria contar.

— Eu a conheço. A senhorita é Helen Loomis. — Bill Forrester hesitou, depois prosseguiu. — Já fui apaixonado pela senhorita uma vez — afirmou ele.

— É assim que eu gosto de quebrar o gelo numa conversa. — Ela escavava seu sorvete em silêncio. — Isso já é motivo suficiente para um outro encontro. Não... não me diga onde ou quando ou como você foi apaixonado por mim. Vamos guardar para a próxima ocasião. Já perdi o apetite com esse seu papo. Olha só! Bem, preciso voltar para casa, em todo caso. Já que você é repórter, venha tomar um chá amanhã, entre às três e às quatro; é bem possível que eu consiga esboçar, para você, a história toda desta cidade, já que era um posto comercial. E aí nós dois teremos algo para distrair nossas curiosidades, sr. Forrester. Você me lembra um cavalheiro com quem eu saí, uns setenta, isso, setenta anos atrás.

Ela estava sentada de frente para eles e era como conversar com uma mariposa trêmula, grisalha e perdida. A voz vinha de algum lugar distante no interior da velhice e da grisalhice, embrulhada nos pós de flores prensadas e borboletas antigas.

— Bem. — Ela se levantou. — Você vem amanhã?

— Com certeza vou — disse Bill Forrester.

E assim ela partiu na direção da cidade atrás de seus afazeres, deixando o menino e o jovem rapaz ali, olhando na direção dela, terminando seus sorvetes devagar.

William Forrester passou a manhã seguinte conferindo umas notícias locais para o jornal, teve tempo depois do almoço para dar uma pescada no rio que ficava logo na saída da cidade, onde pegou apenas alguns peixinhos que jogou, feliz, de volta na água. Sem pensar ou pelo menos sem reparar que estava pensando nisso, às três da tarde ele viu que seu carro o conduzia até uma certa rua. Ele observou interessado que suas mãos viravam o volante e o dirigiam até uma vasta entrada circular para carros, onde parou sob uma marquise coberta de trepadeiras. Saindo do carro, sentiu vergonha do fato de que o seu carro era como o seu cachimbo — velho, todo mascado e malcuidado dentro daquele imenso jardim verdejante ao lado da casa vitoriana de três andares, recém-pintada. Ele viu um vago movimento como o de um fantasma do outro lado do jardim e ouviu uma voz sussurrada chamando-o, então viu que a srta. Loomis estava lá, distante no tempo e no espaço, sentada sozinha, com o conjunto de chá cintilando suas lisas superfícies prateadas, à sua espera.

— Esta é a primeira vez que uma mulher está pronta e à minha espera — disse ele, aproximando-se. — É também — confessou — a primeira vez na minha vida que eu chego na hora para um compromisso.

— Por que isso? — perguntou ela, recostada na cadeira de vime.

— Não sei — admitiu ele.

— Bem. — Ela começou a servir o chá. — Para começo de conversa, o que você pensa do mundo?

— Não sei de nada.

— O começo da sabedoria, dizem. Quando se tem dezessete anos, a gente sabe de tudo. Aos *vinte e sete*, se você *ainda* sabe de tudo, você nunca saiu dos dezessete.

— Você parece ter aprendido muita coisa ao longo dos anos.

— É um privilégio dos velhos parecer saber tudo. Mas é uma encenação, uma máscara, como toda outra encenação e máscara. Cá entre nós, a gente que é velho sempre dá uma piscadinha um para o outro, com um sorriso, e diz: Que tal a *minha* máscara, *minha* encenação, *minha* certeza? A vida não é uma peça? E eu não a enceno muito bem?

Os dois deram uma risada contida. Ele se recostou e deixou que a risada saísse naturalmente da boca pela primeira vez em tantos meses. Quando se aquietaram, ela segurou a xícara de chá nas duas mãos e olhou para dentro.

— Sabe, demos sorte de termos demorado para nos conhecer. Eu não iria querer que você me conhecesse quando eu tinha vinte e um anos e era toda boba.

— Tem leis especiais para lidar com moças bonitas de vinte e um anos.

— Então você acha que eu era bonita?

Ele fez que sim, de modo bem-humorado.

— Mas como sabe? — perguntou ela. — Quando você se depara com um dragão que comeu um cisne, dá para adivinhar pelas poucas penas que restaram na boca? É isso que isso é... um corpo desses é um dragão, só escama e ruga. Então, o dragão comeu o cisne branco. Não o vejo faz anos. Nem lembro como era sua cara. Mas eu o *sinto*. Ele está a salvo lá dentro, ainda vivo; o cisne essencial não mudou nem uma pluma. Sabe, tem certas manhãs, na primavera ou no outono, em que eu acordo e penso: Vou correr pelos campos até o mato e colher morangos silvestres! Ou vou nadar no lago ou vou dançar a noite inteira até amanhecer! E então, encolerizada, me deparo com este dragão velho e caquético. Sou a princesa na torre arruinada, sem saída, esperando o seu Príncipe Encantado.

— Você devia ter escrito livros.

— Meu caro rapaz, mas eu *escrevi sim*. O que mais resta para uma velha senhora? Eu fui uma criatura louca com a cabeça cheia de lantejoulas de carnaval até os meus trinta, e então o único homem de quem eu já gostei de verdade parou de esperar e se casou com outra mulher. Por isso, por despeito, por raiva de mim, eu disse a mim mesma que merecia o meu destino por não ter me casado quando a melhor opção estava disponível. Comecei a viajar. Minha bagagem ficou soterrada por uma tempestade de adesivos de viagem. Estive sozinha em Paris, sozinha em Viena, sozinha em Londres e, no geral, é tudo muito parecido a estar sozinha em Green Town, Illinois. É estar sozinha, em essência. Ah, você tem muito tempo para pensar, melhorar as suas maneiras, afiar as conversas. Mas penso às vezes que eu trocaria, fácil, fácil, um tempo verbal ou uma reverência por uma companhia que pudesse ficar durante um fim de semana de trinta anos.

Os dois beberam seus chás.

— Ai, que vergonha esse acesso de autopiedade — disse ela, bem-humorada. — E você agora? Tem trinta e um e ainda não se casou?

— Deixe-me colocar nesses termos — disse ele. — Mulheres que se comportam e pensam e falam que nem você são uma raridade.

— Nossa — falou ela, a sério —, você não deve esperar que as mulheres jovens falem como eu falo. Isso vem depois. São muito jovens, primeiro de tudo. E, em segundo lugar, o homem mediano sai correndo em pânico no momento em que encontra uma mulher que pareça ter cérebro. E você já deve provavelmente ter conhecido algumas cabeçudas que conseguiram esconder esse fato de você. Tem que fuçar bem por aí para encontrar essa peça rara. Olhar embaixo das tábuas.

Os dois estavam rindo de novo.

— Provavelmente vou virar um solteirão cheio de manias — confessou ele.

— Não, não, melhor não fazer isso. Não seria certo. Você nem deveria estar aqui nesta tarde. Esta é uma rua que termina numa pirâmide egípcia e só. Pirâmides são todas muito interessantes, mas múmias não são companhias das mais dignas. Aonde você gostaria de ir? O que gostaria de fazer de verdade com a sua vida?

— Ver Istambul, Port Said, Nairóbi, Budapeste. Escrever um livro. Fumar mais cigarros do que devia. Cair de um penhasco, mas ficar preso numa árvore durante a queda. Tomar uns tiros de madrugada num beco escuro do Marrocos. Amar uma linda mulher.

— Bem, não acho que eu possa oferecer essas coisas todas. Mas sou viajada e posso lhe contar a respeito de muitos desses lugares. E se você atravessar o meu gramado hoje à noite, lá pelas onze, e eu estiver acordada ainda, posso atirar em você com meu mosquete do tempo da Guerra da Secessão. Será que serve para satisfazer essa sua sede masculina de aventura?

— Seria ótimo.

— E aonde gostaria de ir primeiro? Posso levar você até lá, sabe. Sei fazer encantamentos. É só dizer. Londres? Cairo? Cairo faz o seu rosto se iluminar como uma lâmpada. Então vamos para o Cairo. Agora, só relaxe. Coloque um pouco desse seu bom tabaco no seu cachimbo e relaxe.

Ele se recostou, acendeu o cachimbo, com um meio sorriso, relaxando e ouvindo, e ela começou a falar.

— O Cairo… — disse ela.

A HORA PASSOU ENTRE AS JOIAS, os becos e os ventos do deserto egípcio. O sol era dourado e o Nilo era lamacento onde desembocava nos deltas, e havia alguém muito jovem e muito ligeira no topo da pirâmide, chamando para que ele subisse pelo lado à sombra, rumo ao sol, e ele foi subindo, ela dando a mão para ajudá-lo a subir o último degrau, e lá estavam eles, rindo, montados nas costas de um camelo, trotando na direção do grande corpo estendido da Esfinge, e tarde da noite, no quarteirão nativo, havia o tilintar de martelinhos em bronze e prata, com a música de instrumentos de corda sumindo e sumindo e sumindo...

William Forrester abriu os olhos. A srta. Helen Loomis havia concluído sua aventura e estavam em casa de novo, bastante familiarizados um com o outro, em ótimos termos, no jardim, com o chá frio dentro do bule de prata, os biscoitos ressecados sob o sol vespertino. Ele suspirou, espreguiçou-se e suspirou outra vez.

— Nunca fiquei tão confortável em toda minha vida.

— Nem eu.

— Eu a incomodei demais. Deveria ter ido já faz uma hora.

— Você sabe que eu adorei cada minuto. Mas o que é que você enxerga numa velha boba dessas...

Ele se recostou na cadeira e deixou os olhos semicerrados, olhando para ela. Apertou os olhos, de modo a entrar apenas o menor filamento de luz pelas pálpebras. Foi inclinando a cabeça de leve para um lado, depois o outro.

— O que está fazendo? — perguntou ela, desconfortável.

Ele não disse nada, mas continuou olhando.

— Acertando isso direitinho — murmurou ele —, dá para ajustar, fazer umas concessões...

Ele pensava para si mesmo: dá para apagar umas linhas, ajustar o fator temporal, fazer correr de volta os anos.

De repente, ele se espantou.

— O que foi? — quis saber ela.

Mas já tinha escapado. Ele abriu os olhos para flagrá-lo. Foi um erro. Devia ter continuado recostado, ocioso, apagando, com os olhos delicadamente semicerrados.

— Por um momento eu o vi.

— Viu o quê?

— O cisne, claro — pensou. Sua boca deve ter feito uma pantomima das palavras.

No instante seguinte, ela estava sentada com a coluna muito reta na cadeira, com as mãos no colo, rígida. Seus olhos estavam fixos nele e enquanto ele observava, ela, sentindo-se indefesa, sentiu cada um de seus olhos minar e encher-se até transbordar.

— Sinto muito — disse ele —, sinto muito de verdade.

— Não, não sinta. — Ela se manteve rígida e não tocou nem o rosto, nem os olhos; suas mãos permaneceram uma em cima da outra, se segurando. — Melhor ir agora. Sim, pode voltar amanhã, mas vá agora, por favor, e não diga mais nada.

Ele saiu andando pelo jardim e a deixou ali, à sua mesa sob a sombra. Não teve coragem de olhar para trás.

Quatro dias, oito dias, doze dias se passaram, e ele foi convidado para chás, jantas, almoços. Os dois ficavam sentados, conversando, durante longas tardes verdes — conversavam sobre arte, literatura, a vida, a sociedade e política. Tomaram sorvete, comeram carne de pombo e beberam bons vinhos.

— Não ligo para o que qualquer um fale — disse ela. — E as pessoas estão falando, não estão?

Ele se mexeu desconfortavelmente.

— Eu sabia. As mulheres nunca estão a salvo das fofocas, nem aos noventa e cinco anos.

— Posso parar de visitá-la.

— Ah, não — exclamou ela, antes de se recuperar. Com a voz mais calma, prosseguiu. — Sabe que não pode fazer isso. Sabe que você não liga para o que dizem, não é? Contanto que a gente saiba que está tudo bem?

— Eu não me importo — disse ele.

— Agora — ela se acomodou de novo —, vamos voltar ao nosso joguinho. Onde será desta vez? Paris? Penso em Paris.

— Paris. — Ele assentiu em silêncio.

— Bem — começou ela —, é o ano 1885 e estamos subindo a bordo do navio no porto de Nova York. Ali está nossa bagagem, aqui os nossos bilhetes, lá o horizonte. Agora estamos no mar. Agora chegamos em Marselha...

Aqui estava ela em cima de uma ponte, olhando as águas cristalinas do Sena, e aqui estava ele, de repente, no momento seguinte, ao lado dela, olhando para baixo, para as marés do verão que fluíam pelos dois. Aqui estava ela com um *apéritif* em seus dedos brancos como talco, e aqui estava ele, com uma rapidez assombrosa, curvando-se em sua direção para brindar a taça de vinho com a dela. O rosto dele aparecia nos salões espelhados de Versalhes, sobre fumegantes *smörgasbörds* em Estocolmo, e os dois contavam juntos os postes de barbeiro nos canais de Veneza. As coisas que ela fizera sozinha, agora os dois faziam juntos.

No meio de agosto, os dois estavam sentados, um de frente para o outro, se entreolhando fixamente, num fim de tarde.

— Você se deu conta — disse ele — de que faz duas semanas e meia que eu venho vê-la quase todos os dias?

— Impossível!

— Tenho gostado imensamente disso.

— Sim, mas tem tantas moças jovens...

— Você é tudo que elas não são... gentil, inteligente, sagaz.

— Bobagem. A gentileza e a inteligência são preocupações da idade. Ser cruel e agir sem pensar é bem mais fascinante quando se tem vinte anos. — Ela fez uma pausa e respirou fundo. — Agora, vou constrangê-lo. Você se lembra daquela primeira tarde em que nos encontramos na sorveteria e você disse que teve, digamos, um grau de afeto por mim certa vez? Você postergou, de propósito, trazer o assunto à tona. Agora sou obrigada a lhe pedir para que explique toda essa situação desconfortável.

Ele parecia não saber o que dizer.

— É constrangedor — protestou.

— Desembucha!

— Eu vi uma foto sua uma vez, anos atrás.

— Nunca deixei tirarem fotos minhas.

— Era antiga, de quando você tinha vinte anos.

— Ah, essa. É uma piada e tanto. Cada vez que eu faço uma doação num evento de caridade ou participo de um baile, eles desenterram essa foto e imprimem. Todo mundo da cidade dá risada; até *eu*.

— É cruel da parte do jornal.

— Não. Eu falei para eles: se querem uma foto minha, usem aquela tirada lá em 1853. Que me lembrem assim. Mantenham a tampa abaixada, em nome do bom Senhor, durante o velório.

— Vou lhe contar tudo.

Ele dobrou as mãos e olhou para elas, fez uma pausa por um momento. Estava se lembrando agora da foto, bem nítida em sua mente. Havia tempo, ali no jardim, para pensar em todos os aspectos da fotografia e de Helen Loomis, bastante jovem, posando para a foto pela primeira vez, sozinha e linda. Ele pensou no rosto dela, tranquilo e timidamente sorridente.

Era o semblante da primavera, o semblante do verão, era o calor do hálito de trevos. Romãs reluziam em seus lábios e o céu do meio-dia em seus olhos. Tocar o seu rosto era aquela experiência sempre nova de abrir a janela em certa manhã de dezembro, cedinho, e colocar a mão para fora e sentir o primeiro polvilhar branco e gélido da neve que viera, em silêncio, sem alarde, durante a noite. E tudo isso, esse calor no seu alento e essa ternura de ameixas, guardado para sempre num único milagre de química fotográfica, sobre o qual não poderiam soprar os ventos de relógio algum para mudar uma única hora ou um único segundo; essa primeira e alva neve fria jamais iria derreter, mas sim sobreviver a mil verões.

Aquela era a foto; era como ele a conhecia. Agora ele estava falando outra vez, depois de se lembrar e repensar e guardar a fotografia em sua mente.

— Quando eu vi pela primeira vez a foto... era uma foto simples, normal, com um penteado simples... eu não sabia que havia sido tirada tanto tempo atrás. A notícia no jornal dizia algo na linha de que Helen Loomis estava organizando o Baile da Cidade naquela noite. Rasguei a foto do jornal e a carreguei comigo ao longo daquele dia. Pretendia ir ao baile. Depois, no fim da tarde, alguém me viu olhando para a foto e me contou. Como a foto daquela linda moça havia sido tirada há tanto tempo e usada todos os anos desde então pelo jornal. E disseram que era melhor eu não ir ao Baile da Cidade naquela noite com aquela foto em mãos, atrás de você.

O minuto se prolongou enquanto os dois continuavam sentados no jardim. Ele olhou para o rosto dela, de relance. Ela admirava o muro mais distante do jardim, por onde as rosas subiam. Não havia como dizer o que se passava em sua cabeça. Seu rosto não transparecia coisa alguma. Ela se balançou por um momentinho em sua cadeira e depois disse, com a voz suave:

— Quer mais chá? Aqui está.

Os dois ficaram sentados, tomando chá. Depois ela estendeu a mão e lhe deu um tapinha no braço.

— Obrigada.

— Pelo quê?

— Por querer ir me encontrar no baile, por recortar a minha foto, por tudo. Muitíssimo obrigada.

Foram caminhando pelas veredas do jardim.

— E agora — falou ela — é minha vez. Você lembra que eu mencionei um certo jovem que uma vez me acompanhou, setenta anos atrás? Ah, faz cinquenta anos que ele está morto a essa altura, no mínimo, mas quando era muito jovem e muito galante, ele passava dias a fio longe cavalgando um corcel veloz, ou nas noites de verão nos prados ao redor da cidade. Tinha um rosto saudável e selvagem, sempre queimado de sol, sempre com cortes nas mãos e fumava feito uma chaminé, caminhando como se fosse se desmantelar; era incapaz de manter um emprego e se demitia quando dava na telha, e um dia ele meio que pegou o cavalo e me deixou, porque eu era ainda mais selvagem do que ele e não queria nada sério, e foi isso. Nunca pensei que chegaria um dia em que o veria vivo outra vez. Mas você está vivíssimo, bate as cinzas em qualquer lugar do jeito que ele fazia, é um misto de destrambelhado e gracioso, sei tudo que vai fazer antes de fazê-lo, mas depois que você o faz eu sempre me surpreendo, mesmo assim. A reencarnação para mim é balela, mas outro dia eu senti uma coisa. Se eu chamasse "Robert, Robert" para você na rua, será que William Forrester viraria o rosto?

— Não sei — disse ele.

— Nem eu. São essas coisas que deixam a vida interessante.

Era quase fim de agosto. O primeiro toque fresco do outono avançava devagar pela cidade e havia uma suavização e a primeira febre ardente e gradual de cor em cada árvore, um vago rubor e cores nas colinas, e os tons de leões nos trigais. Agora os padrões dos dias eram conhecidos, repetindo-se como um calígrafo que traça e retraça belamente, em sua prática, uma série de eles, dáblius e emes, dia após dia, a linha se repetindo em fluxos delicados.

William Forrester atravessou o jardim certa tarde do começo de agosto e encontrou Helen Loomis escrevendo alguma coisa com todo cuidado na mesa de chá.

Ela deixou a pena e a tinta de lado.

— Andei escrevendo uma carta para você — disse.

— Bem, eu estar aqui lhe poupa o trabalho.

— Não, é uma carta especial. Olhe. — Ela lhe mostrou o envelope azul, enquanto o fechava e apertava até ficar retinho. — Lembre-se da cara dele. Quando recebê-lo no correio, você vai saber que eu morri.

— Isso não é coisa que se diga, é?

— Sente-se e me escute.

Ele se sentou.

— Meu querido William — disse ela, embaixo da sombrinha. — Dentro de poucos dias, estarei morta. Não. — Ela levantou uma das mãos. — Não quero que diga nada. Não tenho medo. Quando alguém vive todo esse tempo que eu vivi, a gente perde isso também. Nunca gostei de lagosta na minha vida, principalmente porque nunca tinha provado. Acabei provando no meu aniversário de oitenta anos. Não posso dizer que lagosta me deixe lá muito emocionada ainda assim, mas não tenho mais dúvidas quanto ao gosto e não tenho medo dela. Ouso dizer que a morte será uma lagosta também, e farei as pazes com ela. — Helen Loomis gesticulava com as mãos. — Mas basta disso. O importante é que eu não o verei de novo. Não terá velório. Acredito que a uma mulher que tenha passado por essa porta em particular deve-se tanta privacidade quanto a uma mulher que tenha se retirado para os seus aposentos para dormir.

— Não dá para prever quando se vai morrer — disse ele, enfim.

— Durante cinquenta anos eu observei aquele relógio de pêndulo no salão, William. Depois de dar corda, consigo prever até a hora em que ele vai parar. Velhos são assim também. Sentem as engrenagens parando e os últimos pesos se acomodarem. Ah, por favor, não me olhe assim... não, por favor.

— Não consigo evitar — disse ele.

— Nós aproveitamos, não foi? Foi uma coisa muito especial aqui, isso de conversarmos todos os dias. É o que aquela expressão muito desgastada e sobrecarregada se refere como "um encontro de mentes". — Ela virou o envelope azul entre os dedos. — Sempre soube que a qualidade do amor era a mente, embora o corpo às vezes se recuse a esse conhecimento. O corpo vive para si próprio. Vive só para se alimentar e esperar chegar a noite. É um ser essencialmente noturno. Mas e quanto àquilo da mente que nasce do sol, William, e precisa gastar milhares de horas numa vida desperta e consciente? Dá para equilibrar o corpo, essa coisinha noturna e egoísta de dar dó, contra toda uma vida de sol e intelecto? Não sei. Só sei que tivemos a sua mente aqui e a minha mente aqui, e as tardes têm sido como nada de que eu consiga me lembrar.

Há tantas coisas ainda para conversarmos, mas precisamos guardar para outra hora.

— Não parece que temos muito tempo agora.

— Não, mas talvez *tenhamos* outra hora. O tempo é tão estranho e a vida duplamente estranha. As engrenagens se desencaixam, as rodas viram, e as vidas se entrelaçam cedo ou tarde demais. Tive uma vida demasiadamente longa, isso é certo. E você também nasceu cedo ou tarde demais. Foi um desencontro terrível. Mas talvez eu esteja sendo castigada por ter sido boba. Em todo caso, na próxima volta, talvez as rodas funcionem direito. Enquanto isso, você precisa encontrar uma boa moça, casar-se e ser feliz. Mas precisa me prometer uma coisa.

— Qualquer coisa.

— Precisa me prometer que não vai ficar também tão velho, William. Se for conveniente, melhor morrer antes dos cinquenta. Talvez dê um pouco de trabalho. Mas aconselho isso simplesmente porque não tem como dizer quando outra Helen Loomis irá nascer. Seria um terror, não seria, se você vivesse até ficar bem, bem velho e então certa tarde, em 1999, estivesse andando pela rua principal e me visse parada lá, com vinte e um anos, tudo desequilibrado de novo? Eu não acho que a gente dê conta de outras tardes como estas que tivemos, por mais agradáveis que tenham sido, você não concorda? Mil litros de chá e quinhentos biscoitos bastam para uma amizade. Por isso é bom você ter um ataque de pneumonia daqui por volta de uns vinte anos. Pois não sei quanto tempo deixam a gente ficar enrolando lá do outro lado. Talvez mandem a gente de volta para cá na hora. Mas vou me esforçar, William, vou de verdade. E se tudo voltar ao seu equilíbrio, você sabe o que talvez aconteça?

— Me diga você.

— Em alguma tarde de 1985 ou 1990, um jovem de nome Tom Smith ou John Green, algo nessa linha, estará andando pelo centro e vai parar na frente da farmácia e pedir, apropriadamente, algum sabor incomum de sorvete. Uma jovem da mesma idade estará sentada ali e, ao ouvir o nome do sabor, algo vai acontecer. Não posso dizer o quê, nem como. *Ela* decerto não saberá o porquê, nem como. Nem o jovem. Simplesmente vai acontecer de o nome daquele sorvete ser uma coisa excelente para os dois. Eles vão conversar. E, mais tarde, quando souberem os nomes um do outro, sairão andando juntos da farmácia.

Ela sorriu para ele.

— Isso é tudo muito encaixadinho, mas perdoe, por favor, uma velha dama por querer encaixar tudo no seu devido lugar. É só uma bobagenzinha para lhe deixar de presente. Agora vamos falar de outra coisa. Do que vamos falar? Tem algum lugar no mundo para onde não tenhamos viajado ainda? Já estivemos em Estocolmo?

— Sim, é uma bela cidade.

— Glasglow? Sim? Onde então?

— Por que não Green Town, Illinois? — disse ele. — Aqui. Nunca visitamos, de fato, a nossa própria cidade, juntos.

Ela se acomodou e ele idem. E ela disse:

— Vou lhe contar como foi, então, quando eu tinha só dezenove anos, nesta cidade, tanto tempo atrás...

Era uma noite no inverno e ela patinava de leve sobre um lago de gelo branco-luar, sua imagem deslizando, sussurrante abaixo de si. Era uma noite no verão daquela cidade de fogo na atmosfera, nas faces, no coração, seus olhos repletos com a cor do acender e apagar dos vagalumes. Era uma noite farfalhante de outubro, e lá estava ela, puxando caramelo de um gancho na cozinha, cantando, e lá estava ela, correndo sobre o musgo às margens do lago e nadando nas águas mornas, suaves e profundas do poço de granito na saída da cidade numa noite de primavera, e agora era o 4 de Julho, com foguetes golpeando o céu e todas as varandas repletas de fogo, ora vermelho, ora azul, ora branco sobre os semblantes, o dela cintilando forte entre eles enquanto morria o último foguete.

— Consegue ver essas coisas todas? — perguntou Helen Loomis. — Consegue me ver fazendo tudo isso e estando com elas?

— Consigo — disse William Forrester, olhos fechados. — Consigo ver você.

— E então, e então...

Sua voz avançava enquanto entardecia e o crepúsculo ia escurecendo rapidamente, mas a voz dela seguia pelo jardim, e qualquer um que passasse pela rua, ao longe, poderia ter ouvido o seu bater de asas de mariposa, vagamente, vagamente...

Dois dias depois, William Forrester estava à escrivaninha, no seu quarto, quando chegou a carta. Douglas a levou ao andar de cima e a entregou a Bill. Parecia que ele sabia o que havia dentro.

William Forrester reconheceu o envelope azul, mas não abriu. Simplesmente o guardou no bolso da camisa, olhou para o menino por um momento e disse:

— Vamos, Doug, eu pago.

Os dois caminharam até o centro, sem falar muita coisa; Douglas preservava o silêncio que sentia que era necessário. O outono, que vinha ameaçando fazia um tempo, tinha ido embora. Voltara o verão em sua plenitude, fervendo as nuvens e areando o céu de metal. Os dois entraram na farmácia e se sentaram diante do balcão de mármore. William Forrester tirou a carta do bolso e a dispôs à sua frente, mas ainda assim não a abriu.

Ele olhou para a luz do sol amarelada lá fora no concreto, no toldo verde e reluzindo nas letras douradas das vitrines do outro lado da rua, e olhou para o calendário na parede: 27 de agosto de 1928. Ele olhou para o relógio de pulso e sentiu seu coração bater devagar, viu o segundo ponteiro avançando, avançando sem velocidade alguma, viu o calendário congelado ali com aquele seu único dia parecendo uma eternidade, o sol pregado no céu sem fazer qualquer avanço que fosse na direção de se pôr. O ar morno se abria sob os ventiladores suspirantes acima de sua cabeça. Passou um grupo de mulheres, às gargalhadas, pela porta aberta, que desapareceu do campo de visão dele, concentrado que estava no espaço para além delas, na cidade em si e no relógio do fórum, lá em cima. Abriu a carta e começou a ler.

Ele rodava devagar no banco giratório. Arriscou as palavras repetidamente, em silêncio, na língua, e enfim as pronunciou em voz alta e repetiu:

— Um copinho de sorvete de baunilha com limão — disse. — Um copinho de sorvete de baunilha com limão.

DOUGLAS, TOM E CHARLIE corriam ofegantes na rua sem abrigo do sol.

— Tom, me responde agora, no duro.

— Responder, no duro, o quê?

— O que aconteceu com os finais felizes?

— Ficaram nas matinês de sábado.

— Claro, mas e quanto à vida?

— Só o que eu sei é que eu me sinto bem indo me deitar de noite, Doug. É um final feliz uma vez por dia. Na manhã seguinte, estou de pé e talvez as coisas deem errado. Mas só o que eu preciso fazer é me lembrar de que vou me deitar de noite e só de ficar deitado lá um tempinho tudo já fica bem.

— Estou falando do sr. Forrester e da velha dona Loomis.

— Nada que a gente possa fazer. Ela morreu.

— Eu sei! Mas você não acha que alguém pisou na bola aí?

— Quer dizer quando ele achou que ela tinha a mesma idade que a foto e ela na verdade tinha um trilhão de anos todo esse tempo? Não, senhor, acho supimpa!

— Supimpa? Poxa vida.

— Nos últimos dias, o sr. Forrester me contou um pouquinho aqui, um pouquinho ali ou um pouquinho acolá e eu enfim montei o quebra-cabeças todo... rapaz, eu me acabei de chorar. Não sei nem o porquê. Eu não mudaria nem um nadinha. Se tivesse mudado, do que a gente estaria falando? Nada! Além do mais, gosto de chorar. Depois de chorar à beça é como se amanhecesse de novo e eu estivesse recomeçando o dia.

— Já ouvi demais por hoje.

— Você simplesmente não quer admitir que gosta de chorar também. É só dar uma chorada, e tudo bem. Aí está o seu final feliz. E você fica pronto para voltar lá e andar na companhia das pessoas de novo. E é o *começo* de sabe-se-lá-o-quê! A qualquer momento agora, o sr. Forrester vai repensar tudo e ver que só podia ter sido assim e chorar bastante, depois vai olhar ao redor e ver que amanheceu outra vez, embora seja cinco da tarde.

— Isso não tem cara de final feliz pra mim.

— Uma boa noite de sono ou uma chorada de uns dez minutos, ou um pote de sorvete de chocolate ou os três juntos é um bom remédio, Doug. Você escute o dr. Tom Spaulding.

— Cala a boca, vocês dois — disse Charlie. — Quase chegamos!

Eles viraram a esquina.

Nas profundezas do inverno, eles haviam procurado pedaços e fragmentos do verão e o tinham encontrado nos porões de caldeiras ou nas fogueiras à margem de lagos congelados onde patinavam no gelo à noite. Agora, no verão, eles procuravam algum pedacinho, uma parte do inverno esquecido.

Ao darem a volta na esquina, sentiram uma garoa fina e contínua que descia de um vasto edifício de tijolos para refrescá-los enquanto liam a placa que conheciam de cor, a placa que lhes mostrava aquilo que tinham vindo procurar:

A Casa de Gelo do Verão.

A Casa de Gelo do Verão num dia de verão! Eles pronunciaram as palavras, entre risadas, depois foram espiar aquela tremenda caverna onde as geleiras, os icebergs e as neves de janeiro caídas, mas não esquecidas, em lascas de vinte e cinco, cinquenta ou cem quilos, dormiam em vapores de amoníaco e gotas de cristal.

— Sintam isso — suspirou Charlie Woodman. — O que mais poderiam querer?

Pois o hálito do inverno exalou outra vez e outra vez em torno deles enquanto se viam ali parados sob o clarão do dia, sentindo o cheiro da plataforma de madeira molhada pela perpétua neblina, cintilante de arco-íris, que caía do maquinário gelado acima.

Mastigaram sincelos que congelavam seus dedos de modo que precisavam segurar o gelo em lencinhos de linho e chupar o tecido.

— Todo esse vapor, toda essa neblina — sussurrou Tom. — A Rainha do Gelo. Lembram dessa história? Ninguém acredita nessas coisas, Rainhas do Gelo, agora. Por isso é bom não se surpreender se foi aqui que ela veio se esconder, já que ninguém acredita mais nela.

Eles olharam e viram o vapor subir e pairar à deriva em longas faixas de fumaça fria.

— Não — disse Charlie. — Sabem quem mora aqui? Um sujeito apenas. Um sujeito que dá calafrios só de pensar nele. — Charlie deixou a voz ficar bem baixinha. — O Solitário.

— O Solitário?

— Nascido, criado e *morando* aqui! Todo aquele inverno, Tom, todo aquele frio, Doug! De onde mais ele poderia vir para nos fazer estremecer nas noites mais quentes do ano? Não tem o *cheiro* dele? Caramba, vocês sabem que sim. O Solitário… o Solitário…

As neblinas e vapores se encrespavam na escuridão.

Tom deu um berro.

— Tudo bem, Doug. — Charlie abriu um sorriso. — É só que eu derrubei um tequinho de nada de gelo nas costas do Tom, só isso.

O RELÓGIO DO FÓRUM TOCOU SETE VEZES. Os ecos dos toques foram sumindo.

O crepúsculo quente de verão ali no território do alto Illinois, nessa cidadezinha longe de tudo, mantinha-se resguardado por um rio e uma floresta, uma campina e um lago. As calçadas ainda escaldantes. As lojas fechando e as ruas à sombra. E havia duas luas; a lua do relógio com quatro faces nas quatro direções noturnas, acima do prédio obscuro e solene do fórum, e a lua de verdade que nascia com sua alvura de baunilha no breu do leste.

Dentro da farmácia, sussurravam os ventiladores no teto elevado. Na sombra rococó de varandas, estavam sentadas algumas pessoas invisíveis. Os charutos emitiam um brilho rosado, de quando em quando. As pessoas batiam as portas teladas, cujas molas choravam. Sobre os tijolos roxos das ruas pelas noites de verão, corria Douglas Spaulding; cães e outros meninos corriam atrás.

— Oi, srta. Lavinia!

Os meninos saíram pulando. Acenando para eles em silêncio, Lavinia Nebbs sentava-se toda sozinha com um copo alto de limonada fresca em seus dedos brancos, levando-o de leve aos lábios, bebericando e esperando.

— Cheguei, Lavinia.

Ela se virou, e ali estava Francine, toda de branco feito a neve, nos degraus inferiores da varanda, em meio ao cheiro de zínias e hibiscos.

Lavinia Nebbs trancou a porta da frente e, deixando o copo de limonada meio vazio na varanda, disse:

— É uma bela noite para um filminho.

As duas desceram a rua, caminhando.

— Aonde vão, meninas? — gritaram as senhoritas Fern e Roberta de suas varandas no percurso.

Lavinia gritou, em resposta, pelo oceano suave de escuridão:

— Ao Cinema Elite, ver o Charlie Chaplin!

— Nem a pau que a gente sai por aí numa noite que nem esta — gemeu a srta. Fern. — Não com O Solitário por aí estrangulando mulheres. Melhor se trancar no armário com uma arma na mão.

— Ah, que baboseira!

Lavinia ouviu as duas velhas baterem a porta e trancarem as fechaduras, e ela prosseguiu, sentindo o alento quente da noite de verão cintilando das calçadas cozidas. Era como andar sobre a crosta dura de um pão recém-assado. O calor pulsava embaixo do vestido, subindo as pernas, com uma sensação furtiva, ainda que não desagradável, de invasão.

— Lavinia, você não acredita nisso tudo que dizem d'O Solitário, acredita?

— Essas mulheres gostam é de gastar a língua.

— Mesmo assim, Hattie McDollis foi morta faz dois meses, Roberta Ferry no mês anterior, e agora Elizabeth Ramsell desapareceu…

— Hattie McDollis era uma cabecinha oca, aposto que fugiu com algum vagabundo.

— Mas as outras, todas elas, foram estranguladas, com a língua para fora da boca, dizem.

As duas estavam à beira do desfiladeiro que cortava a cidade em duas. Atrás delas ficavam as casas com a luz acesa e música tocando, adiante havia a profundidade, a umidade, vagalumes e escuridão.

— Talvez seja melhor a gente não ir ao cinema hoje — disse Francine. — Capaz de O Solitário seguir e matar a gente. Não gosto desse desfiladeiro. Olha só pra ele!

Lavinia olhou e o desfiladeiro era um dínamo que nunca parava de funcionar, fosse noite ou dia; havia um grande zumbido que passava por ele, um burburinho e murmúrio de criatura, de vida rastejante ou vegetal. Tinha o cheiro de uma estufa, de vapores secretos, antigos xistos lavados e areias movediças. E sempre o zumbido daquele dínamo preto, com faíscas que nem uma grande eletricidade onde os vagalumes revoavam no ar.

— Nem a pau que *eu* volto para casa passando por esse velho desfiladeiro tarde da noite hoje, nesse horário maldito; vai você, Lavinia, descer os degraus lá e atravessar a ponte e encontrar talvez O Solitário por ali.

— Que baboseira! — disse Lavinia Nebbs.

— Vai você sozinha nesse caminho, escutando o som dos seus sapatos, não eu. Você sozinha fazendo todo o caminho de volta até sua casa. Lavinia, você não se sente solitária morando naquela casa?

— Quem fica pra titia gosta de morar sozinha. — Lavinia apontou a trilha quente e obscura que levava até a escuridão. — Vamos pegar esse atalho.

— Tenho medo!

— Está cedo. O Solitário só sai quando é tarde.

Lavinia tomou o braço da outra e a conduziu, descendo e descendo pelo caminho tortuoso, adentrando o silêncio delicado de mosquitos e o coaxar de sapos e o calor dos grilos. Passaram pela grama queimada de verão, com carrapichos pinicando seus tornozelos descobertos.

— Vamos correr! — disse Francine, ofegante.

— Não!

Viraram numa curva da trilha — e lá estava.

Em meio àquela noite profunda e musical, na sombra das árvores quentes, como se ela mesma tivesse se deitado para aproveitar as estrelas suaves e o vento agradável, com as mãos cada uma de um lado como os remos de um barco frágil, repousava Elizabeth Ramsell!

Francine se esgoelou.

— Não grite! — Lavinia estendeu as mãos para segurá-la, enquanto Francine se via entre o choro e o engasgo. — Não! Não!

A mulher estava deitada como se tivesse flutuado até ali, com o rosto iluminado pelo luar, os olhos arregalados e parecendo pedra, a língua saindo da boca.

— Está morta! — constatou Francine. — Ai, ela está morta, morta! Está morta!

Lavinia ficou parada no meio de mil sombras quentes com os grilos berrando e os sapos ruidosos.

— Melhor chamar a polícia — disse ela, por fim.

— Me abraça, Lavinia, me abraça, estou com frio, ai, nunca tive tanto frio em minha vida!

Lavinia abraçou Francine, e os policiais vasculhavam o terreno em meio à grama chiante, lanternas se agachavam, as vozes se mesclavam, e a noite avançava até as oito e meia.

— Parece dezembro, preciso de um suéter — disse Francine, de olhos fechados, apoiada em Lavinia.

O policial afirmou:

— Acho que vocês estão liberadas agora, senhoritas. Podem passar amanhã na delegacia para responder a mais umas perguntas.

As duas se afastaram dos policiais e do cobertor que escondia aquela coisa delicada sobre a grama do desfiladeiro.

Lavinia sentiu o seu coração bater alto dentro de si e ela também estava com frio, com um frio de fevereiro; havia flocos de uma neve súbita por toda a sua pele, a lua desbotava ainda mais os seus dedos quebradiços, e se lembrou de ter sido quem teve que falar com os homens enquanto Francine só soluçava abraçada nela.

Uma voz chamou de longe:

— Querem que alguém vá com vocês, senhoritas?

— Não, a gente vai sobreviver — disse Lavinia para ninguém, e as duas foram andando. Andaram pelo desfiladeiro fungador e sussurrante, o desfiladeiro de cliques e sussurros, e o mundinho das investigações foi encolhendo atrás delas, com suas luzes e vozes.

— Nunca vi uma pessoa morta antes na vida — confessou Francine.

Lavinia olhou o relógio, como se ele estivesse a mil quilômetros de distância, num braço e pulso que pareciam impossivelmente distantes.

— São apenas oito e meia. Vamos buscar Helen e ir até o cinema.

— O cinema! — Francine deu um chacoalhão.

— É o que precisamos. Temos que esquecer isso. Não é bom lembrar. Se formos para casa, vamos lembrar. Vamos ao cinema como se nada tivesse acontecido.

— Lavinia, você não fala *sério*!

— Nunca falei nada tão sério na minha vida. Precisamos dar umas risadas agora e esquecer.

— Mas Elizabeth está ali... sua amiga, minha amiga...

— Não podemos ajudá-la; só podemos ajudar a nós mesmas. Venha.

Elas começaram a subir o desfiladeiro, pela trilha de pedra, no escuro. E de repente ali, barrando o caminho, bem paradinho, sem vê-las, porém olhando para o movimento das luzes e o corpo e ouvindo as vozes policiais, estava Douglas Spaulding.

Ele ficou ali, em pé, branco como um cogumelo, com as mãos nas laterais do corpo, encarando o desfiladeiro.

— Vá pra casa! — clamou Francine.

Ele não ouviu.

— Você! — chamou Francine, com a voz estridente. — Vá pra casa, saia deste lugar, está me ouvindo? Vá pra casa, vá pra casa, vá pra *casa*!

A cabeça de Douglas deu um solavanco e ele ficou encarando as mulheres como se não estivessem ali. Sua boca se mexeu. Ele emitiu um som como um balido. Depois, em silêncio, rodopiou e saiu correndo. Foi correndo em silêncio, subindo as colinas distantes rumo à escuridão morna.

Francine voltou a chorar e soluçar, enquanto continuava caminhando com Lavinia Nebbs.

— Aí ESTÃO VOCÊS! Achei que as dondocas não fossem chegar nunca! — Helen Greer estava ali parada, batendo o pé nos degraus da varanda. — Uma horinha de atraso, só isso. O que aconteceu?

— Nós... — Francine começou a responder.

Lavinia agarrou o braço dela com força.

— Houve um tumulto. Alguém encontrou Elizabeth Ramsell no desfiladeiro.

— Morta? Ela estava... morta?

Lavinia fez que sim com a cabeça. Helen se espantou e levou a mão ao pescoço.

— Quem a encontrou?

Lavinia segurou o pulso de Francine com firmeza.

— Não sabemos.

As três jovens ficaram paradas ali naquela noite de verão, se entreolhando.

— Melhor a gente entrar em casa e trancar as portas — disse Helen, conclusiva.

Mas, no fim, ela entrou só para pegar um suéter, pois, embora ainda estivesse quente, ela também reclamou de uma friaca súbita. Enquanto não voltava, Francine sussurrou freneticamente no ouvido de Lavinia:

— Por que não *contou* para ela?

— Para que incomodá-la? — indagou Lavinia. — Amanhã. Teremos tempo de sobra amanhã.

As três andaram pela rua sob as árvores escuras, passando as casas de portas subitamente trancadas. Com que rapidez a notícia se espalhara de lá do desfiladeiro, de casa em casa, varanda em varanda, telefone para telefone. Agora, de passagem, as três mulheres sentiram olhos que as espiavam por entre cortinas nas janelas, enquanto as trancas se encaixavam. Que coisa estranha o picolé, a noite de baunilha, a noite do sorvete compactado, de pulsos cobertos de repelente de mosquito, a noite de crianças a correr de repente arrancadas de suas brincadeiras e escondidas atrás do vidro, atrás da madeira, os picolés em poças derretidas de limão e morango, ali onde haviam tombado quando foram puxadas as crianças para dentro de casa. Estranhos os cômodos quentes com gente suada e aglomerada atrás de maçanetas e aldravas de bronze. Bonés e bolas de beisebol jaziam em gramados intactos. Um jogo de amarelinha riscado de giz branco pela metade repousava na calçada cozida e defumada. Era como se alguém tivesse previsto a chegada de uma borrasca um momento atrás.

— Somos loucas de sair numa noite dessas — disse Helen.

— O Solitário não vai matar três mulheres — ponderou Lavinia. — Há segurança na vantagem numérica. Além do mais, é muito cedo. As mortes se dão sempre com um mês entre uma e outra.

Caiu uma sombra sobre os seus rostos atemorizados. Uma silhueta espreitava atrás de uma árvore. Como se alguém tivesse dado um golpe terrível no teclado de um órgão, as três mulheres soltaram um berro, em três distintas notas estridentes.

— Peguei vocês! — a voz rugiu. O homem saltou na direção delas. Chegou à luz, dando risada. Apoiou-se contra uma árvore, apontando debilmente para as moças, e deu risada outra vez.

— Ei! Sou eu O Solitário! — disse Frank Dillon.

— Frank Dillon!

— Frank!

— Frank, se fizer uma criancice dessas de novo — ralhou Lavínia —, que alguém encha você de chumbo!

— Que coisa pra se fazer!

Francine caiu num choro histérico.

Frank Dillon parou de sorrir.

— Poxa, desculpa.

— Vai embora! — disse Lavinia. — Não soube, não, de Elizabeth Ramsell... encontrada morta no desfiladeiro? E você sai assim correndo por aí para assustar mulheres! Nunca mais fale com a gente!

— Ei, olha...

Elas foram andando. Ele fez como se fosse segui-las.

— Fique aí mesmo, sr. Solitário, e vá assustar a si mesmo. Dê uma olhada no rosto de Elizabeth Ramsell e veja se tem graça. Boa noite!

Lavinia conduziu as outras duas pela rua de árvores e estrelas, enquanto Francine levava um lenço ao rosto.

— Francine, foi só uma pegadinha. — Helen se voltou para Lavinia. — Por que ela está chorando tanto?

— Vamos contar quando chegarmos ao centro. Vamos para esse cinema, não importa o que houver! Basta. Vamos agora, preparem o dinheiro de vocês, estamos quase chegando!

A farmácia era uma pequena poça de ar pesado que as pás de madeira dos grandes ventiladores agitavam em ondas de arnica, tônica e refrigerante na direção das ruas de tijolos.

— Quero cinco centavos de balinhas verdes de hortelã — disse Lavinia ao farmacêutico. O rosto dele estava rígido e pálido, como todos os rostos que elas tinham visto nas ruas semidesertas. — Para mastigar durante o filme — disse Lavinia enquanto o farmacêutico pesava cinco centavos de balinhas verdes com uma pazinha de prata.

— As senhoritas estão muito galantes esta noite. Srta. Lavinia, estava graciosa de tarde, quando veio pedir o milk-shake de chocolate com refri. Tão graciosa e charmosa que alguém perguntou da senhorita.

— Ah, é?

— Um homem sentado ao balcão… ficou observando quando a senhorita saiu. Me falou: "Diga, quem é essa?". Oras, é Lavinia Nebbs, a mais formosa donzela da cidade, eu falei. "Ela é linda", disse ele. "Onde mora?"

E aqui o farmacêutico fez uma pausa desconfortável.

— Você não fez isso! — disse Francine. — Não deu o endereço dela pra ele, espero? Você não fez isso!

— Acho que eu não pensei direito. Falei: "Ah, ali em Park Street, sabe, perto do desfiladeiro". Um comentário casual. Mas agora, esta noite, depois de encontrarem o corpo, eu fiquei sabendo faz um minuto, pensei: "Meu Deus, o que foi que eu fiz!".

Ele entregou o pacote, transbordando.

— Seu paspalho! — gritou Francine, com os olhos marejados.

— Me desculpa. Claro, talvez não seja nada.

Lavinia ficou parada com as três pessoas olhando para ela, encarando-a. Não sentia nada. Exceto, talvez, uma leve pungência de emoção na garganta. Ela ofereceu o dinheiro num gesto automático.

— Essas balinhas saem de graça — informou o farmacêutico, virando-se para remexer uns papéis.

— Bem, já sei o que eu vou fazer agora mesmo! — Helen pisou duro até sair da drogaria. — Vou chamar um táxi para levar todas nós pra casa. Não quero ser parte de uma equipe de busca para procurar vocês, Lavinia. Esse homem queria aprontar. Perguntando de você. Quer ser a próxima a aparecer morta no desfiladeiro?

— Foi só um homem — disse Lavinia, virando-se devagar para olhar a cidade.

— E Frank Dillon também é só um homem, mas capaz de ser O Solitário.

Elas repararam que Francine não as acompanhara. Viram-na se aproximar ao se virarem.

— Eu o obriguei a me passar uma descrição completa... o farmacêutico. Me contar como era o homem. Um estranho — confessou ela —, de terno escuro. Meio pálido e magro.

— Estamos todas transtornadas — disse Lavinia. — Não vou pegar o táxi se você chamar, simples assim. Se eu for a próxima vítima, então *que seja*. Já não acontece nada de emocionante na vida, ainda mais para uma mulher solteira de trinta e três anos, então não liguem se eu gostar disso. Em todo caso, é uma besteira; eu não sou bonita.

— Ah, mas é, sim, Lavinia; você é a mais linda mulher na cidade, agora que Elizabeth... — Francine parou. — Você que não deixa os homens se aproximarem. Se relaxasse, já teria se casado faz anos!

— Pare de resmungar, Francine! Aqui está a bilheteria do cinema, vou pagar quarenta e um centavos para ver Charlie Chaplin. Se quiserem pegar um táxi, podem pegar. Eu vou me sentar ali sozinha e voltar pra casa sozinha.

— Lavinia, você é doida; não podemos deixar você fazer isso...

Elas entraram no cinema.

A primeira exibição havia terminado, era hora do intervalo, e restava um público escasso no auditório escuro. As três moças se sentaram nas fileiras intermediárias, em meio ao cheiro do antigo polidor de metais, e ficaram observando o gerente passar pelas cortinas velhas e vermelhas de veludo para dar um aviso:

— A polícia nos pediu que fechássemos mais cedo esta noite para que todo mundo possa sair num horário decente. Por isso vamos cortar os curtas-metragens e rodar a atração principal de novo imediatamente. A apresentação termina às onze. Todos são aconselhados a voltarem direto para casa. Não se demorem pelas ruas.

— Ele se refere a nós, Lavinia! — sussurrou Francine.

As luzes se apagaram. A tela ganhou vida.

— Lavinia — chamou Helen, baixinho.

— O que foi?

— Quando a gente entrou, um homem de terno escuro, do outro lado da rua, atravessou. Ele acabou de descer o corredor e está sentado na fileira atrás da gente.

— Ai, Helen!

— Bem atrás da gente?

Uma por uma, as mulheres se viraram para ver.

Viram um rosto branco ali, sob a luz profana que bruxuleava da telona prateada. Parecia composto pelo rosto de todos os homens pairando ali no escuro.

— Vou chamar o gerente! — Helen subiu o corredor. — Parem o filme! Acendam a luz!

— Helen, volte aqui! — clamou Lavinia, levantando-se.

* * *

Elas baixaram seus copos de milk-shake vazios, cada uma com um bigode de baunilha no lábio superior, no qual passavam a língua, aos risos.

— Viram que bobagem? — disse Lavinia. — Todo aquele fuzuê pra nada. Que constrangedor.

— Desculpa — disse Helen, baixinho.

O relógio dizia onze e meia agora. As três tinham saído do cinema escuro, afastando-se do alvoroço esvoaçante de homens e mulheres que se apressavam pela rua por toda parte, rumo a parte alguma, enquanto davam risada de Helen. Helen tentava rir de si mesma.

— Helen, quando você subiu o corredor gritando "Acendam a luz!", eu achei que fosse *morrer*! O *coitado* do homem!

— O irmão do gerente do cinema, que veio de Racine!

— Eu pedi desculpas — disse Helen, olhando para cima, o grande ventilador ainda rodando, fazendo girar o ar quente da quase madrugada, batendo e rebatendo os cheiros de baunilha, framboesa, hortelã e Lysol.

— Não devíamos ter parado aqui para tomar esses milk-shakes. A polícia avisou...

— Ah, a polícia é só baboseira também — riu-se Lavinia. — Não tenho medo de nada. O Solitário está a um milhão de quilômetros daqui a esta altura. Vai demorar semanas até ele voltar e aí a polícia pega o sujeito, é só esperar. Não acharam o filme maravilhoso?

— Estamos fechando, moças. — O farmacêutico apagava as luzes naquele silêncio fresco de azulejos brancos.

Lá fora, as ruas estavam varridas e desertas de carros, caminhonetes ou gente. Luzes fortes ainda ardiam nas vitrines pequenas das lojas onde os bonecos quentes de cera erguiam suas mãos de cera rosadas, ornamentadas com o branco azulado de anéis de brilhantes, ou pavoneavam pernas alaranjadas de cera para revelar as meias-calças. Os olhos quentes de vidro azul dos manequins observavam as moças vagarem pelo canal dragado que era a rua de baixo, suas imagens cintilando nas vitrines como flores vistas debaixo de águas que corriam obscuramente.

— Vocês acham que eles fariam alguma coisa se a gente gritasse?

— Eles quem?

— Os manequins, a gente da vitrine.

— Ai, Francine.

— Bem...

Havia mil pessoas nas vitrines, rígidas e caladas, e três pessoas na rua, os ecos acompanhando-as como tiros das fachadas pelo caminho quando batiam seus saltos no asfalto cozido.

Um letreiro em neon vermelho piscava fraquinho, zumbindo como um inseto moribundo, enquanto elas passavam.

Cozidas e esbranquiçadas, as longas avenidas se abriam adiante. À direita e à esquerda das três pequenas mulheres, todas altas e esvoaçantes contra um vento que tocava apenas suas copas folhosas, erguiam-se as árvores. As três, vistas de cima do fórum, pareciam três cardos, bem de longe.

— Primeiro, vamos levar você até em casa, Francine.

— Não, eu quero levar *você* até em casa.

— Não seja boba. Você mora lá em Electric Park. Se me deixar em casa vai ter que atravessar o desfiladeiro sozinha. E se uma única folha cair em você, você cai morta na hora.

Francine falou:

— Eu posso passar a noite na sua casa. Você que é a *bonita*!

E assim elas caminharam, vagando como três silhuetas de roupas bem arrumadas sobre um mar enluarado de grama e concreto, Lavinia observando os movimentos das árvores negras dos dois lados, ouvindo as vozes das amigas murmurando, tentando dar risada; e a noite pareceu ganhar vida, elas pareciam correr enquanto caminhavam devagar, tudo parecia acelerado, com a cor da neve quente.

— Vamos cantar — sugeriu Lavinia.

E elas cantaram:

— Brilha, Brilha, Lua da Colheita...

Cantavam com a voz meiga e baixinha, de braços dados, sem olhar para trás. Sentiam a calçada quente esfriando sob os pés, circulando, circulando.

— Escutem! — disse Lavinia.

Elas ficaram escutando a noite de verão. Os grilos da noite de verão e o tom longínquo do relógio do fórum anunciando que era onze e quarenta e cinco.

— *Escutem!*

Lavinia escutou. O balanço de uma varanda rangeu no escuro e lá estava o sr. Terle, sem dizer nada para ninguém, sozinho no seu balanço, fumando um último charuto. Elas viram as cinzas rosadas balançando gentilmente para frente e para trás.

Agora as luzes foram se apagando, se apagando, se apagaram. As luzes das casinhas e as luzes das casonas, luzes amarelas e luzes verde-furacão, as velas e lamparinas a óleo e a iluminação das varandas, e tudo parecia trancafiado em bronze, ferro e aço, tudo, pensou Lavinia, está encaixotado e trancafiado, embrulhado e acortinado. Ela imaginou as pessoas em suas camas sob o luar. E sua respiração nos quartos de noite de verão, todo mundo junto, a salvo. E aqui estamos nós, pensou Lavinia, nossos passos seguindo numa calçada ainda quente de uma noite de verão. E acima de nós as lâmpadas solitárias dos postes lançando sua luz, criando sombras bêbadas.

— Aqui está sua casa, Francine. Boa noite.

— Lavinia, Helen, por que vocês não passam a noite aqui em casa? Está tarde, quase meia-noite. Podem dormir na sala. Vou fazer chocolate quente… vai ser tão divertido!

Francine abraçava as duas agora, pertinho dela.

— Não, obrigada — recusou Lavinia.

E Francine começou a chorar.

— Ai, de novo não, Francine — disse Lavinia.

— Não quero que você morra — soluçou Francine, com as lágrimas escorrendo direto pela sua bochecha. — Você é tão boazinha e simpática, quero você viva. Por favor, ai, por favor!

— Francine, eu não tinha ideia do tamanho do estrago que isso tudo fez em você. Prometo que vou telefonar assim que chegar em casa.

— Ah, vai mesmo?

— E lhe dizer que estou a salvo, sim. E amanhã vamos almoçar num piquenique no Electric Park. Com sanduíches de presunto que eu mesma vou preparar. Que tal? Você vai ver, vou viver pra sempre!

— Vai me telefonar, então?

— Prometi, não prometi?

— Boa noite, boa noite!

Apressando-se para subir as escadas, Francine desapareceu atrás da porta, que bateu e foi aferrolhada firmemente na mesma hora.

— Agora — disse Lavinia para Helen. — Eu vou acompanhar *você* até a sua casa.

* * *

Deu a hora no relógio do fórum. Os sons eram soprados pela cidade vazia, mais vazia do que nunca. Pelas ruas vazias e terrenos vazios e gramados vazios, o som evanescia.

— Nove, dez, onze, doze — contou Lavinia, com Helen no seu braço.

— Não dá uma sensação estranha? — perguntou Helen.

— Como assim?

— Quando pensamos na gente aqui fora nas calçadas, embaixo das árvores, e todas essas pessoas a salvo atrás de portas trancadas, deitadas em suas camas. Somos praticamente as únicas pessoas caminhando a céu aberto num raio de mil quilômetros, aposto.

Aproximava-se o zumbido do desfiladeiro profundo, escuro e quente.

Dentro de um minuto, elas estavam diante da casa de Helen, onde ficaram se entreolhando por um bom tempo. O vento soprava o odor da grama cortada entre as duas. A lua afundava num céu que começava a nublar.

— Acho que não adianta eu lhe pedir para ficar, não é, Lavinia?

— Eu vou indo.

— Às vezes…

— Às vezes o quê?

— Às vezes eu penso que as pessoas *querem* morrer. Você passou a noite toda agindo esquisito.

— Eu não tenho medo, só isso — disse Lavinia. — E sou curiosa, acho. E estou usando a cabeça. Por lógica, não tem como O Solitário estar por aí. A polícia e tudo.

— A polícia está é em casa, com a coberta puxada até as orelhas.

— Digamos apenas que eu estou me divertindo, de forma precária, mas segura. Se houvesse qualquer chance real de algo me acontecer, eu ficaria aqui com você, pode ter certeza.

— Talvez uma parte de você não queira mais viver.

— Você e a Francine. Francamente!

— Me sinto tão culpada. Estarei tomando um chocolate quente bem na hora que você estiver chegando no fundo do desfiladeiro para atravessar a ponte.

— Beba uma caneca por mim. Boa noite.

Lavinia Nebbs caminhava sozinha pela rua na madrugada, atravessando o silêncio de fim de noite de verão. Viu as casas com as janelas fechadas e, ao longe, ouviu um cão latir. Dentro de cinco minutos, ela pensou, estarei a salvo em casa. Dentro de cinco minutos, estarei telefonando para a boba da Francine. Estarei...

Ela ouviu a voz de um homem.

A voz de um homem, cantando ao longe, entre as árvores:

— Ah, quero uma noite de junho, o luar e tu...

Ela apressou um pouco o passo.

A voz cantava:

— Em meus braços... com teus laços...

Descendo a rua, sob o luar obscuro, um homem caminhava lenta e casualmente.

Posso correr e bater na porta de uma dessas casas, pensou Lavinia, se precisar.

— Ah, quero uma noite de junho — cantava o homem, que também carregava um longo bastão na mão. — O luar e tu. Bem, olha só quem está *aqui*! Que hora da noite para você estar na rua, senhorita Nebbs!

— Policial Kennedy!

E era ele mesmo, claro.

— Melhor eu levar você até em casa!

— Obrigada, eu vou sobreviver.

— Mas você mora do outro lado do desfiladeiro...

Sim, ela pensou, mas não vou atravessar o desfiladeiro com qualquer homem que seja, nem mesmo um policial. Como que eu vou saber quem é O Solitário?

— Não — insistiu ela —, eu vou bem rápido.

— Eu vou esperar bem aqui — disse ele. — Se precisar de ajuda, é só gritar. Faz bastante eco aqui. Eu vou correndo.

— Obrigada.

Ela prosseguiu, deixando-o para trás embaixo da luz de um poste, cantarolando para si mesmo, sozinho.

Aqui estou, ela concluiu.

O desfiladeiro.

Ela estava na beirada dos cento e treze degraus que desciam o barranco íngreme para então atravessar a ponte de setenta metros e subir o outro lado que dava na Park Street. E tendo apenas uma lanterna como fonte de luz. Daqui a três minutos, ela pensou, estarei encaixando minha chave na fechadura da minha porta. Nada pode acontecer em apenas cento e oitenta segundos.

Ela começou a descer os longos degraus de cor verde escura que davam para o desfiladeiro profundo.

— Um, dois, três, quatro, cinco, seis, sete, oito, nove, dez degraus — contava ela, aos sussurros.

Sentiu como se estivesse correndo, mas não estava.

— Quinze, dezesseis, dezessete, dezoito, dezenove, vinte degraus. — Ela respirou. — Um quinto do caminho! — anunciou para si mesma.

O desfiladeiro era profundo, um breu e um breu, um breu! E o mundo desaparecia lá atrás, o mundo das pessoas a salvo na cama, as portas trancadas, a cidade, a farmácia, o cinema, as luzes, tudo desaparecera. Apenas o desfiladeiro existia e tinha vida, imenso e obscuro, à sua volta.

— Nada aconteceu, não é? Não tem ninguém por aqui, tem? Vinte e quatro, vinte e cinco degraus. Lembra daquela velha história de fantasma que vocês contavam uma para a outra quando eram crianças?

Ela escutava os próprios sapatos nos degraus.

— A história do homem sinistro que entra na sua casa e você está deitada na cama, no andar de cima. E agora ele está no primeiro degrau que leva ao seu quarto. E agora no segundo degrau. E agora no terceiro degrau, o quarto degrau e o quinto! Ai, como a gente ria e gritava por conta dessa história! E agora o homem horrível e sinistro está no décimo segundo degrau e está abrindo a porta do seu quarto e agora está parado perto da sua cama. "Peguei você!"

Ela deu um grito. Não parecia com nada que ela já ouvira, aquele grito. Jamais gritara tão alto na vida. Ela parou, congelou, agarrou-se ao corrimão de madeira. Seu coração explodia dentro de si. O som dos batimentos aterrorizados preenchia o universo.

— Ali, *ali*! — ela gritava para si mesma. — No fim da escada. Um homem, embaixo da luz! Não, agora sumiu! Ele estava *esperando* ali!

Ela ficou ouvindo.

Silêncio.

A ponte estava vazia.

Não era nada, pensou, com a mão no coração. Nada. Idiota! Essa história que eu contei para mim mesma. Que boba. O que eu faço?

A palpitação diminuiu.

Chamo o policial? Será que ele ouviu meu grito?

Ficou escutando. Nada. Nada.

Vou terminar o restante do caminho. Essa história boba.

Recomeçou, contando os degraus.

— Trinta e cinco, trinta e seis, cuidado, não vá cair. Ai, eu sou uma boba. Trinta e sete, trinta e oito, nove e quarenta, e dois, dá quarenta e dois... quase na metade.

Ela congelou de novo.

— Espera — ela disse para si mesma.

Desceu um degrau. Houve um eco.

Desceu mais um degrau.

Outro eco. Outro degrau, apenas uma fração de um momento depois.

— Tem alguém me seguindo — sussurrou ela para o desfiladeiro, para os grilos pretos, os sapos escondidos de cor verde-musgo e o arroio escuro. — Tem alguém nos degraus atrás de mim. Não ouso me virar.

Mais um degrau, mais um eco.

— Cada vez que eu desço um degrau, a pessoa desce outro.

Um degrau e um eco.

Enfraquecida, ela perguntou para o desfiladeiro:

— Policial Kennedy, é *você*?

Os grilos ficaram imóveis.

Os grilos estavam *escutando*. A noite *a escutava*. Para variar, todas as campinas da noite de verão, ao longe, e as árvores da noite de verão ali perto estavam suspendendo seus movimentos; folhas, arbustos, estrelas e a relva das campinas haviam cessado seus tremores particulares e ouviam o coração de Lavinia Nebbs. E, talvez a mil quilômetros dali, do outro lado do país solitário de locomotivas, numa estação de trem vazia, um único viajante lendo um jornal no escuro, sob uma lâmpada solitária e exposta, erguesse a cabeça, escutasse e pensasse: "O que é isso?", e decidisse: "É só uma marmota, com certeza, batendo num tronco oco". Mas era Lavinia Nebbs, com certeza, o coração de Lavinia Nebbs.

Silêncio. Um silêncio de noite de verão que se estendia por mil quilômetros e cobria a terra como um mar branco e tenebroso.

Mais rápido, mais rápido! Ela desceu os degraus.

Corra!

Ela ouviu música. De um jeito louco, abobado, ela ouvia um grande pico de música que a atingia e se deu conta, enquanto corria, enquanto corria em pânico e terror, que alguma parte da sua cabeça estava dramatizando, pegando emprestada a trilha sonora turbulenta de algum drama particular, e a música a apressava e propelia agora, mais e mais aguda, mais rápida, mais rápida, despencando e correndo, descendo, descendo rumo ao fundo do desfiladeiro.

Num trechinho ela chegou a rezar. Cento e oito, nove, cento e dez degraus! O fundo! Agora, corra! Atravesse a ponte!

Ela dizia às pernas o que fazer, aos braços, ao corpo, ao seu terror; aconselhava todas as partes de si mesma naquele momento branco e terrível, correndo sobre as águas turbulentas do riacho, pisando as tábuas ocas, ruidosas, bambas, quase vivas e resilientes da ponte, seguida por passos ensandecidos logo atrás, atrás, com a música a segui-la também, a música estridente e balbuciante.

Ele está seguindo você, não se vire, não olhe, se você o vir, não vai conseguir se mexer, de tanto medo. Só corra, corra!

Ela atravessou correndo a ponte.

Ai, Deus, Deus, por favor, por favor, me deixe subir o outro lado! Agora subindo pela trilha, agora entre as colinas, ai, Deus, está escuro e tudo é tão distante. Se eu gritasse agora não ia adiantar nada; não posso gritar, em todo caso. Aqui está o topo da trilha, ali a rua, ai, Deus, por favor, me deixe chegar a salvo, se eu chegar em casa a salvo, nunca mais saio sozinha; fui idiota, admito, fui idiota, não sabia o que era o terror, mas se me deixar chegar em casa depois disso tudo, jamais sairei sem Helen ou Francine de novo! Aqui está a rua. Atravessar a rua!

Ela atravessou a rua e subiu correndo a calçada.

Ai, Deus, a varanda! Minha casa! Ai, Deus, por favor, me dê tempo para entrar e trancar a porta e estar a salvo!

E ali... que bobeira reparar nisso... por que foi que ela reparou, na hora, não tinha tempo, não tinha tempo... mas lá estava, em todo caso, de relance... ali no guarda-corpo da varanda, o copo de limonada pela metade que ela abandonara fazia tanto tempo, um ano, uma metade da noite atrás! O copo de limonada sentado placidamente, imperturbável ali no guarda-corpo... e...

Ela ouviu seus próprios pés desajeitados na varanda e ouviu e sentiu suas mãos atrapalhadas golpeando a fechadura com a chave. Ela ouviu seu coração. Ouviu sua voz interior aos berros.

A chave entrou.

Destranque a porta, rápido, rápido!

A porta abriu.

Agora, dentro. Bata a porta!

Ela bateu a porta.

— Agora a tranca, põe o ferrolho, a tranca!

Ela suspirava horrivelmente.

— Tranque, bem, *bem* firme!

A porta estava bem trancada e aferrolhada.

A música parou. Ela ouviu seu coração outra vez, seu som diminuindo até virar silêncio.

Em casa! Ai, Deus, a salvo em casa! A salvo, a salvo e a salvo em casa! Ela se apoiou contra a porta. A salvo, a salvo. Escute. Nem um ruído. A salvo, a salvo, ai, obrigada, Deus, a salvo em casa.

Nunca vou sair na rua de novo à noite. Vou ficar em casa. Não vou nunca mais atravessar o desfiladeiro. A salvo, ai, a salvo, tão bom, tão bom, a salvo! A salvo dentro de casa, a porta trancada. Espere.

Olhe pela janela.

Ela olhou.

Ora, não tem absolutamente ninguém lá fora! Ninguém. Não tinha absolutamente ninguém me seguindo. Ninguém correndo atrás de mim. Ela recuperou o fôlego e quase riu de si mesma. *Faz sentido*. Se tivesse *mesmo* um homem me seguindo, ele teria me *alcançado*! Não corro rápido... Não tem ninguém na varanda, nem no quintal. Que bobeira a minha. Eu não estava correndo de nada. O desfiladeiro é tão seguro quanto qualquer outro lugar. Em todo caso, é bom estar em casa. A casa é o único lugar bom e caloroso de verdade, o único lugar para se estar.

Ela levou a mão ao interruptor e parou.

— O quê? — perguntou ela. — O quê, *o quê*?

Atrás dela, na sala de estar, um homem pigarreou.

— Puxa vida, elas estragam tudo!

— Não leve isso tão a sério assim, Charlie.

— Bem, vamos conversar sobre o quê agora? Não adianta falar d'O Solitário se ele nem vivo está mais! Não dá mais medo!

— Não sei você, Charlie — disse Tom. — Mas eu vou voltar até A Casa de Gelo do Verão, sentar na porta, fingir que ele está vivo e ficar com calafrios por toda a espinha.

— Não vale.

— A gente tem que aproveitar os calafrios que a vida oferece, Charlie.

Douglas não deu ouvidos a Tom e Charlie. Ele olhou para a casa de Lavinia Nebbs e falou, quase sozinho:

— Estive ontem à noite no desfiladeiro. Eu vi. Eu vi tudo. No caminho para casa, passei por aqui. Vi aquele copo de limonada bem no guarda-corpo da varanda, pela metade. Pensei em dar um gole. Queria dar um gole, pensei. Estive no desfiladeiro e estive aqui, bem no meio da coisa toda.

Tom e Charlie, por sua vez, ignoraram Douglas.

— Na verdade — disse Tom —, eu não acho a sério que O Solitário esteja morto.

— Você estava aqui de manhã quando a ambulância veio para levar aquele homem na maca, não estava?

— Claro — garantiu Tom.

— Bem, *aquele* era O Solitário, trouxa! Leia os jornais! Depois de dez anos fugindo, a velha Lavinia Nebbs foi lá e cravou uma tesoura de costura nele. Queria eu que ela cuidasse da própria vida.

— Você acha que era para ela ter se jogado no chão e deixado que ele apertasse o pescoço dela?

— Não, mas o mínimo que podia ter feito era ter saído a galope de casa e descido a rua gritando "O Solitário! O Solitário!" para lhe dar a chance de fugir. A cidade costumava ter algo de divertido até lá pela meia-noite da noite passada. Daqui em diante, somos um pudim de baunilha.

— Vou dizer pela última vez, Charlie; eu acho que O Solitário não morreu. Eu vi o rosto dele, você viu o rosto dele, Doug viu o rosto dele, não foi, Doug?

— O quê? Isso. Acho que sim. Isso.

— Todo mundo viu o rosto dele. Me responda isso, então: *parecia* ser o rosto d'O Solitário para você?

— Eu… — Douglas ia responder, mas parou.

O sol zumbiu no céu por uns cinco segundos.

— Caramba… — sussurrou Charlie, enfim.

Tom ficou esperando, com um sorriso.

— Não parecia nada com O Solitário mesmo — espantou-se Charlie. — Parecia *um homem*.

— Certo, sim, senhor, um homem normal e comum, que não conseguiria nem mesmo arrancar as asas de uma mosca, Charlie, nem uma mosca! O mínimo que O Solitário poderia fazer se fosse mesmo O Solitário seria ter a cara d'O Solitário, não é? Bem, ele tinha a cara do vendedor de balas que fica na frente do Cinema Elite de noite.

— Acha que era só um vagabundo que chegou na cidade, entrou no que achou que fosse uma casa vazia e foi morto pela srta. Nebbs?

— Com certeza!

— Espera aí. Ninguém aqui sabe como era a cara d'O Solitário. Não tem foto. As únicas pessoas que o viram acabaram mortas.

— Você sabe, o Doug sabe e eu sei como é a cara dele. Só pode ser alto, não é?

— Claro…

— E só pode ser pálido, não é?

— Pálido, é verdade.

— E magrelo que nem um esqueleto, com um cabelo escuro comprido, não é?

— É o que eu sempre digo.

— E olhões esbugalhados, verdes, que nem o de um gato?

— É ele mesmo.

— Bem, então — bufou Tom. — Vocês viram o coitado que eles tiraram da casa de Nebbs umas horas atrás. Como ele era?

— Baixinho, com a cara vermelha e meio gordo, sem muito cabelo e o cabelo que tinha era loiro. Tom, você acertou na mosca! Vamos! Chama os outros meninos! Você tem que falar para eles o que você me falou! O Solitário não morreu. Ele ainda estará à espreita esta noite.

— Isso — disse Tom antes de parar, ficando reflexivo de repente.

— Tom, você é um amigo mesmo e tem um cérebro de verdade. Nenhum de nós teria salvado o dia desse jeito. Agora mesmo o verão estaria arruinado. Você meteu o dedo no furo da barragem bem na hora. Agosto não vai ser uma perda *total*. Ei, gente!

E Charlie saiu, sacudindo os braços e berrando.

Tom ficou parado na calçada em frente à casa de Lavinia Nebbs, com o rosto pálido.

— Caramba! — sussurrou. — O que foi que eu fiz desta *vez*!

Ele se virou para Douglas:

— Digo, Doug, o que foi que eu fiz desta vez?

Douglas encarava a casa. Seus lábios se mexeram.

— Eu estava ali, na noite passada, no desfiladeiro. Eu vi Elizabeth Ramsell. Vim até aqui a noite passada no caminho de volta pra casa. Vi o copo de limonada ali no guarda-corpo. Bem na noite passada, isso. Eu podia dar um gole, pensei... Podia dar um gole...

Ela era a mulher com uma vassoura ou uma pá de lixo ou uma flanela ou uma colher de pau na mão. Você a via cortando a casquinha das tortas de manhã, cantarolando, ou a via tirar as tortas recém-assadas do forno, ao meio-dia, para esfriarem, ou levando-as para dentro de casa, frias, ao anoitecer. Pendurava xícaras de porcelana no lugar como um campaneiro suíço.

Deslizava pelos corredores com a firmeza de um aspirador de pó, buscando, encontrando e pondo tudo em ordem. Transformava qualquer janela em espelho, a fim de apanhar o sol. Em qualquer jardim ela não passava mais de duas vezes, com a trolha em mãos, e as flores erguiam suas chamas trêmulas para o ar morno em seu rastro. Dormia quietinha e não se mexia mais de três vezes a cada noite, tão relaxada quanto uma luva branca à qual, pela manhã, uma mão ágil retornaria. Ao acordar, ela tocava as pessoas como se fossem fotos, para endireitar a moldura.

Mas, agora…?

— Vó — diziam todos. — Bisa.

Agora era como se uma imensa soma de aritmética estivesse enfim se fechando. Ela recheara perus, galinhas, pombos, cavalheiros e meninos. Lavara tetos, paredes, inválidos e crianças. Instalara pisos de linóleo, consertara bicicletas, dera corda em relógios, atiçara fornalhas, passara iodo em dez mil ferimentos graves. Suas mãos já haviam estado em toda parte, afofando aqui, segurando ali, jogando bolas de beisebol, brandindo martelinhos de croquet de cores berrantes, semeando na terra escura ou cobrindo os bolinhos, ragus e crianças espalhadas caoticamente pelo sono. Ela já abaixara persianas, apagara velas, acendera interruptores e — envelhecera. Olhando em retrospecto os trinta bilhões de coisas começadas, executadas, finalizadas e prontas, tudo se somava, totalizava; foram acrescentados os últimos decimais, o zero derradeiro entrando devagar na linha. Agora, com o giz na mão, ela dava um passo para trás diante da vida durante uma hora de silêncio antes de apanhar o apagador.

— Deixe-me ver agora — disse a bisa. — Deixe-me ver…

Sem alvoroço ou maior alarde, ela viajou pela casa em círculos fazendo um inventário, alcançou as escadas no fim e, sem qualquer anúncio especial, subiu os três lances até o seu quarto, onde se deitou, em silêncio, como uma impressão fóssil sob a neve fria dos lençóis da sua cama, e começou a morrer.

De novo as vozes:

— Vó! Bisa!

O boato do que ela estava fazendo caiu escada abaixo, atingiu o chão e causou ondas de choque pelos cômodos, pelas portas e janelas, pela rua de olmos até a beirada do desfiladeiro verde.

— Aqui, vamos, aqui!

A família cercou seu leito.

— Só me deixem ficar deitadinha — sussurrou ela.

Não seria possível ver a sua moléstia em qualquer microscópio; era um cansaço brando, porém cada vez mais profundo, um leve sopesar do seu corpo de pardal; sonolenta, mais sonolenta, cada vez mais sonolenta.

Quanto aos seus filhos e aos filhos dos filhos — parecia impossível que, com um ato tão simples, o ato mais tranquilo do mundo, ela estivesse causando tamanha apreensão.

— Bisa, escuta agora... o que você está fazendo é que nem quebrar um contrato. Essa casa vai abaixo sem você. Tem que nos dar um ano de aviso prévio, no mínimo!

A bisavó abriu um dos olhos. Seus noventa anos dispararam do olhar na direção dos médicos como um fantasma de poeira de uma alta torre abobadada numa casa que se esvaziava com pressa.

— Tom...?

Mandaram o menino, sozinho, até o leito sussurrante dela.

— Tom — disse ela, vagamente, distante —, nos Mares do Sul, há um dia na vida de cada homem em que ele sabe que é hora de apertar a mão de todos os seus amigos, se despedir e zarpar, e é o que ele faz, é natural... simplesmente chega a sua hora.

É o que está havendo hoje. Eu sou muito parecida com você às vezes, sentado nas matinês de sábado até nove da noite quando mandamos o seu pai ir buscá-lo. Tom, quando chega a hora em que os mesmos caubóis estão atirando nos mesmos indígenas no topo da mesma montanha, então o melhor é dobrar o assento e partir na direção da porta, sem arrependimentos e sem voltar pelo corredor andando de costas. Por isso, estou indo embora enquanto ainda estou feliz e entretida.

Douglas foi o próximo a ser convocado para ficar do lado dela.

— Vó, quem vai trocar as telhas na próxima primavera?

Todo mês de abril, desde que existem calendários, você pensava ouvir pica-paus batendo no telhado. Mas, não, era a bisa de algum modo transportada para lá, cantando, martelando pregos e trocando as telhas, lá em cima no céu!

— Douglas — sussurrou ela —, nunca deixe ninguém trocar as telhas a não ser que essa pessoa se divirta fazendo isso.

— Sim, senhora.

— Quando chegar o mês de abril, olhe ao redor e diga: "Quem quer consertar o telhado?", e a primeira pessoa cujo rosto se iluminar é a pessoa que você quer para o serviço, Douglas. Porque, lá em cima no telhado, dá para ver a cidade inteira até a zona rural e a zona rural até a beirada da terra e o rio cintilante, e o lago de manhã, e os pássaros nas árvores abaixo de você, e o melhor vento que tem em toda parte acima. Qualquer uma dessas coisas por si só já bastaria para fazer alguém querer subir até o cata-vento numa alvorada primaveril. É uma hora poderosa, você só precisa dar uma chancezinha…

A voz dela começou a baixar até virar um bater de asas delicado.

Douglas estava aos prantos.

Ela se agitou outra vez.

— Ora, por que está fazendo isso?

— Porque — disse ele —, a senhora não vai estar aqui amanhã.

Ela pegou o espelhinho de mão que estava virado para ela e o virou na direção do menino. Ele olhou para o rosto dela, depois para si mesmo no espelhinho e para o rosto dela de novo, enquanto ela dizia:

— Amanhã cedo eu vou levantar às sete e jogar uma água atrás das orelhas; vou correr até a igreja com Charlie Woodman; fazer um piquenique no Electric Park; vou nadar, correr descalça, cair das árvores, mascar chiclete de hortelã... Douglas, Douglas, que vergonha! Você cortou as unhas, não cortou?

— Sim, senhora.

— E faça o favor de não gritar quando o seu corpo se refizer do zero a cada sete anos, mais ou menos, com a morte das células velhas e as células novas sendo acrescentadas aos seus dedos e coração. Isso não o incomoda, não é?

— Não, senhora.

— Bem, considere isso, então, rapaz. Qualquer homem que guarde lascas de unhas cortadas é um idiota. Você já viu uma cobra se dar ao trabalho de guardar sua pele velha? Meio que tudo que se tem aqui nesta cama hoje são lascas de unha e pele de cobra. Uma boa soprada e eu saio voando em flocos. O importante não é o meu eu que está deitado aqui, mas o meu eu que está sentado na beirada da cama me olhando e o meu eu que está lá embaixo cozinhando a janta ou na garagem embaixo do carro ou na biblioteca, lendo. Todas as novas partes, elas também contam. Não estou morrendo de verdade hoje. Ninguém que tenha família jamais morreu. Ficarei por aí por um tempão. Daqui a uns mil anos, todo um município de meus descendentes estará se abrigando do sol à sombra dos liquidâmbares para comer maçãs verdes.

Essa é a minha resposta a qualquer um que fizer grandes perguntas! Rápido agora, mande vir os outros.

Enfim, lá estava a família toda em pé, como quem se despede de alguém na estação de trem, esperando na salinha.

— Bem — disse a bisa —, lá estou eu. Não sou humilde, por isso digo que é bom ver vocês ao redor da minha cama. Agora, na semana que vem, falta terminar de arrumar o jardim, limpar os armários e comprar roupas para as crianças. E já que essa parte de mim que, por conveniência, chamam de bisa, não estará aqui para tocar tudo isso, as outras partes de mim de nome tio Bert e Leo, Tom e Douglas e todos os outros nomes, vão ter que assumir essas tarefas, cada um com a sua.

— Sim, vó.

— Não quero festas de Dia das Bruxas aqui amanhã. Não quero que ninguém diga algo de fofo a meu respeito; eu disse tudo que há para dizer enquanto era viva e orgulhosa. Já senti o gosto de todas as iguarias e dancei todas as danças; agora falta um último doce que eu nunca mordi, uma última melodia que eu nunca assobiei. Mas não tenho medo. Estou curiosa, de verdade. Não tem uma única migalha que a morte possa colocar na minha boca que eu não vou guardar e saborear. Por isso, não se preocupem comigo. Agora, saiam todos vocês e me deixem encontrar o meu sono…

Em algum lugar, uma porta se fechou em silêncio.

— Melhor assim.

Sozinha, ela se aconchegou deliciosamente embaixo da camada de neve morna de linho e lã, lençol e cobertor, e as cores da colcha de retalhos eram fortes como as bandeiras circenses de antigamente. Deitada ali, ela se sentia tão pequena e secreta como naquelas manhãs, uns bons oitenta e tantos anos antes, quando ela confortava seus ossos tenros na cama ao acordar.

Muito tempo atrás, ela pensou, eu tive um sonho, e estava aproveitando tanto ele quando alguém me acordou, e foi naquele dia que eu nasci. E agora? Agora, vejamos... Ela projetou sua mente no passado. Onde eu estava?, pensou. Noventa anos... como pegar o fio da meada daquele sonho perdido de novo? Ela estendeu uma mãozinha miúda. *Ali*... Sim, era isso. Ela sorriu. Afundando mais no seu morro de neve morna, ela virou a cabeça no travesseiro. Melhor assim. Agora, sim, agora ela o via tomando forma em sua mente em silêncio, e com uma serenidade feito um mar avançando sobre uma praia infinita que perpetuamente se renova. Agora ela deixou o velho sonho tocá-la e erguê-la do meio da neve, para levitá-la até acima da cama, uma vaga recordação.

No andar de baixo, ela pensou, estão polindo a prataria, revirando o porão e tirando o pó nos corredores. Dava para ouvi-los, todos, vivos pela casa toda.

— Está tudo bem — sussurrou a bisa, enquanto o sonho a fazia flutuar. — Como todo o resto nesta vida, é digno.

E o mar a levou de volta à praia.

— Um fantasma! — gritou Tom.

— Não — disse uma voz. — Sou só eu.

A iluminação funesta se derramou para dentro do quarto escuro com cheiro de maçã. Um pote de vidro de um litro, aparentemente suspenso no espaço, piscava com diversos flocos de luz da cor do crepúsculo. Sob esse lusco-fusco macilento, os olhos de Douglas brilhavam, pálidos e solenes. Ele estava tão bronzeado que suas mãos e rosto se dissolveram na escuridão e seu pijama parecia um espírito incorpóreo.

— Minha nossa! — sibilou Tom. — Duas dezenas, três dezenas de vagalumes!

— Xiu, pelo amor!

— Pra que você catou esses vagalumes?

— Teve noites em que a gente foi flagrado lendo com a lanterna embaixo da coberta, não teve? Então, ninguém vai suspeitar de um pote velho cheio de vagalumes; o pessoal vai achar que é só um museu noturno.

— Doug, você é um gênio!

Mas Doug não deu resposta. Muito austeramente, ele posicionou a fonte de sinais de luz intermitentes sobre a mesa de cabeceira, apanhou um lápis e começou a escrever com uma letra grande e comprida no seu bloco de notas. Com a luz dos vagalumes que ardia e morria, ardia e morria, e o seus olhos brilhando com três dezenas de fragmentos fugitivos de um verde pálido, ele passou dez, depois vinte minutos, xilografando, alinhando e realinhando, escrevendo e reescrevendo os fatos que reunira, infelizmente, tão rapidamente durante a estação. Tom o observava, hipnotizado pela pequena fogueira de insetos que saltava e se enrolava dentro do pote, até se ver congelado, adormecido, apoiado num cotovelo, enquanto Douglas continuava escrevendo. Ele resumiu tudo numa página final:

NÃO DÁ PRA CONTAR COM AS *COISAS* PORQUE

...como as máquinas, por exemplo, elas desmontam, enferrujam ou apodrecem, ou talvez nunca são concluídas... ou acabam em garagens...

...como os tênis, só dá pra correr até um certo ponto com uma certa rapidez e aí a terra pega você de novo...

...como os bondes. Os bondes, por maiores que sejam, sempre chegam ao fim da linha...

NÃO DÁ PRA CONTAR COM AS *PESSOAS* PORQUE...

...elas vão embora.

...estranhos morrem.

...as pessoas que você conhece até que bem morrem.

...amigos morrem.

...as pessoas matam *as outras, que nem nos livros.*

...os seus próprios pais podem morrer.

E então se...!

Ele se agarrou a um punhado duplo de ar, deixou que saísse sibilando devagar, pegou mais ar e deixou ele sair sussurrado por entre os dentes bem travados.

SE. Ele concluiu com imensas letras de forma em maiúscula.

SE BONDES E CUPÊS E AMIGOS E QUASE AMIGOS PODEM IR EMBORA POR UM TEMPO OU SUMIR PARA SEMPRE, OU ENFERRUJAR OU SE DESMONTAR OU MORRER, E SE AS PESSOAS PODEM SER ASSASSINADAS, E SE ALGUÉM COMO A BISA QUE IA VIVER PARA SEMPRE PODE MORRER... SE TUDO ISSO É VERDADE... ENTÃO... EU, DOUGLAS SPAULDING, UM DIA... VOU TER QUE...

Mas os vagalumes, como se apagados por seus pensamentos soturnos, haviam delicadamente desligado a sua luz.

Não posso escrever mais do que isso, em todo caso, pensou Douglas. Não vou escrever mais nada. Não vou, não vou, não termino hoje.

Ele olhou para Tom, adormecido sobre o cotovelo e a mão erguidos. Ele o tocou no pulso, e Tom desabou, uma ruína suspirosa, caindo de volta na cama.

Douglas pegou o pote contendo aqueles caroços frios e escuros dentro de si e as luzes frias se acenderam de novo, como se ganhassem vida nas suas mãos. Ele levou o pote até um ponto onde podia iluminar, intermitentemente, o seu resumo das coisas. As palavras finais esperavam para ser escritas. Em vez disso, porém, ele foi até a janela e abriu a tela. Desrosqueou a tampa do pote e o inclinou até os vagalumes saírem numa chuva pálida de faíscas pela noite sem vento. Eles encontraram suas asas e saíram voando.

Douglas os observou partir. Foram-se como os fragmentos pálidos de um crepúsculo derradeiro na história de um mundo moribundo. Foram-se como os poucos fiapos restantes da esperança calorosa saídos de sua mão. Deixaram na escuridão seu rosto, seu corpo e o espaço dentro do seu corpo. Deixaram-no tão vazio quanto o pote que, agora, sem se dar conta disso, ele levou de volta para cama consigo, quando tentou dormir...

LÁ ESTAVA ELA SENTADA em seu caixão de vidro, noite após noite, seu corpo derretido pela labareda carnavalesca do verão, congelado nos ventos fantasmagóricos do inverno, no aguardo com o seu sorriso de foice e nariz entalhado, aquilino e encerado que pairava acima das mãos róseas de cera, pálidas e rugosas, posicionadas eternamente em cima do antigo baralho aberto de cartas. A Bruxa do Tarô. Que nome delicioso. A Bruxa do Tarô. Era colocar uma moedinha na fenda prateada e lá longe, embaixo, atrás, por dentro, o maquinário resmungava e mexia suas engrenagens, alavancas se engatilhavam, rodas giravam. E, dentro de sua caixa, a bruxa erguia seu rosto brilhoso para cegar quem a olhasse com seu olhar fixo feito agulha. A mão esquerda dela, implacável, descia para tocar e cortar enigmáticas caveiras, diabos, homens pendurados, eremitas, cardeais e palhaços de cartas de tarô, enquanto sua cabeça abaixava próxima ao consulente para sondar sua desgraça ou assassinato, sua esperança ou saúde, seus renascimentos a cada manhã e renovações de sua morte à noite. Depois ela corria uma caligrafia aracnídea no verso de uma única carta e a deixava cair, vão abaixo, até chegar às suas mãos. Nisso, a bruxa, com um último brilho velado nos olhos, congelava de novo em seu eterno saco amniótico por semanas a fio, talvez meses, anos, à espera da próxima moedinha de cobre que iria ressuscitá-la do esquecimento. Agora, morta e cérea, ela tolerou a aproximação dos dois meninos.

Douglas encostou o dedo no vidro.

— Aí está ela.

— É um manequim de cera — disse Tom. — Por que queria que eu viesse vê-la?

— O tempo todo perguntando por quê! — brigou Douglas. — Porque sim, *ué*, porque sim!

Porque sim... a luz do salão de jogos enfraqueceu... porque sim...

Um dia você descobre que está vivo.

Explosão! Concussão! Iluminação! Deleite!

Você ri, você dança, você brada.

Mas não demora muito e o sol se apaga. Cai a neve, mas ninguém a vê, numa tarde de agosto.

Na matinê de caubóis do último sábado, um homem havia caído morto na tela branca incandescente. Douglas soltara um grito. Entra ano, sai ano e ele já vira bilhões de caubóis baleados, enforcados, queimados e destruídos. Mas aquele homem em particular...

Ele jamais vai andar, correr, sentar, rir, chorar, fazer nada nunca mais, pensou Douglas. Agora ele está esfriando. Douglas batia os dentes, o coração bombeava lodo no seu peito. Ele fechou os olhos e deixou que a convulsão o sacudisse.

Precisou se afastar dos outros meninos, porque eles não pensavam na morte, só davam risadas e gritavam com o morto como se ele ainda estivesse vivo. Douglas e o morto estavam a bordo de um barco, afastando-se, enquanto todos os outros ficavam para trás na praia cintilante, correndo, saltando, em movimentos hilários, sem saber que o barco, o morto e Douglas estavam indo embora, indo embora, e agora já se tinham ido na escuridão. Aos prantos, Douglas correu até o banheiro masculino com cheiro de limão, onde, enjoado, pareceu que um hidrante golfou de dentro de sua garganta, três vezes.

E esperando passar o enjoo, ele pensou: Todo mundo que eu conheço que morreu neste verão! O coronel Freeleigh, morto! Não sabia disso até então; por quê? A bisa, morta também. Real, de verdade. Não só isso, mas... Ele parou. Eu! Não, não podem me matar! Sim, disse uma voz, sim, a qualquer momento que quiserem, eles podem, não importa o quanto você grite ou esperneie, eles apenas botam uma mãozona em cima de você e você fica paradinho... Não quero morrer! Douglas berrava, sem emitir um único som. Você vai ter que morrer, em todo caso, disse a voz, você vai ter que morrer, em todo caso...

O sol fora do cinema era uma labareda sobre a rua irreal, prédios irreais, e as pessoas andavam devagar, como se sob um oceano radiante e pesado de puro gás incandescente e ele pensando que agora, agora enfim precisava ir para casa e terminar a última linha do bloco de notas barato: ALGUM DIA, EU, DOUGLAS SPAULDING, VOU TER QUE MORRER...

Demorou dez minutos até ele reunir coragem o suficiente para atravessar a rua, seu coração desacelerando, e lá estava o salão de jogos e ele viu a estranha bruxa de cera no local onde ficava sempre escondida na sombra empoeirada com as Parcas e as Fúrias aninhadas embaixo de suas unhas. Um carro, ao passar, lançou um estouro de luz pelo salão de jogos, fazendo saltar as sombras. Parecia que a mulher de cera gesticulava rapidamente para que ele entrasse.

E assim ele entrara, convocado pela bruxa, e saíra cinco minutos mais tarde, certo de sua sobrevivência. Agora, precisava mostrar a Tom...

— Ela parece estar quase viva — disse Tom.

— Ela *está* viva. Vou mostrar pra você.

Ele enfiou uma moedinha na fenda.

Nada aconteceu.

Douglas gritou para o sr. Black, do outro lado do salão de jogos, o proprietário, sentado sobre um engradado vazio de refrigerante virado de lado, enquanto desarrolhava e dava um gole de uma garrafa só um quarto cheia de um líquido amarelo amarronzado.

— Ei, tem algo errado com a bruxa!

O sr. Black veio arrastando os pés, de olhos semicerrados, a respiração forte e aguda.

— Tem algo errado com a máquina de pinball, algo errado com o mutoscópio, tem algo errado com a máquina de Eletrocute-se Por Um Centavo. — Ele bateu na caixa. — Ei, você aí! Ganhe vida! — A bruxa continuou impassível. — Sai mais caro mandar pro conserto todo mês do que ela me rende de dinheiro.

O sr. Black pegou de trás da caixa e pendurou sobre o rosto dela uma plaquinha dizendo "Com Defeito".

— Ela não é a única coisa com defeito. Eu, você, esta cidade, este país, o mundo todo! Pro inferno com tudo isso. — Ele sacudiu o punho na direção da mulher. — Você vai pro lixão, está me ouvindo, o lixão!

Ele saiu andando e se afundou de novo no engradado de refrigerante para apalpar as moedinhas no seu avental, como se o seu estômago doesse.

— Não é possível… ai, não é possível que ela esteja com defeito — disse Douglas, aflito.

— É velha — disse Tom. — O vô diz que ela já estava aqui quando ele era menino e antes disso. Então era inevitável que um dia ela fosse dar pau e…

— Faça-me o favor — sussurrou Douglas. — Ai, por favor, por favor, escreva para o Tom poder ver!

Ele empurrou outra moeda, furtivamente, para dentro da máquina.

— Por favor…

Os meninos estavam com a cara colada no vidro. Sua respiração fazia nuvens *cumulus* nele.

Então, do fundo do interior da caixa, um sussurro, um zunido.

E, devagar, a cabeça da bruxa se levantou e olhou para os rapazes. Havia alguma coisa em seu olhar que fez com que paralisassem quando a mão dela começou a rabiscar quase freneticamente de lá para cá em cima dos tarôs, parando, apressando-se e retornando. Com a cabeça abaixada, uma das mãos parou, com um tremor que abalou a máquina enquanto a outra mão escrevia, parava, escrevia e parou enfim com um paroxismo tão violento que fez repicar o vidro na caixa. O rosto da bruxa, entortado numa expressão rígida de infelicidade mecânica, quase se fechou num punho. Depois a máquina deu um tranco, uma única engrenagem deslizou e uma cartinha minúscula de tarô pingou pelo vão até chegar às mãos em concha de Douglas.

— Está viva! Está funcionando de novo!

— O que diz a carta, Doug?

— É a mesma que ela escreveu pra mim no último sábado. Escuta só…

E Douglas leu:

"Lá larilirá!
Tolos os homens que buscam a morte!
Dançar e cantar não é bom
Se o sino da morte dá o tom?
Não é bom no vinho nadar,
E virar aqui e acolá,
Cantando Lá larilirá!
Quando o vento soprar e a maré rebentar?
Lá larilirá!"

— É só *isso* que diz? — perguntou Tom.

— E no fim tem uma mensagem: "PREVISÃO: uma vida longa e vivaz".

— Assim que é bom! Agora, que tal tirarmos uma pra mim?

Tom inseriu a sua moeda. A bruxa estremeceu. Caiu uma carta na sua mão.

— "O último a sair é um traseiro de bruxa" — disse Tom, tranquilamente.

Eles saíram correndo tão rápido que o proprietário se espantou e agarrou suas quarenta e cinco moedinhas de cobre num punho e trinta e seis no outro.

LÁ FORA, sob o clarão inquietante dos postes, Douglas e Tom fizeram uma descoberta terrível.

A carta de tarô estava em branco, não havia mensagem alguma.

— Não pode ser!

— Não se agite, Doug. É uma carta velha, só isso; perdemos só uma moedinha.

— Não é só uma carta velha, é mais do que uma moedinha, é questão de vida e morte.

Sob a luz esvoaçante de mariposas na rua, o rosto de Douglas estava leitoso enquanto ele encarava a carta, virando-a, num farfalhar, tentando de algum modo colocar palavras nela.

— Acabou a tinta.

— A tinta dela *nunca* acaba!

Ele olhou para o sr. Black sentado ali, matando a garrafa e praguejando, sem saber a sorte que tinha de morar no salão de jogos. Por favor, pensou, não deixe o salão de jogos se acabar também. Já é ruim o bastante que os amigos tenham desaparecido, as pessoas estejam mortas e enterradas no mundo real, mas deixe o salão de jogos continuar do jeito que sempre foi, por favor, por favor...

Agora Douglas sabia por que o salão de jogos o atraíra com tanta firmeza esta semana e ainda o atraía naquela noite. Pois havia um mundo em que tudo estava completamente no lugar, previsível, certo, garantido, com suas fendas para moedas, prateadas e reluzentes, seu terrível gorila atrás do vidro eternamente apunhalado por um herói de cera a fim de salvar uma heroína ainda mais de cera, e depois a cascata de sons tiritantes dos Keystone Kops em eternas varetas fotográficas traçando espirais na escuridão perto de moedas com perfis de indígenas sob lâmpadas expostas. Os Kops, em eterno estado de colisão ou quase colisão com trens, caminhões, bondes, eternamente a cair de píeres em oceanos onde não se afogavam, porque de lá tinham que correr para se chocar de novo com trens, caminhões, bondes, mergulhar daquele píer antigo e lindamente familiar. Mundos dentro de mundos, os mutoscópios de moedinha que você girava a manivela para repetirem velhos ritos e fórmulas. Ali, quando você quisesse, os irmãos Wright velejavam os ventos arenosos em Kitty Hawk, Teddy Roosevelt expunha seus dentes ofuscantes, San Franciso era construída e incendiada, incendiada e construída, contanto que as moedinhas suadas continuassem alimentando máquinas convencidas.

Douglas olhou em volta para essa cidade noturna, onde absolutamente tudo poderia acontecer agora, dali a um minuto. Ali, faça noite ou faça dia, como são poucas as fendas nas quais dá para inserir o seu dinheiro, como são poucas as cartas entregues na sua mão para serem lidas e, se lidas, como são poucas as que fazem sentido. Aqui no mundo das pessoas, é possível oferecer tempo, dinheiro, preces e receber pouco ou nenhum retorno.

Mas lá no salão de jogos dava para segurar um raio na mão com a máquina elétrica VOCÊ AGUENTA?, bastava afastar suas alças cromadas enquanto chegava a energia pinicando, fritando, ferroando como uma vespa os seus dedos vibrantes. Dava para dar um murro num saco de pancadas e ver quantos quilos de tendões havia nos seus braços caso fosse preciso bater no mundo. Lá dava para apertar a mão de um robô numa queda de braço e descontar sua fúria para iluminar as lâmpadas que subiam os números da régua até a metade, onde os fogos de artifício no topo provavam a supremacia da sua violência.

No salão de jogos, pois, dava para fazer tais e tais coisas e então tais e tais coisas aconteciam. Você saía de lá em paz, como se de uma igreja até então desconhecida.

E agora? Agora?

A bruxa se mexia, mas em silêncio, talvez morta em breve em seu caixão de cristal. Ele olhou para o sr. Black lá desfiando sua ladainha, desafiando todos os mundos, até o dele mesmo. Algum dia, aquele belo maquinário iria enferrujar por falta de cuidados carinhosos, os Keystone Kops ficariam congelados para sempre meio dentro e meio fora do lago, meio atingidos e meio atropelados pela locomotiva; os irmãos Wright sem conseguirem tirar sua máquina-pipa do chão...

— Tom — disse Douglas —, precisamos ir na biblioteca para sentar e resolver essa situação.

Eles desceram a rua, passando entre si a carta branca sem nada escrito.

Sentaram-se dentro da biblioteca sob aquela luz verde encoberta e depois se sentaram do lado de fora sobre o leão de pedra esculpido, com os pés balançando sobre as suas costas, franzindo o rosto.

— O velho Black, o tempo todo gritando com ela, ameaçando de morte.

— Não dá para matar o que nunca esteve vivo, Doug.

— Ele trata a bruxa como se estivesse viva ou tivesse sido viva alguma vez ou algo assim. Grita com ela. Por isso é possível que ela tenha finalmente desistido. Ou talvez não tenha desistido nada, mas seja uma forma de nos avisar em segredo que sua vida está em perigo. Tinta invisível. Sumo de limão, talvez! Pode ser que tenha uma mensagem aqui que ela não quisesse que o sr. Black visse, caso ele olhasse enquanto estávamos no seu salão de jogos. Espera! Eu tenho fósforos.

— Por que ela escreveria uma mensagem para a gente, Doug?

— Segure a carta. Aqui! — Douglas acendeu um fósforo e o passou embaixo da carta.

— Ai! A mensagem não está nos meus dedos, Doug, tire esse fósforo daí.

— Pronto! — gritou Douglas. E um vago rabisco aracnídeo começou a tomar forma numa espiral de incríveis e serpenteantes letras caligrafadas, preto no branco... uma palavra, duas palavras, três...

— A carta está pegando fogo!

Tom deu um berro e a deixou cair.

— Pise em cima!

Mas quando os dois pularam e calcaram a coluna de pedra do antigo leão, a carta já era uma ruína de fuligem.

— Doug! Agora nunca saberemos o que dizia ali!

Douglas segurou os flocos de cinzas quentes na palma da mão.

— Não, eu vi. Eu lembro das palavras.

O vento soprou as cinzas nos seus dedos, sussurrando.

— Lembra daquela comédia do Charlie Chase na primavera em que o francês estava se afogando e gritava algo em francês que Charlie Chase não conseguia entender? *Secours, Secours!* E alguém explicou a Charlie o que isso queria dizer e ele pulou na água e salvou o homem. Bem, nessa carta, eu vi com meus próprios olhos. *Secours!*

— Mas por que ela escreveria em francês?

— Para o sr. Black não entender, tonto!

— Doug, era só uma velha marca d'água que apareceu quando você queimou a carta... — Tom viu a expressão no rosto de Douglas e parou. — Certo, não faça cara de bravo. Era *sucker*, então, ou sei lá o quê. Mas havia outras palavras...

— Mme. Tarô, dizia ali. Tom, agora eu entendi! A mme. Tarô é real, ela viveu faz muito tempo e revelava a sorte. Eu vi uma foto dela uma vez numa enciclopédia. As pessoas vinham da Europa inteira para se encontrarem com ela. Bem, conseguiu entender agora, por conta própria? Pense, Tom, pense!

Tom se recostou na coluna do leão, olhando para a rua onde as luzes do salão de jogos piscavam.

— Mas aquela não é a mme. Tarô *de verdade*?

— Dentro daquela caixa de vidro, embaixo de toda aquela seda vermelha e azul, toda aquela cera velha semiderretida, claro! Talvez em algum momento, tantos anos atrás, alguém tenha ficado com ciúmes ou com ódio dela e derramado cera em cima da mulher para mantê-la para sempre como prisioneira e aí ela tem sido passada de vilão em vilão até vir parar aqui, séculos depois, em Green Town, Illinois… trabalhando por moedinhas com perfis de indígenas em vez das coroas da Europa!

— Vilões? O sr. Black?

— O nome dele quer dizer "preto", ele usa uma camisa preta, calças pretas, gravata preta. Vilões de filmes se vestem de preto, não?

— Mas por que ela não pediu socorro ano passado ou no ano anterior?

— Sabe-se lá. Talvez venha escrevendo mensagens com sumo de limão todas as noites há cem anos nas cartas, mas todo mundo só lê a mensagem normal, ninguém pensou, que nem nós, em correr um fósforo no verso para ler a mensagem *verdadeira*. Que sorte que eu sei o que *secours* significa.

— Certo, ela disse "Socorro!". E agora?

— Agora nós vamos salvá-la, claro.

— Vamos roubá-la bem debaixo do nariz do sr. Black, é? E é assim que nós mesmos vamos acabar virando bruxas, presas em caixas de vidro com cera derramada em cima da nossa cara durante os próximos dez mil anos.

— Tom, a biblioteca está aqui. Vamos aparecer armados com feitiços e poções para enfrentar o sr. Black.

— Tem apenas uma única poção que vai dar jeito no sr. Black — disse Tom. — Todo fim de tarde, assim que tem moedinhas o suficiente, ele… bem, vamos ver. — Tom tirou umas moedas do bolso. — Talvez isso aqui baste. Doug, você vai lá ler os livros. Eu vou correr de volta e olhar os Keystone Kops umas quinze vezes; nunca me canso. Quando você se encontrar comigo no salão de jogos, é possível que a velha poção já esteja fazendo efeito para nossa vantagem.

— Tom, espero que você saiba o que está fazendo.

— Doug, você quer resgatar essa princesa ou não?

Douglas se virou sobre os calcanhares e pulou.

Tom ficou olhando as portas da biblioteca baterem e se encaixarem. Depois saltou das costas do leão para dentro da noite. Nas escadas da biblioteca, as cinzas da carta de tarô esvoaçaram e foram sopradas para longe.

O SALÃO DE JOGOS ESTAVA ESCURO; lá dentro, as máquinas de pinball repousavam, obscuras e enigmáticas, como rabiscos de pó na caverna de um gigante. Os mutoscópios continuavam lá com Teddy Roosevelt e os irmãos Wright abrindo um vago sorriso ou apenas fazendo girar uma hélice de madeira. A bruxa seguia em sua caixa, com os olhos de cera enclausurados no saco amniótico. Então, de repente, um dos olhos reluziu. Uma lanterna subia e descia do outro lado das janelas empoeiradas do salão de jogos. Uma figura corpulenta veio trançando as pernas na direção da porta trancada, e uma chave esgaravatou até encaixar na fechadura. A porta se abriu com força e continuou aberta. Havia o som de respiração pesada.

— Sou só eu, velha garota — disse o sr. Black, cambaleando.

Lá fora, na rua, chegando com a cara enfiada num livro, Douglas encontrou Tom escondido em uma porta próxima.

— Xiu! — disse Tom. — Deu certo. Os Keystone Kops, quinze vezes; e quando o sr. Black me ouviu depositar todo esse dinheiro, seus olhos se arregalaram, ele abriu a máquina, pegou as moedinhas, me enxotou e foi até o bar clandestino pegar a poção mágica.

Douglas foi andando de fininho e espiou para dentro do salão de jogos escuro, onde viu as duas figuras de gorila ali, uma que não se mexia, a heroína de cera em seus braços, e a outra parada, atordoada, no meio do salão, titubeando de leve de um lado para o outro.

— Ai, Tom — sussurrou Douglas —, você é um gênio. Ele está *entupido* de poção mágica, não está?

— *Nem me fale*. O que foi que *você* descobriu?

Douglas bateu no livro e respondeu com uma voz baixinha.

— A mme. Tarô, como eu disse, revelava tudo a respeito da morte e do destino, essas coisas, nos salões dos ricaços, mas ela cometeu um erro. Previu a derrota e a morte de Napoleão bem *na cara dele*. Então...

A voz de Douglas desapareceu enquanto olhava de novo pela janela empoeirada aquela figura distante, assentada em silêncio em sua caixa cristalina.

— *Secours* — murmurou Douglas. — O velho Napoleão simplesmente foi até os escultores de cera da mme. Tussaud e mandou mergulharem a Bruxa do Tarô, ainda viva, na cera quente, e agora... agora...

— Cuidado, Doug, o sr. Black, lá dentro! Ele tem um porrete na mão ou coisa assim!

Era verdade. Lá dentro, xingando horrivelmente, a figura imensa do sr. Black trançava as pernas. Em sua mão, uma faca esportiva cintilava no ar a quinze centímetros do rosto da bruxa.

— Ele implica com ela porque é a única coisa de aspecto humano em toda essa maldita bodega — disse Tom. — Não vai lhe fazer mal. A qualquer segundo agora ele cai duro e pega no sono.

— Não, senhor — disse Douglas. — Ele sabe que ela avisou a gente e que estamos a caminho para o resgate. Ele não quer que a gente revele seu segredinho, por isso é possível que esta noite ele vá destruí-la de uma vez por todas.

— Como vai saber que ela nos avisou? Nem a gente entendeu até a hora que a gente saiu.

— Ele a obrigou a contar, botou moedas na máquina; ela é incapaz de mentir ali, nas cartas, todas elas com crânios e ossos de tarô. Ela não consegue não contar a verdade e deu uma carta para ele, com certeza, com dois pequenos cavaleiros nela, do tamanho de crianças, entende? Somos nós, com os porretes na mão, descendo a rua.

— Uma última vez! — clamou o sr. Black de dentro da caverna. — Vou botar a moeda. Uma última vez agora, droga, me conte! Será que este maldito salão de jogos um dia vai me fazer dinheiro ou é melhor eu declarar falência? Que nem todas as mulheres; fica aí em silêncio, me dando um gelo, enquanto o homem morre de fome! Me passa a carta. Pronto! Agora, deixe-me ver.

Ele ergueu a carta contra a luz.

— Ai, caramba! — sussurrou Douglas. — Se prepare.

— Não! — bradou o sr. Black. — Mentirosa! Mentirosa! Tome isso!

Ele bateu com o punho na caixa. O vidro explodiu numa grande chuva de estrelas, parecia, e desapareceu na escuridão. A bruxa se via sentada, nua, a céu aberto, reservada e calma, esperando o segundo golpe.

— Não! — Douglas atravessou a porta com tudo. — Sr. Black!

— Doug! — gritou Tom.

O sr. Black deu meia-volta ao ouvir Tom gritar. Ergueu a faca cegamente no ar, como se fosse dar um golpe. Douglas ficou paralisado. Então, com os olhos arregalados, piscando uma vez, o sr. Black se virou tão perfeitamente que caiu de costas no chão e levou o que pareceram ser mil anos para atacar, a lanterna atirada pela mão direita, a faca escapulindo feito um peixe prateado da mão esquerda.

Tom se aproximou devagar para ver aquela figura estatelada no escuro.

— Doug, ele morreu?

— Não, foi só o choque das previsões da mme. Tarô. Rapaz, que cara de escaldado. As cartas devem ter sido horríveis.

O homem dormia ruidosamente no chão.

Douglas apanhou as cartas de tarô esparramadas e as guardou, trêmulo, no bolso.

— Vamos, Tom, vamos tirá-la daqui antes que seja tarde demais.

— Raptá-la? Você está louco!

— Quer ser cúmplice de um crime ainda pior? Assassinato, por exemplo?

— Pelo amor, não dá para matar um manequim velho, poxa!

Mas Doug não quis nem saber. Ele tinha enfiado os braços pela caixa quebrada e agora, como se ela tivesse passado anos demais à sua espera, a Bruxa do Tarô de cera, com um farfalhar suspiroso, inclinou-se e caiu, devagar, devagar, nos braços dele.

O RELÓGIO DA CIDADE bateu nove e quarenta e cinco. A lua estava alta e ocupava o céu inteiro com uma luz morna, porém hibernal. A calçada era de prata maciça, na qual deslocavam-se sombras negras. Douglas seguia com aquela coisa de veludo e cera encantada nos braços, parando para se esconder em poças de sombras sob árvores trêmulas, sozinho. Ele auscultava e olhava para trás. Um som de ratinhos correndo. Tom apareceu na esquina e se aproximou dele.

— Doug, eu fiquei pra trás. Estava com medo de que o sr. Black estivesse, bem… aí ele começou a recobrar a consciência… praguejando… Ai, Doug, se ele flagra você com esse manequim! O que os nossos pais vão pensar? Roubando!

— Quieto!

Eles ficaram ouvindo o rio enluarado da rua atrás de si.

— Olha, Tom, você pode me ajudar no resgate, mas se for pra ficar chamando a bruxa de "manequim" ou falando alto ou pra ser peso morto, eu dispenso.

— Eu ajudo! — Tom pegou metade do peso. — Nossa, ela é leve.

— Era bem jovem quando Napoleão… — Douglas parou. — Os velhos são pesados. É assim que dá pra saber.

— Mas por quê? Me diz o porquê dessa correria toda por causa dela, Doug. Por quê?

Por quê? Douglas piscou e parou. As coisas tinham acontecido tão rápido, ele tinha corrido tão longe e o seu sangue tinha fervido tanto que há tempos ele nem lembrava mais o porquê. Só agora, enquanto andavam de novo pela calçada, com sombras feito borboletas pretas em suas pálpebras, o cheiro forte de cera empoeirada nas mãos, foi que ele teve tempo de pensar no porquê e pronunciá-lo lentamente, com a voz tão estranha quanto o luar.

— Tom, faz umas semanas que descobri que estava vivo. Rapaz, eu dei cada pulo. E, depois, na semana passada mesmo, no cinema, descobri que um dia vou ter que morrer. Nunca tinha pensado nisso, de verdade. E aí do nada foi como descobrir que a ACM iria fechar para sempre… ou como se a escola, que não é tão ruim que nem a gente pensa, fosse acabar de vez, e todos os pessegueiros ao redor da cidade murchassem e mandassem aterrar o desfiladeiro, e aí não teria mais lugar para brincar nunca mais e eu ficaria de cama por um tempo indeterminado e tudo escuro, e me assustei. Por isso, sei lá; só o que eu quero fazer é o seguinte: ajudar a mme. Tarô. Vou escondê-la por algumas semanas ou meses enquanto consulto os livros de magia oculta na biblioteca para ver como que se desfaz feitiços e tirá-la da cera para correr pelo mundo de novo, depois de todo esse tempo. E ela vai ficar tão grata que vai abrir um jogo de cartas com todos aqueles diabos e taças, espadas e ossos e me contar quais são os buracos que preciso evitar e quando ficar na cama em certas tardes de quinta-feira. Vou viver para sempre ou algo assim.

— Você não acredita nisso de verdade.

— Acredito, sim, ou na maior parte disso. Preste atenção agora, ali está o desfiladeiro. Vamos cortar caminho pela pilha de lixo e...

Tom parou. Douglas o tinha feito parar. Os meninos não se viraram, mas ouviram os baques pesados de passos atrás deles, cada um dos quais era como uma espingarda disparada no leito de um lago seco, não muito longe. Alguém berrava e praguejava.

— Tom, você deixou que ele seguisse você!

Enquanto corriam, uma mão gigante os ergueu e arremessou para o lado. O sr. Black estava ali, pendendo para lá e para cá, e os meninos, aos gritos, na grama, viram o homem delirante, numa chuva de perdigotos que jorrava por entre os dentes que mordiam a esmo e os lábios arreganhados. Ele segurou a bruxa pelo pescoço e por um dos braços, fuzilando os meninos com o seu olhar incandescente.

— Ela é minha! Para eu fazer o que quiser. Como assim vocês a roubaram de mim? Me causaram todo esse transtorno... dinheiro, negócios, tudo. Aqui, ó, o que eu acho dela.

— Não! — gritou Douglas.

Porém, feito uma grande catapulta de ferro, os braços imensos alçaram a figura para cima, contra a lua. Então, com um floreio, dispararam aquele corpo frágil rumo às estrelas, para que voasse pelos ares acompanhado de uma imprecação, e um vento farfalhante a conduziu desfiladeiro abaixo para rolar e levar consigo avalanches de lixo, até tudo virar cinzas e poeira branca.

— Não! — disse Douglas, sentado ali, olhando para baixo. — NÃO!

O grandalhão tombou à margem da colina, ofegante.

— E deem graças a Deus que não foram vocês!

Com um passo incerto ele foi embora, caindo uma vez, levantando, falando sozinho, dando risada e praguejando até desaparecer.

Douglas se sentou na beirada do desfiladeiro e começou a chorar. Após um bom tempo, ele assoou o nariz. Olhou para Tom.

— Tom, está tarde. O pai logo vai vir atrás da gente. Devíamos ter voltado para casa já faz uma hora. Corra até lá pela Washington Street, chame o pai pra vir até aqui.

— Você não vai descer até o desfiladeiro, vai?

— Ela é propriedade municipal agora, no lixão, e ninguém se importa com o que acontecer com ela, nem mesmo o sr. Black. Fala pro pai o motivo de ele ter que vir até aqui e que ele não precisa ser visto comigo quando eu voltar pra casa com ela. Vou pelos fundos e ninguém vai nem ficar sabendo.

— Ela não vai servir pra nada agora, a parte do maquinário está toda estropiada.

— Não podemos abandoná-la assim. Você não entende, Tom?

— Claro.

Tom saiu dali devagar.

Douglas desceu a colina, pisando as pilhas de cinzas, papel velho e latas. Na metade do caminho, parou e ficou escutando. Seu olhar perscrutou a escuridão multicolorida, o grande desmoronamento abaixo.

— Mme. Tarô? — Sua voz era quase um sussurro. — Mme. Tarô?

No sopé da colina, sob o luar, ele pensou ter visto a mão branca de cera dela se mexer. Era um pedaço de papel branco balançando no vento. Mas ele foi na sua direção mesmo assim...

O RELÓGIO DA CIDADE bateu meia-noite. A maioria das luzes das casas estava apagada. Na oficina da garagem, os dois meninos e o homem se viam diante da bruxa, agora acomodada, reconfortada e em paz, numa velha cadeira de vime diante de uma mesa coberta por um pano oleado, na qual se abriam, em leques fantásticos de papas e palhaços, cardeais e mortes, sóis e cometas, as cartas de tarô que uma mão de cera tocava.

O pai estava falando:

— ...sei como é. Quando eu era menino, quando o circo ia embora da cidade, eu corria por toda parte juntando um milhão de cartazes. Depois foi a criação de coelhos e fazer mágica. Eu construía ilusões no sótão e não conseguia tirá-las de lá. — Ele acenava com a cabeça para a bruxa. — Ah, eu lembro que ela tirou minha sorte uma vez, trinta anos atrás. Bem, limpem a dona direitinho, depois vão dormir. Vamos construir uma caixa especial para ela no sábado.

Ele saiu pela porta da garagem, mas parou quando Douglas falou com ele, com a voz suave:

— Pai. Obrigado. Obrigado por vir junto na caminhada de volta pra casa. Obrigado.

— Diacho — disse o pai e sumiu.

Os dois meninos ficaram sozinhos com a bruxa e se entreolharam.

— Caramba, bem pelo meio da rua principal, nós quatro, eu, você, o pai e a bruxa! O pai é um em um milhão!

— Amanhã — disse Douglas — eu vou lá comprar o resto da máquina do sr. Black, por dez pratas, antes que ele jogue fora.

— Com certeza. — Tom olhou para a velha ali na cadeira de vime. — Rapaz, ela parece mesmo bem viva. Me pergunto o que tem dentro.

— Ossos de passarinho. Tudo que restou da mme. Tarô depois que Napoleão...

— Nada de engrenagem, será? Por que a gente não abre e vê?

— Teremos bastante tempo para isso, Tom.

— Quando?

— Bem, daqui a um, dois anos, quando eu tiver quatorze ou quinze, aí vai ser a hora disso. Nesse momento, só o que eu quero saber é que ela está aí. E amanhã eu vou trabalhar nos feitiços para libertá-la de vez. Alguma noite, você vai ficar sabendo de uma moça italiana, estranha e bonita, que foi vista no centro da cidade de vestidinho, comprando um bilhete para o Leste. Todo mundo a viu na estação e a viu no trem assim que ele partiu e todos disseram que era a moça mais bonita que já tinham visto. Ao ouvir isso, Tom (e acredite em mim, os jornais vão ficar sabendo rápido!, ninguém saberá *de onde* ela saiu ou *aonde* ela foi), aí você vai saber que eu fiz o feitiço e a libertei. E então, como eu disse, daqui a um, dois anos, nessa noite em que o trem partir, será a hora que vamos poder cortar a cera. Depois que ela for embora, só o que a gente vai encontrar são pequenas engrenagens, rodinhas e objetos assim aí dentro. É assim que vai ser.

Douglas pegou a mão da bruxa e a movimentou por cima da dança da vida, a folia da morte branca de osso, as datas e fados, sinas e sandices, tocando, resvalando, sussurrando suas unhas desgastadas. Seu rosto se inclinou em algum equilíbrio secreto, olhou para os meninos e os olhos faiscaram na luz forte da lâmpada exposta, sem piscar.

— Quer tirar a sorte, Tom? — perguntou Douglas, baixinho.

— Claro.

Caiu uma carta da manga volumosa da bruxa.

— Tom, está vendo isso? Uma carta, escondida, e agora ela a joga pra nós! — Douglas levou a carta até a luz. — Está em branco. Vou colocar numa caixa de fósforo cheia de produtos químicos durante a noite. Amanhã a gente abre a caixa e lá estará a mensagem!

— E o que ela vai dizer?

Douglas fechou os olhos para ver melhor as palavras.

— Vai dizer: "Agradecida. De sua humilde criada e grata amiga, a mme. Floristan Mariani Tarô, Quiromante, Curadora de Almas e Profunda Adivinha dos Fados e Fúrias".

Tom deu uma risada e sacudiu o braço do irmão.

— Continua, Doug. E o que mais, o que mais?

— Deixe-me ver... Vai dizer: "Lá larilirá!... Dançar e cantar não é bom... se o sino da morte dá o tom?... e virar aqui e acolá... cantando lá larilirá!". E vai dizer: "Tom e Douglas Spaulding, tudo que vocês desejarem, ao longo de suas vidas inteiras, vocês vão conseguir...". E vai dizer que vamos viver para sempre, você e eu, Tom, vamos viver para sempre.

— Tudo isso numa carta só?

— Tudo isso, cada palavrinha, Tom.

Sob a luz da lâmpada elétrica, todos abaixaram as cabeças, os dois meninos e a bruxa, encarando e encarando aquela bela carta, promissora ainda que em branco, seus olhos brilhantes sentindo cada palavra incrivelmente oculta que logo viria a se erguer do pálido esquecimento.

— Ei — disse Tom, com a mais suave das vozes.

E Douglas repetiu, com um sussurro glorioso:

— Ei...

Baixinho, a voz cantada fazia uma contagem sob as árvores quentes e verdejantes na hora do almoço.

— ...nove, dez, onze, doze...

Douglas atravessou o gramado devagar.

— Tom, o que você está contando?

— ...treze, quatorze, cala a boca, dezesseis, dezessete, cigarras, dezoito, dezenove...!

— Cigarras?

— Ah, inferno! — Tom desapertou os olhos. — Inferno, inferno, inferno!

— Melhor não deixar ouvirem você praguejar.

— Inferno, inferno, inferno é um lugar! — reclamou Tom. — Agora preciso começar do zero. Estava contando o número de vezes que as cigarras cantam a cada quinze segundos. — Ele mostrou seu relógio de dois dólares. — Você cronometra, aí soma trinta e nove e dá para obter a temperatura naquele exato momento. — Ele olhou para o relógio, com um olho fechado, inclinou a cabeça e sussurrou outra vez. — Um, dois, três...!

Douglas virou a cabeça devagar, escutando. Em algum lugar naquele céu cor de osso queimado, um grande fio de cobre vibrava e tremia. De novo e de novo, as vibrações metálicas penetrantes, como descargas de pura eletricidade, caíam em choques paralisantes das árvores atordoadas.

— Sete! — contou Tom. — Oito.

Douglas subiu devagar os degraus da varanda. Dolorosamente, espiou para dentro da entrada. Ficou ali por um momento, depois recuou devagar para a varanda e chamou Tom, com a voz baixa.

— Está fazendo exatamente trinta graus.

— ...vinte e sete, vinte e oito...

— Ei, Tom, está me ouvindo?

— Estou ouvindo... trinta, trinta e um! Vai embora! Dois, três, trinta e quatro!

— Dá para parar de contar já. Ali dentro aquele velho termômetro registra trinta e subindo, sem a ajuda de nenhum gafanhoto.

— Cigarras! Trinta e nove, quarenta! Não gafanhotos! Quarenta e dois!

— Trinta graus, achei que você quisesse saber.

— Quarenta e cinco, isso é dentro, não fora! Quarenta e nove, cinquenta, cinquenta e um! Cinquenta e dois, cinquenta e três! Cinquenta e três mais trinta e nove dá... noventa e dois graus!

— Quem disse?

— Eu digo! Não trinta graus Celsius! Mas noventa e dois graus Spaulding!

— Você e quem mais?

Tom pulou e ficou em pé, com a cara vermelha, encarando o sol.

— Eu e as cigarras, isso sim! Eu e as cigarras! Você está em desvantagem numérica! Noventa e dois, noventa e dois, noventa e dois graus Spaulding, minha nossa!

Os dois ficaram ali parados, olhando para o implacável céu sem nuvens como uma câmera quebrada que fica encarando, com o obturador escancarado, uma cidade imóvel e aflita morrendo num suadouro escaldante.

Douglas fechou os olhos e viu dois sóis idiotas dançando do outro lado das pálpebras rosadamente translúcidas.

— Um... dois... três...

Douglas sentiu seus lábios se mexerem.

— ...quatro... cinco... seis...

Desta vez as cigarras cantavam ainda mais rápido.

DO MEIO-DIA ATÉ O ANOITECER, da meia-noite até o amanhecer, um homem, um cavalo e uma carroça eram conhecidos a todos os vinte e seis mil, trezentos e quarenta e nove habitantes de Green Town, Illinois.

No meio do dia, sem qualquer motivo aparente, as crianças ficavam bem paradinhas e diziam:

— Aí vem o sr. Jonas!

— Aí vem o Ned!

— Aí vem a carroça!

Os mais velhos podiam espiar para o norte ou sul, leste ou oeste, sem ver o menor sinal do homem de nome Jonas, o cavalo de nome Ned ou a carroça que era uma Conestoga do tipo que enfrentava as marés da pradaria e se ancorava no deserto.

Mas, no entanto, se você tomasse de empréstimo o ouvido de um cão e o sintonizasse bem alto e esticasse bem esticado, daria para ouvir, a quilômetros e quilômetros do outro lado da cidade, uma salmodia como a de um rabino nas terras perdidas, a de um muçulmano numa torre. Sempre, a voz do sr. Jonas ia à sua frente, cristalina, de modo que as pessoas tinham meia hora, uma hora, para se preparar para a sua chegada. E quando aparecia a carroça, o meio-fio se via preenchido de crianças, como se para um desfile.

Assim chegava a carroça e, sobre o seu assento de tábuas elevado, embaixo de um guarda-sol de cor de caqui, as rédeas como um jato d'água em suas mãos gentis, vinha o sr. Jonas a cantar:

Tralha! Tralha!
Não, senhor, não é tralha!

Tralha! Tralha!
Não, senhora, não é tralha!
Cacarecos, cacos e tarecos!
Agulhas de tricô, reco-recos!
Quinquilharias! Curiosidades!
Camisolas! Camafeus!
Mas... Tralha!
Tralha!
Não, senhor, não é... Tralha!

Como sabia qualquer um que tivesse ouvido as canções que o sr. Jonas inventava ao passar, ele não era um carroceiro ordinário. No tocante a todas as aparências, sim, pelo modo dele de se vestir com trapos de veludo cotelê cor de musgo e o chapéu de feltro na cabeça, todo coberto de antigos broches de campanhas presidenciais que precediam a Batalha da Baía de Manila. Mas, nesse sentido, ele era uma peça rara: não só caminhava sob o sol, como dava para vê-lo com frequência, junto ao seu cavalo, flutuando pelas ruas enluaradas, dando voltas e mais voltas noturnas pelas ilhas, os quarteirões onde moravam todas as pessoas que ele conhecera ao longo de toda sua vida. Naquela carroça, ele trazia coisas que tinha catado aqui ou ali e carregava por um dia, uma semana ou até um ano, até que alguém desejasse ou precisasse daquilo. Aí só tinham que dizer: "Quero aquele relógio" ou "E quanto àquele colchão?". E Jonas o entregava, sem aceitar dinheiro algum, depois ia embora, pensando na letra da próxima canção.

Assim acontecia que, volta e meia, ele era a única vivalma em toda Green Town às três da manhã e, volta e meia, quem tinha dor de cabeça, ao vê-lo perambular com seu cavalo reluzente de lua, vinha correndo na esperança de que ele pudesse ter uma aspirina.

E ele tinha. Mais de uma vez ele havia feito partos às quatro da manhã e só então as pessoas se davam conta do quanto suas mãos e suas unhas eram incrivelmente limpas — as mãos de um homem rico que tinha uma outra vida, em algum outro lugar, que elas não conseguiam nem conceber. Às vezes ele levava as pessoas ao trabalho, no centro, ou, às vezes, quando os homens não conseguiam dormir, ele ia até suas varandas, levava charutos e ficava sentado na sua companhia, fumando e conversando até amanhecer.

Fosse quem ou o que ele fosse, não importava quão diferente e maluco ele parecesse, ele não era maluco. Como sempre explicava, gentilmente, ele se cansara havia muitos anos dos negócios em Chicago e acabara procurando um outro modo de passar o resto de sua vida. Não suportava igrejas, embora gostasse das ideias delas, e tendo uma tendência à pregação e ao decantamento do conhecimento, comprou o cavalo e a carroça, depois saiu determinado a passar o resto de sua vida garantindo que uma parte da cidade tivesse a oportunidade de catar o que a outra parte descartava. Ele se via como um tipo de processo, como a osmose, que fazia com que as várias culturas existentes dentro dos limites municipais se tornassem disponíveis uma à outra. Não tolerava o desperdício, pois sabia que o lixo de um homem é o tesouro de outro.

E assim os adultos e especialmente as crianças subiam para espiar a vasta horda de tesouros na retaguarda da carroça.

— Agora, lembre-se — dizia o sr. Jonas —, você pode pegar o que quiser se quiser de verdade. O teste é, pergunte a si mesmo: Será que eu quero isso com todo o meu coração? Eu vou sobreviver se passar o dia inteiro sem isso? Se calcular que estará morto antes de cair a noite, aí é pegar essa coisa dos diabos e sair correndo. Ficarei feliz em deixar que você leve o que quer que seja.

E as crianças reviravam as vastas pilhas de pergaminhos e brocados, rolos de papel de parede e cinzeiros de mármore, coletes e patins, grandes cadeiras gordas de tão estofadas, mesas de canto e lustres de cristal. Por um tempo, só o que se ouvia eram sussurros e barulhos de coisas raspando e batendo de leve. O sr. Jonas observava, tragando confortavelmente o seu cachimbo, e as crianças sabiam que ele estava assistindo. Às vezes suas mãos iam atrás de um jogo de damas, um fio de contas ou uma cadeira antiga, e assim que tocavam o objeto, elas olhavam para cima e lá estavam os olhos do sr. Jonas delicadamente inquisidores. E então elas tiravam a mão e continuavam olhando, até cada uma delas enfim pegar um único item e não soltar mais. Seus rostos se acendiam e desta vez ficavam tão iluminados que o sr. Jonas só podia dar risada. Ele erguia a mão, como se para proteger seus olhos da claridade. Cobria os olhos por um momento. Quando fazia isso, as crianças o agradeciam, aos berros, agarravam seus novos patins, telhas de barro ou guarda-chuvas, desciam e saíam correndo.

E depois voltavam num instante com algo delas mesmas nas mãos, uma boneca ou jogo dos quais tinham enjoado, algo que já tinha perdido a graça, como o sabor de um chiclete, e era hora de passar aquela coisa adiante para alguma outra parte da cidade, onde, ao ser vista pela primeira vez, ganharia vida e daria vida aos outros. Essas moedas de troca eram depositadas timidamente por sobre a beirada da carroça, e caíam em meio às riquezas ocultas e então a carroça seguia o seu passo, refletindo a luz nas grandes e espichadas rodas de girassol, e o sr. Jonas voltava a cantar:

Tralha! Tralha!
Não, senhor, não é tralha!
Não, senhora, não é tralha!

...até sair de vista e apenas os cães, nas poças de sombra sob as árvores, ouviam o rabino do deserto e abanavam os rabos...

— ...tralha...

Sumindo.

— ...tralha...

Um sussurro.

— ...*tralha*... — Silêncio.

E os cães dormindo.

As calçadas foram assombradas, a noite toda, por fantasmas de poeira convocados pelo vento de fornalha, que os chacoalhou por toda parte e fez com que se assentassem como especiaria quente sobre os gramados. As árvores, abaladas pelos passos dos caminhantes da madrugada, sacudiam avalanches de poeira. Da meia-noite em diante, parecia haver um vulcão na saída da cidade, cobrindo todas as coisas com cinzas vermelhas incandescentes, encrustando os insones vigias noturnos e os cães nervosos. Às três da manhã, cada casa era um sótão amarelo, fumegante de combustão espontânea.

A alvorada, então, era um momento em que as coisas mudavam, elemento por elemento. O ar corria como as águas de uma fonte termal, rumo a lugar nenhum, sem fazer ruído. O lago era uma quantidade de vapor, bastante imóvel e profunda, sobre vales de peixes e areia presos para cozinharem sob sua exalação serena. O piche era alcaçuz que se derramava sobre as ruas, os tijolos vermelhos eram de latão e ouro, os telhados cobertos de bronze. Os fios de alta tensão eram relâmpagos em perpétua suspensão, faiscantes, uma ameaça acima das casas insones.

As cigarras cantavam cada vez mais e mais alto.

O sol não nascia, transbordava.

Em seu quarto, com um rosto que era uma massa borbulhante de transpiração, Douglas derretia na cama.

— Uau — disse Tom, ao entrar. — Vamos, Doug. Vamos passar o dia de molho no rio.

Douglas expirou. Douglas inspirou. O suor escorria pelo seu pescoço.

— Doug, está acordado?

O mais sutil aceno com a cabeça.

— Não se sente bem, né? Rapaz, essa casa vai pegar fogo hoje.

Ele levou a mão à testa de Douglas. Era como tocar a tampa de um fogão aceso. Recuou os dedos, assustado. Deu meia-volta e desceu as escadas.

— Mãe — disse ele. — Doug está doente de verdade.

A mãe, tirando ovos da geladeira, parou e deixou uma breve expressão de preocupação passar pelo seu rosto, guardou os ovos de volta e acompanhou Tom escadas acima.

Douglas não tinha mexido nem mesmo um dedo.

As cigarras berravam agora.

Ao MEIO-DIA, correndo como se o sol estivesse na sua cola para prensá-lo no chão, o médico chegou na varanda, ofegante, já com cansaço no olhar, e entregou sua maleta para Tom.

Era uma hora quando o médico saiu da casa, fazendo que não com a cabeça. Tom e sua mãe ficaram atrás da porta telada enquanto o médico dizia alguma coisa com a voz baixinha, repetindo várias vezes que ele não sabia, não sabia. Levando o chapéu Panamá à cabeça, ele encarou a luz do sol que fervia e murchava as árvores acima, hesitou como se fosse um homem prestes a mergulhar nos círculos externos do inferno e saiu correndo de novo até o seu carro. O escapamento do carro deixou um grande sudário de fumaça azulada no ar latejante durante cinco minutos após partir.

Tom pegou o furador de gelo na cozinha e lascou um bloco de gelo em prismas que levou ao andar de cima. A mãe estava sentada à cama e o único ruído no quarto era a respiração de Douglas, inalando vapor e exalando fogo. Puseram o gelo em lenços sobre o seu rosto e pelo seu corpo. Fecharam as cortinas e o quarto virou uma caverna. Ficaram ali sentados até às duas, trazendo mais gelo. Então tocaram a testa de Douglas de novo e era como um abajur que tivesse ficado aceso a noite inteira. Era tocar nele e ter que olhar os dedos para garantir que não haviam sido queimados até o osso.

A mãe abriu a boca para dizer alguma coisa, mas as cigarras faziam tanto barulho que agora faziam cair pó do teto.

Mergulhado na vermelhidão, mergulhado na cegueira, Douglas ficou deitado ouvindo o pistão tênue que era seu coração e a maré lamacenta do sangue em seus braços e pernas.

Seus lábios estavam pesados e não se mexiam. Seus pensamentos eram pesados e mal assinalavam o tique, como granulado de sementes caindo dentro de uma ampulheta, um grão lentamente depois do outro. Tique.

Contornando uma esquina de aço radiante do trilho chegava um bondinho, lançando uma onda de faíscas fervilhantes, seu sino clamoroso batendo dez mil vezes até se misturar com as cigarras. O sr. Tridden acenava. Tempestuoso, o bonde virou a esquina como uma salva de tiros de canhão e se dissolveu. Sr. Tridden!

Tique. Caiu um grão. *Tique*.

— Tchan-tchan-plim! Piuíííí!

No telhado um menino se locomovia, puxando a cordinha de um apito invisível, depois ficou parado como estátua.

— John! John Huff, você! Odeio você, John! John, somos amigos! Não odeio você, não.

John caiu pelo corredor de olmos como alguém que cai num poço de verão infinito, minguando.

Tique. John Huff. Tique. Um grão de areia caindo. Tique. John...

Douglas virou a cabeça de lado, rebentando sobre o branco, branco, o travesseiro terrivelmente branco.

As senhoritas da Máquina Verde passaram velejando com um som de latido de foca preta, erguendo as mãos brancas como pombas. Afundaram nas águas profundas do gramado, com as luvas acenando para ele enquanto a grama se fechava...

Srta. Fern! Srta. Roberta!

Tique... tique...

E rapidamente depois, de uma janela do outro lado da rua, o coronel Freeleigh se inclinou para fora com um rosto de relógio, e a poeira dos búfalos brotou na via. O coronel Freeleigh chiou e chocalhou, sua mandíbula caiu aberta, uma mola principal disparou e ficou pendurada no ar no lugar da língua. Ele tombou como um fantoche no parapeito, com um braço ainda acenando...

O sr. Auffmann passou dirigindo alguma coisa que tinha cores vivas e se parecia com o bonde e o cupê verde elétrico; deixava para trás nuvens gloriosas e apagava os seus olhos que nem o sol.

— Sr. Auffmann, o senhor conseguiu inventar? — gritou ele. — O senhor finalmente construiu a Máquina da Felicidade?

Mas então ele viu que a máquina não tinha fundo. O sr. Auffmann corria pelo chão, carregando todo o seu incrível chassi pendurado nos ombros.

— A felicidade, Doug, lá se vai a felicidade!

E ele seguiu o mesmo caminho que o bonde, John Huff e as senhoras de dedos columbinos.

Acima, no telhado, o som de alguma coisa batendo. Tum--pum-paft. Pausa. Tum-pum-paft. Prego e martelo. Martelo e prego. Um coral de passarinhos. E uma velhinha cantando com a voz frágil, porém vigorosa:

Sim, nos veremos às margens do rio... rio... rio...
Sim, nos veremos às margens do rio...
Que corre pelo trono de Deus...

— Vovó! Bisa!

Tum, delicadamente, tum. Tum, delicadamente, tum.

— ...rio... rio...

E agora eram apenas os passarinhos, erguendo suas patinhas e pisando de novo no telhado. Raspa-raspa. Arranha. Piu. Piu. Suave. Suave.

— ...rio...

Douglas respirou fundo e exalou de uma vez, ululante.

Não ouviu sua mãe entrar correndo no quarto.

Uma mosca, como a brasa de um cigarro, caiu sobre a sua mão insensível, chiou e saiu voando.

QUATRO HORAS DA TARDE. Moscas mortas no asfalto. Cães, esfregões molhados nos canis. Sombras arrebanhadas sob as árvores. Lojas no centro fechadas e chaveadas. A margem do lago vazia. O lago entupido por mil pessoas mergulhadas até o pescoço nas águas mornas, porém relaxantes.

Quatro e quinze. Pelas ruas de tijolinhos da cidade, passava a carroça de tralhas, e o sr. Jonas cantando em cima.

Tom, expulso de casa pelo olhar escaldado no rosto de Douglas, andava devagar até o meio-fio bem na hora que a carroça parou.

— Oi, sr. Jonas.

— Olá, Tom.

Tom e o sr. Jonas estavam sozinhos na rua com toda aquela linda tralha na carroça para admirar, sem que nenhum dos dois a admirasse. O sr. Jonas não disse nada na hora. Ele acendeu o cachimbo e tragou, assentindo com a cabeça como se soubesse já, antes de perguntar, que algo estava errado.

— Tom? — inquiriu ele.

— É o meu irmão — disse Tom. — É o Doug.

O sr. Jonas olhou para cima, para a casa.

— Ele está doente — disse Tom. — Está morrendo!

— Ah, não, não pode ser — disse o sr. Jonas, olhando com uma careta aquele mundo bastante real, onde não dava para encontrar nada que vagamente lembrasse a morte num dia tão tranquilo.

— Ele está morrendo — repetiu Tom. — E o médico não sabe o que ele tem de errado. O calor, ele falou, é só o calor. Será possível, sr. Jonas? É possível alguém morrer de calor, mesmo num quarto escuro?

— Bem... — O sr. Jones parou antes de completar a frase.

Pois Tom agora estava chorando.

— Sempre achei que o odiava... é o que eu achava... brigamos metade do tempo... acho que eu o odiava, sim... às vezes... mas agora... agora. Ai, sr. Jonas, se apenas...

— Se apenas o quê, rapaz?

— Se apenas o senhor tivesse alguma coisa na carroça que pudesse ajudar. Algo que eu pudesse pegar e levar lá para cima e fazer com que ele melhorasse.

Tom voltou a chorar.

O sr. Jonas tirou seu lenço vermelho de bandana e o entregou a Tom, que o usou para enxugar os olhos e o nariz.

— Tem sido um verão difícil — declarou Tom. — Aconteceu um montão de coisas com o Doug.

— Me conte — pediu o catador.

— Bem... — Tom estava ofegante, ainda aos soluços —, ele perdeu sua melhor bolinha de gude, para começar, era uma belezinha de verdade. Além disso, alguém roubou sua luva de pegador, que custou um dólar e noventa e cinco centavos. Depois teve uma troca ruim que ele fez com Charlie Woodman, ele deu sua coleção de conchas e pedras fósseis por um boneco de argila do Tarzan que você conseguia trocando por selos da caixa de macarrão. Deixou cair o boneco do Tarzan na calçada no dia seguinte.

— Que pena — lamentou o catador, vendo de verdade os cacos todos no cimento.

— E ele não ganhou o livro de truques de mágica que queria para o seu aniversário. Foi uma calça e uma camisa, em vez disso. Só isso aí já é o suficiente para estragar o verão.

— Os pais às vezes esquecem como são as coisas — disse o sr. Jonas.

— Claro — continuou Tom, com a voz baixinha —, aí as algemas genuínas da Torre de Londres que ele tinha ficaram fora de casa a noite inteira e enferrujaram. E o pior de tudo, eu cresci uns dois centímetros e já estou quase da altura dele.

— Só isso? — perguntou o catador, tranquilamente.

— Posso pensar em dez dezenas de outras coisas, todas tão ruins ou piores. Tem verões que você pega uma onda de azar dessas. Desde que Doug saiu da escola, já teve traças na coleção de quadrinhos dele e mofo no tênis novo.

— Eu me lembro de ter tido anos assim — declarou o catador.

Ele olhou para o céu e lá estavam todos os anos.

— Então, é isso, sr. Jonas. É isso. É por isso que ele está morrendo.

Tom parou e olhou para longe.

— Deixe-me pensar — pediu o sr. Jonas.

— Tem como me ajudar, sr. Jonas? *Tem* como?

O homem lançou um olhar profundo dentro da grande carroça e fez que não com a cabeça. Agora, sob a luz do sol, seu rosto parecia cansado e ele estava começando a transpirar. Depois olhou para as pilhas de vasos, para os abajures descascados, as ninfas e sátiros de mármore e o cobre ficando verde. Ele suspirou. Virou-se, apanhou as rédeas e as sacodiu de leve.

— Tom — ele olhou para as costas do cavalo —, vejo você depois. Preciso me planejar. Vou dar uma olhada por aí e volto depois da janta. Até lá, então, quem sabe? Até lá, então... — Ele estendeu a mão e apanhou um jogo japonês de cristais de vento. — Pendure isso aqui na janela de cima do quarto dele. Eles fazem uma musiquinha batuta!

Tom ficou parado com os cristais de vento nas mãos enquanto a carroça ia embora. Ele os alçou no ar e não havia vento, por isso não se mexeram. Não podiam fazer som nenhum.

Sete da noite. A cidade parecia uma vasta lareira sobre a qual repetidamente se viam os tremores do calor, advindos do oeste. Sombras cor de carvão estremeciam projetadas para fora de cada casa, cada árvore. Um homem ruivo passava lá embaixo. Tom, ao avistá-lo iluminado pelo sol poente, mas feroz, enxergou uma tocha que orgulhosamente carregava a si mesma, enxergou uma raposa de fogo, enxergou o diabo marchando em seu próprio território.

Às sete e meia, a sra. Spaulding saiu da porta dos fundos da casa para despejar cascas de melancia na lata de lixo e viu o sr. Jonas parado ali.

— Como está o menino? — perguntou o homem.

A sra. Spaulding ficou parada por um momento, uma resposta tremulando nos lábios.

— Será que eu poderia vê-lo, se não for incomodar? — pediu o sr. Jonas.

Ainda assim ela não conseguiu dizer nada.

— Conheço bem o menino — explicou ele. — Eu o vi quase todos os dias da sua vida, desde que ele está por aí. Tenho algo para lhe dar, da minha carroça.

— Ele não está… — Ela ia dizer "consciente", mas acabou saindo — acordado. Não está acordado, sr. Jonas. O médico mandou não perturbarem. Ai, não sabemos o *que* tem de errado com ele!

— Mesmo que ele não esteja "acordado" — insistiu o sr. Jonas —, eu gostaria de falar com ele. Às vezes o que a gente ouve dormindo é mais importante e dá para ouvir melhor, são coisas que nos chegam.

— Sinto muito, sr. Jonas, simplesmente não posso arriscar. — A sra. Spaulding agarrou a maçaneta da porta telada e a segurou com força. — Obrigada. Em todo caso, obrigada por ter vindo.

— Sim, senhora — disse o sr. Jonas.

Ele nem se mexeu. Ficou parado, olhando para a janela de cima. A sra. Spaulding entrou e fechou a porta telada.

Lá em cima, em sua cama, Douglas respirava.

Era um som como o de uma faca afiada entrando e saindo, entrando e saindo, da bainha.

* * *

Às OITO HORAS, o médico chegou e foi embora de novo, fazendo que não com a cabeça, sem seu paletó, com a gravata desfeita, parecendo ter perdido treze quilos naquele dia. Às nove horas, Tom, a mãe e o pai levaram uma cama dobrável para fora e desceram Douglas para que ele dormisse no quintal, embaixo da macieira, onde o vento, se tivesse vento, o encontraria antes do que nos quartos terríveis lá de cima. Eles ficaram indo e voltando até as onze horas, quando armaram o despertador para acordar às três e pegar mais lascas de gelo para embrulhar nos lenços de novo.

A casa enfim estava escura e imóvel, e eles adormeceram.

À meia-noite e trinta e cinco, os olhos de Douglas trepidaram.

A lua começava a despontar.

E uma voz distante começava sua canção.

Era uma voz aguda e triste, que subia e descia. Era uma voz nítida e afinada. Não dava para distinguir a letra.

A lua chegou às margens do lago e voltou seu olhar para Green Town, Illinois, e viu tudo que havia e revelou tudo que havia, cada casa, cada árvore, cada cão de memórias pré-históricas se debatendo em seus sonhos simplórios.

E parecia que, quanto mais a lua subia, mais perto, mais alta e mais nítida ficava a voz que cantava.

Douglas se remexia em sua febre e suspirava.

Talvez fosse uma hora antes de a lua derramar toda sua luz sobre o mundo, talvez menos. Mas a voz estava mais próxima agora, e um som como um coração a palpitar que era, na verdade, o movimento de cascos de cavalo sobre as ruas de tijolos, abafados pela folhagem quente e densa das árvores.

E houve outro som, como o de uma porta se abrindo ou fechando devagar, rangendo, chorando de leve de tempos em tempos. O som de uma carroça.

Então, descendo a rua, sob o luar de uma lua a pino, vinha o cavalo puxando a carroça e a carroça carregando o corpo magro do sr. Jonas, tranquilo e casual no assento elevado. Ele trajava seu chapéu como se ainda estivesse debaixo do sol do verão e mexia as mãos de quando em quando para fazer ondular as rédeas como um fluxo de água no ar acima das costas do cavalo. Devagarinho, a carroça percorreu a rua enquanto o sr. Jonas cantava, e Douglas, adormecido, pareceu parar de respirar por um momento para escutar.

— O ar, o ar... quem vai comprar este ar... O ar que nem água e o ar que nem gelo... quem compra uma vez compra duas... aqui está o ar de abril... aqui a brisa outonal... aqui o vento de mamão das Antilhas... o ar, o ar, o doce ar em conserva... belo... raro... de todos os lugares... engarrafado e arrolhado, perfumado com tomilho, tudo que você quiser de ar por dez centavos!

No fim da cantoria, a carroça estava no meio-fio. E alguém estava parado em pé no quintal, pisando em sua sombra, carregando duas garrafas verde-besouro que reluziam como os olhos de um gato. O sr. Jonas olhou para a cama dobrável ali e chamou o nome do menino uma, duas, três vezes, com delicadeza. O sr. Jonas hesitou, indeciso, olhou para as garrafas que trazia, decidiu-se e avançou furtivamente a fim de se sentar na grama e olhar para aquele menino esmagado pelo vasto peso do verão.

— Doug — chamou ele —, fique aí só deitado, quietinho. Não precisa dizer nada, nem abrir os olhos. Não precisa fingir me escutar. Mas aí dentro, eu sei que você me escuta, e é o velho Jonas, seu amigo. Seu amigo — repetiu ele, mexendo a cabeça.

Estendeu a mão e colheu uma maçã do pé, virou-a, mordeu, mastigou e continuou.

— Existem aqueles que se tornam pessoas tristes numa idade pavorosamente jovem — declarou ele. — Sem nenhum motivo em especial, parece, mas é quase como se nascessem assim. Eles se machucam mais fácil, se cansam mais rápido, choram com a menor provocação, guardam as coisas por mais tempo na memória e, como eu digo, se entristecem mais jovens do que qualquer outra pessoa no mundo. Eu sei, porque eu sou assim.

Ele deu outra mordida na maçã e mastigou.

— Bem, agora, onde estávamos? — perguntou. — Uma noite quente, nem um único vento, em agosto — ele mesmo se respondeu. — Um calor de matar. E tem sido um longo verão, em que coisas demais aconteceram, não foi? Coisas demais. E está chegando uma da manhã e nem sinal de vento ou chuva. Dentro de um momento agora, eu vou me levantar e partir. Mas, quando eu me for e, ó, lembre-se disso com clareza, vou deixar essas duas garrafas aqui na sua cama. E quando eu tiver ido, quero que você espere um pouquinho e então abra os olhos devagar, sente-se e estenda a mão para pegar e beber o conteúdo dessas garrafas. Não com a boca, não. Beba com o nariz. Incline as garrafas, desarrolhe elas, e deixe o que tem nelas ir direto para a sua cabeça. Leia os rótulos primeiro, claro. Mas aqui, deixe que eu leio para você.

Ele ergueu uma das garrafas contra a luz.

— "Crepúsculo Verde Para Sonhar Ar Puro do Norte" — ele leu. — "Colhido da atmosfera do Ártico nevado na primavera de 1900 e misturado com o vento do alto Vale do Hudson no mês de abril de 1910, contendo partículas de poeira vistas a reluzir no pôr do sol de um dia nos prados ao redor de Grinnell, Iowa, quando um ar fresco emanou de um lago, de um pequeno riacho e uma fonte natural para ser capturado." — Agora as letras miúdas. — Apertou os olhos. — "Contém também moléculas de vapor de mentol, limão, mamão e melancia, além de todas as outras frutas e árvores de sabor fresco e cheiro de água, como cânfora e ervas como gaultéria e o alento de um vento ascendente do próprio rio Des Plaines. Garantia de ser o mais refrescante e agradável. Para uso nas noites de verão quando o calor passa dos trinta e dois graus Celsius."

Ele pegou a outra garrafa.

— Essa aqui é igual, só que eu coletei um vento das ilhas Aran e outro da baía de Dublin contendo sal e uma tira da neblina flanelada da costa da Islândia.

As duas garrafas foram depositadas na cama.

— Uma última indicação. — Ele parou do lado do leito e se inclinou para falar com a voz baixinha. — Quando estiver bebendo estes ares, lembre-se disso: foi um amigo quem os engarrafou. A Companhia de Engarrafamento S. J. Jonas, Green Town, Illinois, agosto de 1928. Uma boa safra, rapaz... uma boa safra.

No momento seguinte, fez-se o som das rédeas contra o dorso do cavalo sob o luar, e o rumor da carroça descendo a rua e indo embora.

Após um momento, os olhos de Douglas estremeceram e foram se abrindo devagarinho.

— Mãe! — sussurrou Tom. — Pai! É o Doug, é o Doug! Ele vai ficar bem. Eu fui lá embaixo para ver e... *olha só!*

Tom saiu correndo de casa. Os pais o seguiram.

Douglas estava dormindo quando se aproximaram. Tom gesticulou para os seus pais, com um sorriso alucinado. Eles se inclinaram sobre a cama dobrável.

Uma única exalação, uma pausa, uma única exalação, uma pausa, com os três inclinados ali em cima.

A boca de Douglas estava aberta de leve e de seus lábios e das vias aéreas estreitas de suas narinas, subia suavemente o cheiro de noites frescas e de água fresca, de neve branca e fresca, de musgo verde e fresco, do luar fresco sobre pedrinhas de prata repousando no fundo de um rio sereno e água fresca e límpida no fundo de um pequeno poço branco de pedra.

Era como mergulhar a cabeça, por um breve momento, no pulsar de uma fonte com cheiro de maçã jorrando frescor no ar e lavando os seus rostos.

Ficaram um bom tempo sem conseguir se mexer.

A MANHÃ SEGUINTE foi uma manhã sem taturanas. O mundo, que estivera cheio a ponto de estourar com minúsculos punhados de pelos pretos e marrons que avançavam até as folhas verdes e as lâminas trêmulas de relva, se via de repente vazio. Era um som que não era som algum, os bilhões de passos das lagartas pisoteando o seu próprio universo haviam morrido. Tom, que dizia conseguir ouvir aquele som, precioso como era, olhou maravilhado para uma cidade onde nem mesmo a boca cheia de um único pássaro se mexia. Também as cigarras haviam parado.

Então, no silêncio, começou o grande farfalhar suspiroso e eles agora sabiam o motivo da ausência das lagartas e do silêncio brusco das cigarras.

Chuva de verão.

A chuva começou leve, um toque. A chuva aumentou e passou a cair pesada. Brincava nas calçadas e telhados como grandes pianos.

E, no andar de cima, Douglas, de volta à casa, como uma neve caindo em sua cama, virou a cabeça e abriu os olhos para ver o céu recém-desabado e mexeu os dedos, devagar, devagar, na direção do bloco barato de papel amarelo e o lápis Ticonderoga amarelo...

* * *

Houve um grande alvoroço de chegada. Em algum lugar, trombetas urravam. Em algum lugar, havia quartos fervilhando de pensionistas e vizinhos tomando chá da tarde. Uma tia tinha chegado, seu nome era Rose, dava para ouvir sua voz brasonar, nítida muito acima das outras, e dava para imaginá-la, imensa e quente como a rosa de uma estufa, exatamente como seu nome, preenchendo qualquer cômodo onde ela se assentasse. Porém, naquele exato momento, para Douglas, a voz, a comoção toda, não eram nada. Ele viera de sua própria casa e estava parado diante da porta da cozinha da vó bem na hora em que a velha senhora, tendo se retirado da rinha de galinhas na sala de visitas, entrava rapidamente em seu próprio domínio para fazer a janta. Ela o viu parado ali, abriu a porta telada para ele, beijou sua testa, tirou o seu cabelo pálido de cima dos olhos, olhou para ele bem na cara para ver se a febre já havia se consumido em cinzas e, ao constatar que era o caso, continuou o seu ofício, cantando.

Vó, tantas vezes ele queria ter dito: foi aqui que o mundo começou? Com certeza não teria começado em nenhum outro lugar que não fosse que nem este. A cozinha, sem dúvida, era o centro da criação, tudo girava ao seu redor; era o frontão que sustentava o templo.

Com os olhos fechados para deixar o nariz divagar, ele fungou a fundo. Avançou em meio aos vapores de chamas infernais e as nevascas súbitas de fermento em pó nesse clima milagroso onde a vó, com uma expressão das Índias em seus olhos e a carne de duas galinhas quentes e firmes em seu corpete, a vó dos mil braços, mexia, regava, batia, sovava, picava, fatiava, descascava, embrulhava, salgava e misturava.

Cego, ele tateou na direção da porta da despensa. Um guincho de risadas ressoou da sala de visitas, xícaras tilintaram. Mas ele adentrou o território do frescor de verde submarino e caquis silvestres onde o odor suspenso e tenaz das bananas cremosas amadurecia em silêncio, e bateu a cabeça. Mosquinhas zumbiam em fúria ao redor de galhetas de vinagre e dos seus ouvidos.

Ele abriu os olhos. Viu o pão esperando para ser cortado em fatias de nuvem quente de verão, rosquinhas dispostas como os bambolês de um palhaço para algum jogo comestível. As torneiras se abriam e fechavam em suas bochechas. Aqui, do lado da casa à sombra cor de ameixa, com as folhas de bordo criando o fluxo de um riacho no vento quente da janela, ele lia os nomes no armário de temperos.

Como posso agradecer o sr. Jonas, ele se perguntava, pelo que fez? Como agradecê-lo, como recompensá-lo? Não tem como, não tem como, de forma alguma. Simplesmente não tem como pagar. E aí, então? O quê? Passar adiante, de alguma forma, ele pensou, repassar para outra pessoa. Não quebrar a corrente. Olhar ao redor, encontrar alguém, repassar. Era o único modo...

— Pimenta-caiena, manjerona, canela.

Os nomes de cidades perdidas e fabulosas através das quais tempestades de temperos floresciam e desvaneciam.

Ele arremessou os cravos que tinham viajado de algum continente obscuro onde outrora haviam transbordado sobre mármores leitosos, estrelas do jogo da bugalha para crianças com mãos de alcaçuz.

E ao olhar para um único rótulo num pote, ele se sentiu como se tivesse dado a volta no calendário até aquele dia privado no verão quando havia olhado para o mundo rodopiante e se encontrado em seu centro.

A palavra no pote era Conserva.

E ele ficou feliz por ter decidido viver.

CONSERVA! Que nome especial para o picles picado e docemente amassado em seu potinho de tampa branca. O homem que o nomeou, que homem ele deve ter sido. Com a voz como um rugido, pisando forte, ele deve ter agarrado as alegrias do mundo para socá-las em seu potinho e escrever com letras grandes, aos berros, CONSERVA! Pois seu próprio som significava rolar em campos doces na companhia de éguas fanfarronas de pelagem castanha, as bocas barbadas de relva, mergulhando a cabeça a várias braças na depressão entre as ondas para o mar se derramar cavernosamente na sua cabeça. CONSERVA!

Ele estendeu a mão. E aqui estava: SEGURELHA!

— O que a vó vai cozinhar para o jantar hoje à noite? — perguntou a voz da tia Rose, vinda do mundo real da tarde na sala de visitas.

— Ninguém sabe o que a vó prepara — disse o vô, que havia chegado cedo do escritório para cuidar de sua imensa flor — até a gente se sentar à mesa. Sempre há mistério, sempre há suspense.

— Bem, eu gosto sempre de saber o que eu vou comer — a tia Rose reclamou, e deu risada. Os prismas do lustre na sala de jantar repicaram de dor.

Douglas penetrou mais fundo na escuridão da despensa.

— Segurelha... que palavra batuta. E Alfavaca e Bétele. Cápsico. Curry. Todas elas ótimas. Mas Conserva, pois, Conserva com o C maiúsculo. Sem discussão, é a melhor de todas.

NO RASTRO DE VÉUS DE VAPOR, a vó ia e vinha repetidamente trazendo caçarolas cobertas da cozinha até a mesa, onde a companhia reunida aguardava em silêncio. Ninguém erguia as tampas para espiar os acepipes ocultos. Por fim, a vó se sentou, o vô rezou, e imediatamente depois disso, a prataria se ergueu como uma praga de gafanhotos no ar.

Quando as bocas de todos já estavam absolutamente entupidas de milagres, a Vó se recostou e disse:

— Bem, gostaram?

E os parentes, incluindo a tia Rose, e os pensionistas, com os dentes deliciosamente rejuntados naquela hora, se viam diante de um dilema terrível. Falar e quebrar o encantamento ou continuar permitindo que essa ambrosia dos deuses se dissolvesse e derretesse em glória dentro de suas bocas? Parecia que todos poderiam ter um acesso de riso ou de choro diante do cruel dilema. Parecia que era capaz de todos ficarem ali para sempre, sem que incêndios nem terremotos pudessem tocá-los, nem tiroteios nas ruas, massacres dos inocentes no quintal, soterrados que estavam por eflúvios e promessas de imortalidade. Todos os vilões eram inocentes nesse momento de ervas tenras, aipos doces e raízes suculentas. O olho corria por sobre um campo nevado onde repousavam fricassês, *salmagundis*, gombôs, *succotashes* recém-inventados, sopas cremosas e ragus. O único som era o borbulhar primordial da cozinha e o badalo regular de garfos contra o prato, anunciando os segundos em vez das horas.

E então a tia Rose reuniu em si mesma toda sua força, sua saúde e sua indômita cor rosada com uma única inspiração profunda para se pronunciar, com a voz excessivamente alta, o garfo parado no ar, admirando o mistério nele empalado:

— Ah, é uma bela comida mesmo. Mas o que é isso que estamos comendo?

Cessou o tilintar da limonada nos copos gelados, os garfos pararam de faiscar no ar e passaram a repousar na mesa.

Douglas disparou para a tia Rose aquele mesmo olhar que faz o veado abatido para caçador antes de cair morto. Em cada rosto ao longo da mesa apareceu uma expressão dolorida de surpresa. A comida era autoexplicativa, não era? Ela era, por conta, sua própria filosofia, perguntava e respondia às próprias perguntas. Não bastava que fosse só isso que o seu corpo e o seu sangue pediam daquele momento ritualístico, da queima de um incenso raro?

— Acredito que, de verdade — disse a tia Rose —, ninguém ouviu a minha pergunta.

Por fim, a vó deixou que seus lábios se abrissem só um pouco para sair a resposta.

— Eu chamo de nosso "Especial de Quinta". Comemos sempre por aqui.

Era mentira.

Ao longo de todos os anos, nunca tivera um prato que se parecesse com qualquer outro. Esse aqui, por acaso vinha do fundo dos mares verdes? Aquele fora abatido em pleno céu azul de verão? Era uma comida que nadava ou voava, bombeava sangue ou clorofila, andava ou se deitava após o sol? Ninguém sabia. Ninguém perguntava. Ninguém se importava.

O máximo que as pessoas faziam era parar diante da porta da cozinha e espiar as explosões de pó de fermento, desfrutar dos clangores, estrondos e estardalhaços como uma fábrica ensandecida onde a vó ficava ali olhando meio cega ao redor, deixando que os dedos se achassem em meio a latas e vasilhas.

Acaso ela estaria consciente de seu talento? Improvável. Se alguém lhe perguntasse sobre seu jeito de cozinhar, a vó olharia para as mãos, as quais algum instinto glorioso despachava em jornadas para se enluvarem de farinha ou sondarem perus esvaziados, enfiadas até os pulsos em busca de suas almas animais. Seus olhos cinzentos piscavam atrás de óculos deformados por quarenta anos de rajadas quentes dos fornos e cegados pelas nuvens de pimenta e sálvia, por isso ela às vezes jogava amido de milho em cima dos bifes, aqueles filés suculentos e incrivelmente macios! E às vezes deixava cair damascos em bolos de carne, fazia a polinização cruzada de carnes, ervas, frutas e vegetais sem distinção nem tolerância para receitas e fórmulas, a única fórmula válida sendo a de que, no momento final da entrega, as bocas aguassem e o sangue retumbasse em resposta. Suas mãos, assim como as mãos da bisa antes dela, eram o mistério, o deleite e a vida da vó. Ela olhava para elas deslumbrada, mas deixava que vivessem do jeito que absolutamente precisassem.

Mas agora, pela primeira vez em incontáveis anos, havia uma voz rebelde, uma questionadora, quase uma cientista de laboratório, pronunciando-se quando o silêncio poderia ser uma virtude.

— Sim, sim, mas o que a senhora botou *neste* Especial de Quinta?

— Ora — disse a vó evasivamente —, tem *gosto* do quê para você?

A tia Rose cheirou o bocado no garfo.

— Carne bovina. Ou será que é cordeiro? Gengibre. Ou será canela? Molho de presunto? Uva do monte? Algum tipo de biscoito no meio? Cebolinha? Amêndoas?

— É *exatamente* isso — disse a vó. — Alguém quer repetir?

Fez-se um grande tumulto, um bater de pratos, um enxamear de braços, um assalto de vozes que tencionava sufocar para sempre aquela inquisição blasfema, Douglas falando mais alto e gesticulando mais do que os restantes. Em seus rostos, no entanto, dava para ver que seu mundo estava abalado, sua felicidade sob perigo. Pois eram os membros privilegiados de uma família que largava o que quer que estivesse fazendo, fosse trabalho ou brincadeira, ao soar o primeiro toque da sineta do jantar, nem que fosse um único repique, na entrada de casa. A chegada à sala de jantar, há incontáveis anos, era um tipo frenético de dança das cadeiras, com o sacudir de guardanapos numa brancura esvoaçante e o agarrar de utensílios como se tivessem recentemente passado fome na solitária, à espera da convocação para caírem no andar inferior numa massa de cotovelos trêmulos e se derramarem sobre a mesa. Agora faziam um clamor nervoso, com piadas óbvias e olhares disparados de relance para a tia Rose, como se ela escondesse embaixo de seus grandes seios uma bomba-relógio contando ininterruptamente os segundos até condená-los todos.

A tia Rose, sentindo que o silêncio era uma bênção de fato, se dedicou às três porções de o que quer que estivesse no seu prato e subiu ao andar de cima para afrouxar o espartilho.

— Vó — DISSE A TIA ROSE, após descer de novo. — Ai, que cozinha é essa que a senhora toca. Está uma bagunça, de verdade, a senhora há de admitir. Tem garrafas, pratos e caixas por toda parte, os rótulos quase todos descolados, então como que a senhora sabe o que está usando? Eu me sentiria culpada se não me deixasse ajudá-la a ordenar tudo enquanto estou aqui de visita. Deixe-me arregaçar as mangas.

— Não, muito obrigada — disse a vó.

Douglas ouviu as duas conversando do outro lado da parede da biblioteca e seu coração bateu forte.

— Parece um banho turco aqui — disse a tia Rose. — Vamos abrir umas janelas, subir essas persianas para dar para ver o que estamos fazendo.

— A luz faz meus olhos doerem — disse a vó.

— Eu peguei a vassoura, vou lavar a louça e empilhar tudo arrumadinho. Preciso ajudar, não diga nada.

— Vá se sentar — disse a vó.

— Ora, vó, pense no quanto isso vai lhe ajudar na cozinha. A senhora é uma cozinheira de mão cheia, é verdade, mas se já é assim no meio desse caos (puro caos), então pense em como vai ser depois que as coisas forem colocadas ao seu alcance.

— Nunca pensei nisso... — disse a vó.

— Pense, então. Digamos, por exemplo, que os métodos modernos de cozinhar possam ajudá-la a aprimorar os seus dotes culinários uns dez ou quinze por cento. Os homens aqui já são puros animais à mesa. A essa hora, na semana que vem, eles vão estar morrendo que nem moscas de tanto comer. Uma comida tão boa e bonita que eles não vão conseguir parar o garfo e a faca.

— Acha mesmo? — disse a vó, começando a se interessar.

— Vó, não ceda! — sussurrou Douglas à parede da biblioteca.

Mas, para o seu horror, ele ouviu as duas varrendo e tirando pó das coisas, jogando fora sacos meio vazios, colando novos rótulos nas latas, guardando pratos, panelas e frigideiras em gavetas que haviam passado anos vazias. Mesmo as facas, que haviam repousado como um pescado de peixes prateados sobre as bancadas da cozinha, foram despejadas em caixas.

O vô tinha passado cinco minutos inteiros atrás de Douglas, escutando também. Um tanto inquieto, ele coçou o queixo.

— Agora que eu penso a respeito, essa cozinha sempre foi uma bagunça. É preciso dar uma arrumadinha, sem dúvida. E, se o que a tia Rose diz é verdade, Douguinho, teremos uma experiência rara na janta amanhã à noite.

— Sim, senhor — disse Douglas. — Uma experiência rara.

— O QUE É ISSO? — perguntou a vó.

A tia Rose mostrou um presente embrulhado que estava escondido atrás das costas.

A vó o abriu.

— Um livro de receitas! — exclamou ela. Deixou que caísse em cima da mesa. — Não preciso de um negócio desses! Um punhado disso, uma pitada daquilo, um dedal cheio de alguma outra coisa e é só isso que eu vou usar na vida...

— Eu ajudo a senhora a fazer o mercado — disse a tia Rose. — E já que estamos nesse assunto, eu reparei nos seus óculos, vó. Quer dizer que a senhora passou todos esses anos espreitando por óculos assim, com as lentes lascadas e a armação toda torta? Como é que a senhora enxerga sem cair de cara no cesto da farinha? Vou levá-la agora mesmo para comprar óculos novos.

E assim as duas partiram, a vó perplexa, agarrada ao cotovelo de Rose, rumo à tarde de verão.

As duas voltaram com o mercado feito, óculos novos e um novo penteado para a vó. A expressão no rosto dela era a de quem tinha sido perseguida pela cidade. Ela se espantou quando Rose a ajudou a entrar em casa.

— Pronto, vó. Agora a senhora já tem tudo onde dá para achar. Agora a senhora consegue *enxergar*!

— Venha, Doug — disse o vô. — Vamos dar uma volta no quarteirão para criar apetite. Esta vai ser uma noite para entrar para a história. Macacos me mordam se não for uma das melhores jantas já servidas.

HORA DA JANTA.

As pessoas sorridentes pararam de sorrir. Douglas ficou três minutos mascando um bocado de comida e depois fingiu limpar a boca para cuspi-lo no guardanapo. Ele viu Tom e o pai fazerem igual. As pessoas misturavam a comida, criavam caminhos e padrões, desenhavam figuras no molho, formavam castelos de batatas, passavam pedaços de carne em segredo para o cachorro.

O vô se retirou cedo.

— Estou satisfeito — disse ele.

Todos os pensionistas estavam pálidos e calados.

A vó cutucava o próprio prato, nervosa.

— Não é uma *bela* refeição? — perguntou a tia Rose para todos. — E chegou à mesa meia hora antes, ainda por cima!

Mas os outros estavam pensando que depois do domingo vinha a segunda, e a terça depois da segunda, e assim seria uma semana inteira de cafés da manhã tristes, almoços melancólicos e jantares funéreos. Dentro de poucos minutos, a sala de jantar estava vazia. No andar de cima, os pensionistas se fecharam taciturnos em seus quartos.

A vó entrou devagar, em choque, na cozinha.

— Isso — disse o vô — já foi longe demais! — Ele andou até a base da escada e gritou na direção da luz empoeirada do sol. — Desçam, todos!

Os pensionistas murmuraram, todos eles, trancafiados na biblioteca obscura e confortável. O vô circulou um chapéu-coco em silêncio.

— Para a vaquinha — disse ele. Depois levou a mão pesadamente até o ombro de Douglas. — Douglas, temos uma grande missão para você, filho. Agora, escuta...

E ele sussurrou, com seu hálito quente e amistoso no ouvido do menino.

NA TARDE DO DIA SEGUINTE, Douglas encontrou a tia Rose, sozinha, cortando flores no jardim.

— Tia Rose — disse ele, austeramente —, por que não saímos para um passeio agora mesmo? Vou lhe mostrar o desfiladeiro de borboletas que fica *naquela* direção.

Os dois andaram juntos pela cidade inteira. Douglas falava rápida e nervosamente, sem nem olhar para ela, ouvindo apenas o bater das horas vespertinas no relógio do fórum.

Na caminhada de volta para casa sob os olmos quentes do verão, a tia Rose de repente se espantou e levou a mão ao pescoço.

Ali, no último degrau da varanda, estavam suas malas, perfeitamente feitas. Em cima de uma valise, esvoaçante contra a brisa do verão, havia um bilhete rosa de trem.

Os dez pensionistas, todos eles, estavam sentados rigidamente na varanda. O vô, como o condutor de um trem, um prefeito e um bom amigo, desceu os degraus com passos solenes.

— Rose — ele lhe disse, pegando a sua mão e sacudindo para cima e para baixo —, tenho algo para lhe dizer.

— O que é? — perguntou a tia Rose.

— Tia Rose — disse ele. — Tchau, tchau.

Eles ouviram o trem entoar sua salmodia rumo às últimas horas vespertinas. A varanda estava vazia, a bagagem desaparecida e o quarto da tia Rose desocupado. O vô na biblioteca tateava a prateleira logo atrás de E. A. Poe procurando um frasquinho de remédios, com um sorriso.

A vó chegou em casa, voltando de uma expedição de compras sozinha na cidade.

— Cadê a tia Rose?

— A gente se despediu dela na estação — disse o vô. — Todo mundo chorou. Ela detestou ter que ir embora, mas mandou um beijo para você e disse que voltava de novo daqui a doze anos. — O vô sacou seu relógio de ouro maciço. — E agora sugiro que a gente se dirija à biblioteca para uma taça de xerez enquanto esperamos a vó armar mais um de seus incríveis banquetes.

A vó foi para os fundos da casa.

Todo mundo ficou conversando, rindo e ouvindo — os pensionistas, o vô e Douglas, e todos ouviram os sons baixinhos que vinham da cozinha. Quando a vó tocou a sineta, foram feito manada para a sala de jantar, se acotovelando.

Todo mundo deu uma mordidona.

A vó ficou observando os rostos dos pensionistas. Em silêncio, eles fitaram seus pratos, com a mão no colo, a comida esfriando, ainda por mastigar, em suas bochechas.

— Eu perdi! — disse a vó. — Perdi meu toque…

E começou a chorar.

Ela se levantou e foi vagando até a sua cozinha perfeitamente organizada e rotulada, com as mãos tateando inutilmente adiante.

Os pensionistas foram dormir com fome.

Douglas ouviu o relógio do fórum bater dez e meia, onze horas, depois meia-noite, ouviu os pensionistas se mexendo em suas camas, como uma maré se agitando sob o telhado enluarado do vasto casarão. Ele sabia que estavam todos despertos, pensativos e tristes. Após um bom tempo, ele se sentou na cama. Começou a sorrir para a parede e o espelho. Ele se viu com a boca toda cheia de dentes ao abrir a porta e se esgueirar para o andar de baixo. A sala de visitas estava vazia e tinha um cheiro de antiga, de solitária. Ele prendeu a respiração.

Foi, sem jeito, até a cozinha e parou por um momento.

Depois começou os trabalhos.

Tirou o fermento em pó de sua lata novinha, depositando-o dentro de um velho saco de farinha, do jeito que sempre fora. A farinha branca ele dispersou num velho pote de biscoitos. Tirou o açúcar do recipiente de metal rotulado como açúcar e o peneirou dentro de uma série conhecida de recipientes menores, marcados como temperos, facas, barbantes. Botou os cravos onde fora o seu lugar durante anos, espalhados no fundo de uma meia dúzia de gavetas. Colocou os pratos, facas, garfos e colheres de volta em cima das bancadas.

Encontrou os novos óculos da vó na cornija da lareira da sala e os escondeu no porão. Acendeu uma grande fogueira no velho fogão a lenha, usando as páginas do novo livro de receitas. À uma da manhã, um grande rugido rouco disparou pela chaminé preta do fogão, um rugido tão selvagem que a casa, se é que conseguira pegar no sono, despertou de uma vez. Ele ouviu o farfalhar dos chinelos da vó descendo as escadas. Ela ficou ali parada na cozinha, olhando para o caos e piscando os olhos. Douglas se escondera atrás da porta da despensa.

Era uma e meia da madrugada escura e profunda quando os odores da cozinha preencheram o vento encanado dos corredores da casa. Descendo as escadas, uma por uma, chegaram as mulheres de bobs, os homens de roupão de banho, na ponta do pé para espiar a cozinha — iluminada apenas por rajadas esporádicas de fogo vermelho do fogão sibilante. E ali no breu da cozinha às duas horas de uma madrugada estival, a vó flutuava como uma aparição, em meio a estrondos e estardalhaços, mais uma vez meio cega, seus dedos tateando por instinto na luz tênue, sacudindo nuvens de tempero sobre panelas borbulhantes e caldeirões ferventes, seu rosto à luz vermelha do fogo, mágico e encantado enquanto ela apanhava, mexia e derramava os alimentos sublimes.

Em silêncio, em silêncio, os pensionistas puseram a mesa com o melhor que tinham de toalha e guardanapos, de prataria reluzente e de velas acesas, em vez de acenderem a luz elétrica e quebrarem o encanto.

O vô, chegando tarde em casa ao fim de um turno longo na gráfica, ficou espantando ao ouvir a prece de agradecimento na sala de jantar à luz de velas.

Quanto à comida? As carnes estavam apimentadas, os molhos carregados de curry, as verduras cobertas com manteiga doce, os biscoitos lambuzados de mel brilhoso; tudo de encher a boca, gostoso e tão milagrosamente revigorante que um mugido suave irrompeu, como se de um pasto de feras eufóricas com o desbunde. Todos clamaram de gratidão por estarem usando roupas de dormir folgadas.

Às três e meia da madrugada de domingo, com a casa aquecida pela ceia devorada e ânimos amistosos, o vô empurrou a cadeira para trás e gesticulou magnificamente. Da biblioteca, foi buscar um exemplar de Shakespeare. Ele o deitou em cima de uma bandeja, que foi apresentada à sua esposa.

— Vó — disse ele —, eu peço apenas que amanhã à noite, para a janta, você cozinhe para nós esse belíssimo volume. Tenho certeza que todos concordamos que, quando ele chegar à nossa mesa amanhã, ao anoitecer, estará delicado, suculento, tostadinho e tenro como o peito de um faisão do outono.

A vó segurou o livro e chorou de felicidade.

Todos se demoraram até o amanhecer, com breves sobremesas, o licor daquelas flores silvestres que cresciam no quintal da frente e, então, com os primeiros pássaros ganhando vida e o sol ameaçando nascer no céu oriental, todos foram para o andar de cima. Douglas ficou escutando o fogão esfriar na cozinha distante. Ele ouviu a vó subir para a cama.

Seu catador, ele pensou, sr. Jonas, seja lá onde o senhor estiver, está feito o meu agradecimento, minha compensação. Eu passei adiante, com certeza, acho que passei adiante…

Ele dormiu e sonhou.

No sonho, a sineta tocava, e todos gritavam e desciam correndo para tomar o café da manhã.

E ENTÃO, bem de repente, o verão terminou.

Ele se deu conta pela primeira vez enquanto caminhava no centro. Tom agarrou seu braço e apontou, espantando, para a vitrine da lojinha de cacarecos. Ficaram lá parados, sem conseguir se mexer, por conta daquelas coisas de um outro mundo, dispostas ali de um modo tão organizado, tão inocente, tão espantoso.

— Lápis, Doug, dez mil lápis!

— Ah, minha nossa!

— Tem blocos de cinco centavos, blocos de dez, cadernos, borrachas, aquarelas, réguas, compassos, uma centena de tudo!

— Não olhe. Talvez seja só uma miragem.

— Não — gemeu Tom, em desespero. — A escola. É a escola logo ali. Por quê? Por que é que as lojinhas de cacarecos mostram coisas assim nas vitrines antes mesmo de o verão terminar? Estragam metade das férias!

Os dois foram caminhando até em casa e encontraram o vô sozinho no gramado ressecado, com manchas calvas, arrancando os últimos dentes-de-leão. Eles ajudaram em silêncio por um tempo, depois Douglas, encurvado na sua própria sombra, disse:

— Tom, se este ano passou assim, como é que vai ser o próximo ano, melhor ou pior?

— Não me pergunte. — Tom usava um caule de dente-de--leão como um instrumento de sopro. — Não fui eu quem criou o mundo. — Ele pensou a respeito. — Apesar que tem dias que eu *sinto* como se tivesse criado.

Ele deu uma cusparada, feliz.

— Tenho um palpite — disse Douglas.

— O quê?

— Ano que vem vai ser ainda maior, os dias serão mais claros, as noites mais longas e mais escuras, mais gente morrendo, mais bebês nascendo, e eu no meio de tudo isso.

— Você e dois zilhões de outras pessoas, Doug, lembre.

— Num dia que nem hoje — murmurou Douglas. — Eu sinto que será... só eu!

— Se precisar de ajuda — disse Tom —, é só berrar.

— O que um irmãozinho de dez anos poderia fazer?

— Um irmãozinho de dez anos terá onze no próximo verão. Eu vou desenrolar o mundo como o elástico no interior de uma bola de golfe toda manhã, reconstituí-la a cada noite. Mostro pra você como, se perguntar.

— Loucura.

— Sempre foi. — Tom ficou vesgo e botou a língua para fora. — Sempre será.

Douglas deu risada. Os dois desceram ao porão com o vô e, enquanto ele decapitava as flores, eles olharam para todas as prateleiras de verão, cintilantes ali em fluxos imóveis, as garrafas de licor de dente-de-leão. Enumerados de um a noventa e tantos, ali os frascos de ketchup, cheios agora em sua maior parte, queimavam no lusco-fusco subterrâneo, um para cada dia vivo do verão.

— Rapaz — disse Tom —, que jeito batuta de guardar junho, julho e agosto. Prático mesmo.

O vô olhou para cima, refletiu sobre isso e sorriu.

— Melhor do que guardar coisas no sótão que você nunca mais vai usar. Desse jeito, dá para reviver o verão por um minuto ou dois aqui e ali a caminho do inverno, e quando as garrafas estiverem vazias o verão acabou de vez, não ficam arrependimentos, nem lixo sentimental jogado por aí para você tropeçar daqui a uns quarenta anos. Tudo limpo, sem fumaça, eficiente. Assim é o licor de dente-de-leão.

Os dois meninos apontaram para uma fileira de garrafas.

— Aquele é o primeiro dia do verão.

— Aquele é o dia do tênis novo.

— Com certeza! E ali está a Máquina Verde!

— A poeira dos búfalos e Ching Ling Soo!

— A Bruxa do Tarô! O Solitário!

— Não acabou de verdade — disse Tom. — Nunca vai acabar. Vou me lembrar do que aconteceu em cada dia deste ano, para sempre.

— Acabou antes de começar — disse o vô, desmontando o lagar. — Não lembro de coisa alguma que tenha acontecido, exceto um tipo novo de grama que não precisa cortar.

— O senhor está brincando!

— Não, senhor, Doug, Tom. Vocês vão descobrir que, quando a gente envelhece, os dias começam a virar um borrão... não dá para diferenciar um do outro...

— Mas, poxa — disse Tom. — Na segunda-feira, esta semana, eu andei de patins no Electric Park, na terça eu comi bolo de chocolate, na quarta eu caí no riacho, na quinta eu caí de um cipó, a semana foi *repleta* de coisas! E hoje, eu vou me lembrar de hoje porque as folhas lá fora estão começando a ficar todas vermelhas e amarelas. Não vai demorar até caírem no gramado e vamos pular nas pilhas delas e queimar tudo. Jamais vou me esquecer de hoje! Sempre vou lembrar, eu sei!

O vô olhou pela janela do porão, observando as árvores de fim de verão se mexendo no vento mais fresco.

— Claro que vai, Tom — disse ele. — Claro que vai.

E eles deixaram para trás a luz suave dos licores de dente-de--leão e subiram as escadas para terminarem os últimos rituais estivais, pois sentiam que agora chegara o último dia, a última noite. Enquanto o dia avançava, eles se deram conta de que, há duas ou três noites agora, as varandas se viam esvaziadas de seus habitantes. O ar tinha um cheiro diferente e mais seco, e a vó falava em tomar café quente em vez de chá gelado; as janelas abertas com suas cortinas brancas esvoaçantes estavam se fechando em suas grandes reentrâncias; cortes de frios davam lugar à carne assada no vapor. Os mosquitos tinham desaparecido das varandas e, com certeza, quando eles abandonavam o conflito, era o fim de verdade da guerra com o Tempo, não havia nada para os humanos fazerem além de também abandonar o campo de batalha.

Agora Tom, Douglas e o vô se viam, como tinham se visto há três meses — ou será que eram três longos séculos —, naquela varanda que rangia como um navio adormecido noite afora em ondas cada vez maiores, e eles cheiravam o ar. Lá dentro, os ossos dos meninos pareciam giz e marfim em vez dos palitos verdes de hortelã e varinhas de alcaçuz de mais cedo no ano. Mas uma nova friaca tocou primeiro o esqueleto do vô, como uma mão em carne viva fazendo um acorde nas teclas graves e amareladas do piano na sala de jantar.

Assim como a bússola gira, também o vô girou para o norte.

— Acho — disse ele, reflexivo —, que não vamos vir aqui para fora mais.

E os três sacudiram as correntes para soltá-las das argolas no teto da varanda e levaram o balanço até a garagem, parecendo um esquife surrado, ao que se seguiu um sopro das primeiras folhas secas. Lá dentro, ouviram a vó acendendo a lareira na biblioteca. As janelas tremeram com uma rajada súbita de vento.

Douglas, ao passar uma última noite na torre abobadada acima da vó e do vô, escreveu no seu bloquinho:

— Tudo corre para trás agora. Como acontece às vezes nos filmes das matinês, onde as pessoas saltam de dentro d'água para cima do trampolim. Chega setembro e você fecha as janelas que abriu, tira os tênis que calçou, calça os sapatos duros que jogou fora em junho. As pessoas correm pela casa agora como os cucos correndo de volta para dentro dos relógios. Num minuto, as varandas cheias, todo mundo tagarelando a dar com o pau. No minuto seguinte, batem-se as portas, a conversa para, as folhas caem das árvores que nem loucas.

Ele olhou da janela elevada para a terra onde os grilos se espalhavam como figos secos nos leitos dos riachos, para um céu onde pássaros virariam para o sul agora no meio dos gritos de mergulhões outonais e onde as árvores se inflamariam num grande e belo ardor de cores entre as nuvens de aço. Lá longe no campo, esta noite, ele conseguia sentir o cheiro das abóboras amadurecendo na direção da faca, dos triângulos nos olhos e da vela chamuscante. Aqui na cidade, os primeiros cachecóis de fumaça se desenrolavam das chaminés e o tremor vago e distante de ferro era o tombar de rios pretos e duros nas calhas de carvão, construindo morrinhos escuros e elevados nos cestos dos porões.

Mas estava tarde e ficando ainda mais tarde.

Douglas, na torre abobadada acima da cidade, mexeu a mão.

— Todo mundo tirando a roupa!

Ele esperou. O vento soprava, gelando as janelas.

— Escovem os dentes.

Ele esperou outra vez.

— Agora — disse, enfim — apaguem as luzes!

Ele piscou os olhos. E a cidade foi piscando suas luzes até se apagarem, sonolenta, aqui e ali, enquanto o relógio do fórum batia dez, dez e meia, onze e a soporífera meia-noite.

— Os últimos agora... ali... ali...

Ele se deitou na cama e a cidade adormeceu à sua volta, e o desfiladeiro estava escuro, o lago avançava em silêncio sobre suas margens e todo mundo, sua família, seus amigos, os velhos e os jovens, dormiam numa ou outra rua, numa ou outra casa, ou dormiam nos cemitérios das distantes igrejas rurais.

Ele fechou os olhos.

Manhãs de junho, meios-dias de julho, noites de agosto, tudo acabado, encerrado, desaparecido para sempre, deixando apenas a sensação que ficou disso tudo ali em sua cabeça. Agora, todo um outono, um inverno branco, uma primavera fresca e verdejante para fechar as contas e os totais do verão passado. E, caso ele viesse a se esquecer, o licor de dente-de-leão ficava no porão, com seus números, um para cada e todo dia. Ele ia até lá com frequência, olhava fixamente para o sol até não aguentar mais, depois fechava os olhos e prestava atenção nas manchas de queimado, as cicatrizes fugazes deixadas para dançar em suas pálpebras quentes; organizando e reorganizando cada fogo e reflexo até o padrão ficar claro...

Pensando nisso, ele adormeceu.

E, ao adormecer, pôs um fim ao verão de 1928.

ESTE LIVRO, COMPOSTO NA FONTE FAIRFIELD,
FOI IMPRESSO EM PAPEL IVORY SLIM 65G/M² NA COAN.
TUBARÃO, BRASIL, OUTUBRO DE 2025.